노후자금이 없습니다

노후자금이 없습니다

ⓒ 들녘 2017

초판 1쇄	2017년 3월 31일
초판 5쇄	2023년 12월 1일

지은이	가키야 미우
옮긴이	고성미

출판책임	박성규	펴낸이	이정원
편집주간	선우미정	펴낸곳	도서출판 들녘
기획이사	이지윤	등록일자	1987년 12월 12일
편집	이동하·이수연·김혜민	등록번호	10-156
디자인	하민우·고유단	주소	경기도 파주시 회동길 198
마케팅	전병우	전화	031-955-7374 (마케팅)
경영지원	김은주·나수정		031-955-7381 (편집)
제작관리	구법모	팩스	031-955-7393
물류관리	엄철용	이메일	dulnyouk@dulnyouk.co.kr

ISBN   979-11-5925-242-6 (03830)

값은 뒤표지에 있습니다. 잘못된 책은 구입하신 곳에서 바꿔드립니다.

노후자금이 없습니다

가키야 미우 장편소설

고성미 옮김

들녘

1

어쩜 이리 아름다울까.

이보다 더 화려한 꽃이 있으려나.

고토 아츠코는 식탁에 팔꿈치를 얹고서 작약을 바라보고 있었다. 붉은 빛의 베네치아 풍 유리 꽃병이 이렇게 고풍스런 분위기를 자아내리라고는 생각도 못 했다.

"이봐 아츠코, 듣고 있어? 평생 한 번뿐인 일이잖아."

남편의 화난 목소리에 아츠코는 제정신을 차렸다.

남편이 이쑤시개를 문 채 못마땅하다는 듯 바라보고 있었다.

"평생에 한 번뿐이란 걸 누가 몰라요? 하지만 결혼식 비용에 6백만 엔을 쓴다는 건 좀 그래요. 결혼 당사자가 내는 거라면 몰라도, 부모가 내야 한다는 건 이치에 맞지도 않고요."

똑같은 말을 벌써 몇 번째 하는지. 딸의 결혼식을 앞두고 매일 밤마다 이런 지경이었다.

"당신은 사야카가 가엽지도 않아? 부잣집 사위를 맞는데 딸을 기죽이며 시집보낼 참이야? 안 그래도 집안 차이가 너무 나서 열등감 느끼는 판에?"

"아무리 그래도 그렇지 6백만이라니요? 지들이 무슨 연예인도 아니고…."

이렇게 말하며 아츠코는 식탁에 놓인 그릇들을 치우기 시작했다.

오늘 저녁 메뉴는 가다랑어회와 삶은 호박, 그리고 맑은 두부 된장국이다. 결혼 이후 남편은 줄곧 귀가 시간이 늦었다. 그 바람에 밤 11시가 넘어 설거지하는 일이 부지기수였다.

생선회를 담았던 접시에는 무채와 푸른 차조기 잎이 손도 대지 않은 채 남아 있다. 마트에서 사 온 팩에 담겨 있던 상태 그대로 접시에 옮겨놓은 것이기는 하지만, 이 역시 공짜는 아니고 회 가격에 모두 포함된다. 그런 생각이 드니 이렇게 회만 쏙 골라 먹는 남편의 식습관이 영 맘에 들지 않는다.

결혼 전까지, 아츠코는 음식을 남기지 않고 깨끗하게 먹는 남자를 좋아했다. 정말 싫어하는 음식을 조금 남기는 것은 이해한다. 하지만 남편은 회나 고기만 쏙 골라 먹고 야채는 손도 대지 않는다. 아츠코는 50대에 접어드니, 그간 참고 지내왔던 이런 남편의 모습이 상스럽게 보이기 시작했다.

"아츠코, 6백만 엔이라고는 하지만 양가가 절반씩 부담하니까 3백만 엔이잖아. 그 정도 돈이라면 눈 딱 감고 못 낼 것도 아니니 그냥 맘 편하게 애가 원하는 대로 해주자고."

"이보세요, 아키라 씨. 당신 나이 벌써 쉰 하고도 일곱이에요. 이제부터는 물 샐 틈 없이 쌈짓돈 꽁꽁 싸매고 노후를 대비해야 할 때라고요. 아시겠어요?"

남편의 호칭을 "아키라 씨"라 부르기 시작한 것은 2년 전부터였다. 백화점에서 주최하는 홋카이도 전시회를 함께 보러 갔을 때의 일이다. 방금 전까지 옆에 있던 남편이 보이지 않았다. 아츠코는 남편을 찾느라 복잡한 백화점을 발이 부르트도록 몇 바퀴나 돌아다녔는지 모른다. 온몸이 지쳐갈 즈음 저쪽에서 비로소 남편의 모습이 보였다. 식품부의 시식코너에서 버터구이 감자를 얻어먹으며 행복한 미소를 짓는 바보 같은 모습이 보이자마자, 피가 거꾸로 솟아올라 자신도 모르게 "아빠!!"라고 소리치고 말았다. 그러자 주위에 있던 중년 남자의 시선이 모두 자신에게 쏠렸다. 세상에 이렇게나 많은 "아빠"가 있다는 사실을 비로소 실감했다. 그 뒤로 남편을 이름으로 바꿔 불러야겠다고 마음먹었다. 게다가 아이들도 이미 어른이 되지 않았는가. 남편이 경칭을 생략하고 자신을 "아츠코"라고 이름만 부르는 것을 생각하면 은근히 부아가 치밀었다. 그래서 자신도 그냥 이름만으로 "아키라"라고 부르고 싶은 마음이었다. 하지만 그게 습관이 되어버리면 나중에 시댁 어른들 앞에서 혹시 실수를 하게 될지도 모른다. 나이가 들다 보니 때와 장소에 따라 호칭을 바꾸어 부르는 민첩성을 자신에게 기대하긴 어렵다. 그래서 할 수 없이 "아키라 씨"라 부르게 된 것이다.

"아츠코, 노후에 대해 그렇게까지 심각하게 걱정할 필욘 없잖아."

"무슨 소리예요. 정년까지 이제 겨우 3년 남았다고요!"

남편은 중견 건설회사에 다닌다.

"내가 몇 번씩이나 말했잖아. 우리 회사의 정년퇴직은 65세라고."

"60이 넘으면 월급이 줄어든다면서요?"

"그렇기는 하지만."

"얼마나 깎이는데요? 절반 정도?"

"글쎄, 얼마나 깎이려나? 연봉으로 치자면 4분의 1 정도일 거야. 하지만 퇴직금도 있고."

차를 홀짝이며 마치 남의 말 하듯 느긋한 표정을 짓는 남편. 퇴직을 코앞에 두고도 위기의식이라고는 도무지 찾아볼 수 없다.

"퇴직금은 얼마나 되는데요? 2천만 엔은 되려나?"

"무슨 소리야? 그건 옛날이야기야. 작년에 퇴직한 유통부 부장은 천만 엔 정도 받았다고 하던데. 들리는 말에 퇴직금으로 장기주택융자금을 모두 갚을 예정이었다고 하더만. 그래서 충격도 컸다지, 아마."

남편은 자기와는 아무 상관없는 이야기라는 듯이 그런 설명을 하고 배시시 웃는다.

"나는 처음 듣는 이야기네. 그런 내용은 빨리빨리 알려줘야 나도 대책을 세우지요!"

"대책은 무슨? 빨리 말해준다고 해서 퇴직금이 늘어날 것도 아니고."

남편이 활짝 웃으며 말하는 모습을 보고 있자니 무슨 사람이 이렇게도 태평할까, 절로 한숨이 나온다.

"아츠코, 걱정이 많은 건 여전해. 인생, 별거 있어? 어떻게든 되겠지. 하긴 아츠코가 지금까지 허리띠 졸라매고 살아온 것은 인정해. 한 푼 두 푼 저축해서 퇴직 전에 장기주택융자금도 거의 다 갚아가고. 안 그랬으면 우리 나이 일흔까지 할부금 내느라 힘들었을 텐데 말이야. 역시 남자는 생활력 있는 여자와 결혼해야 한다니까."

남편 말대로 아내인 아츠코가 온갖 지혜를 짜내 야무지게 살림을 해온 것은 사실이다. 덕분에 아이 둘을 사립 대학에 보낼 수 있었고 장기주택융자금 상환도 이제 2년 남았다. 하지만 잠시만 방심해도 통장에 간신히 모아놓은 1천2백만 엔은 눈 녹듯이 사라지고 말 것이다. 그랬다간 연금을 받을 수 있는 65세까지의 생활예비비가 턱없이 부족해질 것이다.

"아키라 씨, 우리 세대는 돌아가는 사정을 볼 때 연금도 불투명하고요, 따라서 불의의 사고나 천재지변을 당할 경우를 대비해놓지 않으면 불안하다고요."

남편은 내가 도깨비 방망이라도 되는 줄 아는가 보다. 필요할 때마다 돈이 뚝딱하고 나온다고 생각한다면 그야말로 대단한 착각이다.

"아츠코, 그래도 어떻게 우리 입장만 생각하나? 사돈댁 입장이라는 것도 있잖아."

예비 사위는 무역회사에서 근무하는 샐러리맨이다. 집은 기후현에서 규모 있는 마트 체인점을 경영하고 있다. 바깥사돈 될 분은 산간 지역에서 태어난 분으로, 그곳에서는 결혼식을 성대하게 올리며 많은 사람들과 떠들썩하게 지내는 풍습이 있다고 한다. 그래서 도쿄에서 결혼 피로연을 성대하게 올리고 싶어 하는 눈치였다. 하객들 역시 대부분 마트 거래처 사람들이라 하니, 비즈니스상의 접대를 겸한 결혼 피로연임이 분명했다.

"아무튼 나는 절대로 그런 자리에서 기죽고 싶지 않아."

그럼 그렇지. 남편은 결국 자신의 본심을 털어놓았다.

말로는 딸의 행복을 위해서라고 하지만, 그 속내를 들여다보면 허세가 자리하고 있다. 사돈댁과 비교되는 게 싫은 것이다. 늘 그랬듯이 폼생폼사 아니던가.

남편은 도쿄에서 태어나고 자랐다. 이웃과도 가까이 지내지 않는 이 대도시에서 허세를 부린들 누가 알아나 준다는 건지 도대체 이해할 수 없었다. 아츠코의 친정 사람들은 체면을 중시하지 않는다. 그녀의 친정은 산인 지방[1]에 있는 조카마치[2]인데, 그런 전통적이면서 폐쇄적인 마을에서 태어났지만 남의 눈치를 보지 않고 자랐다. 지금 생각하니 그건 다 '나는 나, 남은 남'이라는 부모님의 가르침 덕분이다.

"아키라 씨, 요즘 세상에 조촐한 결혼식을 창피하게 여기는 사람이 누가 있겠어요? 오히려 간소하게 치르는 부자들도 많다고 하니 그렇게 호화스럽게 할 필요가 없다니까 그러네요."

"필요성을 따지는 아츠코가 이상한 거야. 그렇게 말하면 이 세상 모든 예식장이 무슨 필요가 있겠어? 우리 일본인은 말야, 전통적으로 기념할 날 행사를 정말 잘 치르는 것으로 정평이 나 있잖아. '하레[3]'와 '게[4]'를 엄격히 구분하는 것도 몰라?"

"아무리 그래도요!" 아츠코는 남편의 말을 잘랐다. 안 그러면 한도 끝도 없이 늘어놓을 판이다.

1 　山陰地方, 주코쿠 지방에서 동해에 접한 지역 — 옮긴이
2 　城下町, 봉건 영주의 거점인 성을 중심으로 형성된 도시 — 옮긴이
3 　晴れ, 의례·제사·연중행사 등 비일상적인 기념일 — 옮긴이
4 　褻, 일상적인 날 — 옮긴이

학교 다닐 때 틀림없이 웅변부에 소속되어 있었을 것 같은 부류의 남자와 뭐가 좋다고 결혼했을까. 젊은 시절, 아츠코에게는 그저 네 살 위라는 사실 하나만으로도 그가 어른처럼 보였다. 동경해 마지않던 슈에이 대학을 졸업했음을 알고, 자신보다 훨씬 뛰어난 사람이라고 믿어가며 존경심을 품었다.

결혼은 아츠코가 대학 졸업 후 작은 무역회사의 경리부에서 근무한 지 2년 정도 지나고서였다. 당시 그녀는 남성사원의 어시스턴트를 맡고 있어서 일의 재미를 느낄 수 없었다. 소속된 부서에는 모두 중년의 남자들뿐이라서 가슴 설레는 만남은 기대조차 하지 않았다. 이대로 여기서 나이만 먹는 건 아닐까. 그런 불안에 휩싸여 지낼 때, 마침 동기 여성 한 명이 결혼퇴직을 했다. 그녀는 커다란 꽃다발을 품에 안고 환한 표정을 지으며 "그동안 감사했습니다"라고 머리 숙여 인사를 건넸다. 인사를 받으면서 아츠코의 가슴속 깊은 곳에서 초조감이 밀려왔다. 그즈음 아는 사람으로부터 남편을 소개받았다. 그리고 반 년 정도 교제를 하고 결혼에 골인했던 것이다.

원래, 남편 같은 사람은 그녀의 취향이 아니었다. 이 사실을 쉰이 넘어서야 절절히 실감했다. 아무리 그래도 너무 늦었다. 자신이 생각해도 어처구니가 없어 쓴웃음이 날 정도다. 남편은 여러모로 따지기를 좋아하는 성품이어서 말끝마다 역사와 정치에 대한 자신의 지식을 동원해 장광설을 펼쳤다. 하지만 그런 면을 보면서 지적이고 믿음직하다며 착각하고 살았던 그 시절이 오히려 행복했다. 지금은 자신의 언변에 취해 있는 남편의 모습을 흘낏 쳐다보며, 폼만 잡는 이 남자가 정말 자신의 남편인가 하며 머리를 흔들기 일쑤였다.

쉰이라는 나이는 어쩌면 대나무의 매듭과 같은 것일지도 모른다.

게다가 시부모 생활비로 매달 9만 엔을 보내야 하는 현실도 너무 부담스러웠다. 부모님의 형편이 어려워서 그런 것이라면 그나마 이해할 법하다. 하지만 그동안 흥청망청 사치스럽게 살다가 예금이 바닥나자, 그저 아들과 며느리라는 이유로 그 뒤치다꺼리를 맡아야 한다는 사실에 어안이 벙벙할 따름이었다. 게다가 시부모는 지금껏 일류호텔에 버금가는 호화로운 노인 요양 시설에서 지내고 있다. 그 부모에 그 자식이라는 말이 딱 어울린다.

욕실문 열리는 소리가 들린다. 사야카가 샤워를 마친 모양이다.

"아버지 다녀오셨어요?"

잠옷 차림의 사야카가 머리에 수건을 두른 채 거실로 들어섰다.

"어, 그래 아빠 왔다."

남편은 차를 한 모금 마시고 "나도 좀 씻을까" 하고는 일어선다. "하야토는 아직 안 들어온 거야?"

욕실문 앞에서 남편이 돌아보며 묻는다.

"회식이 있어서 늦는다고 했어요."

아츠코가 일어서서 그릇을 싱크대로 옮기며 대답했다.

"무슨 회식이래?"

"저도 몰라요"라고 대답하며 아츠코는 수도꼭지를 틀었다.

"세미나 뒤풀이?"

"저도 모른다고요."

"동아리? 아니면 아르바이트?"

"모른다니까요?"

아츠코는 자신도 모르게 언성을 높였다. 남편은 옛날부터 자식에 관한 일이라면 무엇이든 아츠코에게 묻는다. 아이들이 어리다면 몰라도 하야토는 지금 대학교 4학년이고 사야카는 스물여덟이다. 그들의 행동거지를 일일이 알 수는 없지 않은가.

"미안하군, 미주알고주알 물어대서."

비아냥거리듯 한마디 하고 남편이 거실문을 쾅 닫고 욕실로 향했다.

설거지를 하는 아츠코의 손길이 부산해졌다. 부엌에서 수돗물을 틀면 욕실의 샤워 물줄기가 약해지므로, 남편이 옷을 벗고 샤워실로 들어가기 전까지 설거지를 마쳐야 하기 때문이다. 새로 지은 고급 맨션이라면 이런 불편함이 없을 텐데, 라는 생각이 든다.

"엄마, 죄송해요 제 결혼식 때문에 또 아버지랑 안 좋았죠?"

등 뒤에서 사야카의 움츠러든 목소리가 들린다.

"아냐, 아냐, 괜찮아."

딸아이는 어릴 때나 지금이나 마음이 여리다.

사야카는 누구를 닮았을까. 딸은 초등학교 때부터 그다지 공부를 잘하지 못했다. 반에서 중하위권 혹은 하위권에서 조금 나은 정도의 성적이었다. 그래도 편차치[5]가 낮은 여대에 입학하여 그나마 마음을 놓았다. 하지만 그것도 잠시, 졸업은 했지만 취직의 문이 높아 면접이란 문턱을 넘기조차 어려웠다. 그래서 할 수 없이 비정규직

---

5   偏差値, 학력 검사의 득점을 전체 평균점과 표준 편차로 정식화한 값으로 대학 입시에 활용
     ― 옮긴이

을 택해 일했지만 늘 계약 연장에 실패했다. 어떤 때는 1주일 만에 해고된 적도 있었다. 눈치도 없고 민첩하지도 않으니 어찌 보면 당연한 결과다. 마음이 여린 것 역시 어린 시절 그대로였다.

만일 쇼와 시대[6]였다면, 가령 자영업을 하는 부부가 능력이 없는 점원에게 야단을 쳐가며 하나하나 일을 가르쳐줬을지도 모른다. 하지만 지금 세상은 대기업에서나 사원 교육에 힘쓸 뿐이다. 만일 대기업이 아닌 일반 회사에 취직했다면, 그야말로 생존을 위해 각자의 능력을 스스로 키워나가야 한다. 그런 상황이니 능력이 모자라고 마음이 여린 사야카 같은 청춘이 살벌한 경쟁 세계에서 쫓겨나는 것은 어쩌면 당연한 현실이다. 아무리 대학을 졸업했어도 물러터진 사람이 발 디디고 설 만한 직장은 찾기 어렵다.

우여곡절 끝에 사야카가 선택한 직장은 학창 시절부터 아르바이트를 했던 분카야라는 잡화점이었다. 시급은 고등학생 때보다 50엔 올라서 930엔이다. 쥐꼬리만 한 월급으로 연금보험과 건강보험 그리고 휴대전화 요금 등을 내고 나면 남는 것도 별반 없다. 그래서 사야카에게 생활비를 내라는 말은 꺼내지도 못한다.

오늘 아츠코는 회사 점심시간에 편의점에 들렀다. 그리고 절망감으로 가득한 한숨을 절로 쉬었다. 아츠코의 바로 앞 사람이 택배를 맡기자, 젊은 아르바이트생은 택배 상자의 크기와 무게를 재고, 현금 인출기 버튼을 눌러 그 속에서 도장을 꺼냈다. 그러고는 서류에 도장을 찍어 일을 마무리하기까지, 민첩한 손놀림이 아주 리드미컬하

---

6 昭和. 일본 히로히토(裕仁) 천황 시대의 연호(1926~1989) ― 옮긴이

게 느껴졌다. 만일 사야카였다면 어땠을까? 아마도 일을 처리하기까지 시간이 꽤 걸릴 것이다. 어설픈 손놀림을 보고 손님과 편의점 주인이 짜증이라도 낸다면 사야카는 당황한 끝에 어찌할 바를 모르지 않을까. 신속·정확을 요구하는 이 사회에서 사야카 같은 젊은이를 인내하며 키워줄 회사는 없다. 그런 생각이 들자 한숨이 절로 나왔던 것이다.

어느 사이에 현대 사회는 능력 있는 인간만이 살아남을 수 있는 곳이 되어버렸단 말인가.

— 나 같은 사람은 아무짝에도 쓸모가 없어.

언제부터인가 사야카는 인생을 포기한 듯한 표정을 짓기 시작했다.

그렇다면 엄마인 자신은 무엇을 위해 그 비싼 돈을 들여가며 대학을 졸업시킨 것일까. 어린 시절부터 아이들 교육비로 쓴 돈이 모두 허사였다고 생각하니 삶이 허망하게 느껴졌다.

— 젊고 귀엽다.

사야카가 자주 듣는 이런 표현을 앞으로 몇 년이나 더 들을 수 있을까.

고슴도치도 제 새끼는 예쁘다는 말처럼, 아츠코는 사야카의 외모가 다른 아이들에게 뒤지지 않는다고 생각했다. 남편을 닮았다. 남편은 키도 크지 않고 발도 작고, 최근 들어 머리도 벗겨지고 뚱뚱해지긴 했지만, 본래 살결이 희고 눈매가 시원시원하다. 사야카는 남편의 좋은 점만을 빼닮았다. 요즘 젊은 애들이 그렇듯 몸매도 호리호리하다. 물론 눈도 크고 코도 오똑한 혼혈미인[7]의 얼굴과 비교한다면 너

15

무나 평범할지도 모르겠다.

사야카가 아르바이트로 일하는 잡화점인 분카야는 전철역 근처의 아케이드 상점가에 있다. 70대 어머니와 50대 딸이 함께 운영하는 가게다. 주로 여자 손님들이 많아서 젊은 남자를 만날 기회도 없는 곳이므로, 아츠코는 딸이 앞으로 어떻게 살아갈까 생각만 들면 불안감에 휩싸였다.

사야카는 남녀 공학을 다녔지만 아츠코의 기억에 남자친구는 없었다. 매사에 자신감이 없고 나약하며 어두운 표정이라서 10대의 남자아이들에게 그다지 어필하지 못했을지도 모른다. 대학에 들어가서도 미팅하고는 담 쌓고 지내는 듯 보였다. 지금은 그래도 20대라는 꼬리표가 붙어 있지만, 젊은 날의 뜨거운 추억 하나 없이 눈 깜박할 사이에 어느새 40대…, 이런 불길한 예감이 스쳐 지나간다. 지금이야 우리가 이나마 살고 있으니 다행이지만 늘 건강한 것도 아니잖은가. 훗날 우리가 세상을 뜨면 얘가 어떻게 살아갈까, 하고 생각하니 마음이 무거워져만 갔다.

물론 사야카에게도 장점은 있었다. 어린 시절부터 가정적인 면이 있어서 음식을 제법 할 줄 알고, 빨래나 청소 또한 비록 시간은 걸리지만 깔끔하게 해낸다. 지금이 만약 쇼와 시대였다면 얌전한 규수감이라는 말을 들었을지도 모른다. 그 시절만 하더라도 여자가 대학에 진학하는 비율이 높지 않은 편이라 머리가 좋고 나쁘고는 그다지 두

7　ハーフ. 인종·국적 등이 다른 양친에게서 태어난 인물을 가리키는데, 이들 중에 미녀·미남이 많다는 주장이 있음 ─ 옮긴이

드러지게 표 나지 않았다. 생각하니 참 격세지감이 들었다.

― 인사시켜드리고 싶은 사람이 있어요.

어느 날 사야카가 부끄러워하며 입을 열었다.

영어회화반에서 만난 남자라고 했다. 애초에 사야카가 영어회화 공부를 하고 있었다는 사실 자체를 가족들은 아무도 몰랐다. 딸아이 역시 자신의 미래가 불투명하다는 위기의식을 안고 고군분투하고 있었던 것이다.

― 혹시 바람기 많은 중년 남자에게 걸려든 것은 아닐까?

사야카의 말을 듣는 순간 이렇게 생각한 것은 아츠코만이 아니었다.

― 설마 나보다 나이 많은 남자는 아니겠지?

이런 불편한 속내가 남편의 표정에서 여지없이 드러났다.

― 만일 그렇다면 아키라 씨 어떡해요? 반대해야 할까요?

― 이런 사랑은 누나한테 어쩌면 처음이자 마지막일지도 몰라. 그러니까 무턱대고 반대할 생각은 애당초 안 하는 게 좋을 거예요.

대학에 다니는 아들까지 걱정스런 표정으로 이야기했다.

하지만 이 모두가 해프닝으로 끝났다.

상대가 사야카보다 연하고 조난 대학을 졸업했다는 말을 듣고 가족 모두 가슴을 쓸어내렸다. 게다가 남자의 부모는 기후현에서 꽤 규모가 큰 마트를 경영하고 있다고 했다. 사야카가 네 살이나 많다는 사실에 대해서도 그쪽에서는 그다지 문제 삼지 않는 것 같아 보였다. 무엇이 되었든 뚜껑을 열어보기 전까지는 알 수 없다는 말이 실감났다.

사야카가 마즈다이라 다쿠마를 처음 집에 데려오던 날, 여자들이 좋아할 만한 외모가 아니라서 아츠코는 마음이 놓였다. 게다가 몸집도 작고 말랐다. 어쩌면, 아니 당연히 아츠코보다 몸무게가 덜 나갈 정도로까지 보였다. 너무 긴장해서일까, 아니면 말이 없는 편이라서일까. 그의 성격을 파악하기는 어려웠고 예의 바른 인사성과 몸가짐이 착실해 보인다는 인상을 받았다.

양가가 서로 만나 정식으로 결혼 날짜를 잡았을 때, 아츠코는 비로소 어깨의 무거운 짐을 내려놓게 된다는 생각에 안도했다.

"잘 자."

텔레비전 방송을 보고 있는 딸아이의 등 뒤로 인사를 건넨 후, 아츠코는 침실로 향했다.

장롱을 들여다보며 내일은 어떤 옷을 입을지 생각한다.

검은색 바지에 회색 니트가 좋을까.

옷장에 걸려 있는 옷들은 모두 평범하고 수수하다.

하지만 '오늘 내 옷차림이 너무 화려하지 않나, 혹은 취향이 별로 아닌가? 애들 옷차림을 따라 하는 거 아니냐며 남들이 뒤에서 수군거리지 않을까?' 따위를 신경 쓸 필요 없이 일에 집중할 수 있어서 좋다. 아츠코는 이렇게 마음을 고쳐먹고 서랍에서 무릎까지 오는 스타킹을 꺼내 옷걸이 목 부분에 걸었다. 그래, 내일 하루 입고 나갈 건 이걸로 다 정했다.

자, 오늘의 일과는 이것으로 끝! 이제 자는 일만 남았다.

아침형 인간이 아니라서 잠들기 전에 다음 날 준비를 미리 해두는 것이 그녀의 오랜 습관이었다.

아츠코가 은행계 신용카드회사에서 사무직으로 일한 지 벌써 10년이 지났다. 비정규직이기는 하지만 근무 시간은 아침 9시부터 저녁 5시까지이고 잔업도 거의 없는 편이었다.

이부자리를 발치에 둔 채 침대에 대자로 누워 천장을 바라본다. 하루 중 해방감을 느끼는 때는 이렇게 잠들기 전 잠깐 동안이다.

하루 종일 힘들었네….

오늘은 평소보다 몇 배나 더한 피곤함이 몰려왔다. 아침부터 오늘이 금요일이라고 착각했기 때문이다. 오늘 하루만 고생하면 내일은 쉬는 날이라는 생각으로 피곤에 전 몸을 재촉하며 일을 서둘렀는데, 저녁 무렵이 되어서야 오늘이 금요일이 아니라 목요일이라는 사실을 알게 되었을 때의 그 실망감이란…. 1년에 몇 차례는 꼭 이런 착각을 한다.

그건 그렇고 결혼식 피로연에 6백만 엔이나 들여야 한다니….

양가에서 절반씩 부담한다 쳐도 3백만 엔.

하지만 그렇게 걱정스러웠던 딸이 드디어 행복을 거머쥐는 날이니 그 정도 돈, 괜찮을지도 몰라. 그까짓 돈 몇 백만 엔 때문에 신혼 초부터 사야카가 시댁의 눈치를 보게 된다면 평생 가슴에 못이 박히게 될지도 모른다.

그냥 눈 딱 감고 해줄까.

남은 인생 중 이렇게 큰돈을 쓰는 건 이번이 마지막이라고 결심하면 어떨까.

이런 생각에 빠져 있을 때, 갑자기 어느 봄날 벚꽃 사이를 혼자 걷던 때의 그 홀가분한 마음이 떠올랐다.

— 이로써 아이들 교육비는 모두 끝났다!

그날은 대학교 4학년이 된 아들의 1년치 수업료를 은행에서 송금하고 집으로 돌아오는 길이었다. 그 오랜 세월 아이들 교육비를 뒷바라지해왔는데, 그게 끝났다고 생각하니 해방감이 밀려왔다. 드디어 부모로서의 도리를 다했다는 성취감으로 마음이 벅차올랐다. 기쁨을 흠씬 맛보며 그길로 작은 카페에 들렀다. 그리고 맛있는 케이크 세트를 주문하며 작지만 기분 좋은 사치를 누렸다.

그런데 그날 그 수업료가 인생 최후의 거금 인출이 아니었다니!

하야토는 내년 대학 졸업과 동시에 취직자리가 잡혔다. 몇몇 대기업으로부터 미리 정사원 요청을 받았을 뿐 아니라 4학년에 올라가기도 전에 학점을 거의 모두 받아놓은 터라 지금은 대부분의 시간을 아르바이트에 활용하고 있다. 내년에 취직된다면 회사에서 제공하는 독신 기숙사에 들어갈 예정이다.

올 가을 사야카가 결혼하고 내년 4월이 되면 하야토 역시 독립한다. 다시 말해 부부 둘만의 조출한 생활이 시작되는 셈이다. 식비뿐 아니라, 전기세 등 공과금도 줄어들 것이다. 남편이 정년퇴직하면 천만 엔 정도에 불과하지만 그래도 목돈이 들어올 예정이고, 그 전에 장기주택융자금 상환도 모두 끝날 것이다. 정부 방침에 따라 정년 시기도 연장된다고 하니 남편은 아마 조금 더 회사에 다닐 수 있게 될지도 모른다. 물론 현재보다 월급은 줄어들겠지만 작은 돈이나마 매달 기대할 수 있으니 그게 어딘가.

생각해보면 남편 말대로 그 정도 돈은 써도 될지 모른다. 매사를 너무 동동거리며 걱정하는 자신의 조바심이 좀 심한 것일지도….

자식이 둘 다 독립하면 돈뿐 아니라 시간적인 여유도 생겨날 것이다.

— 나만의 시간을 갖고 싶다.

— 혼자 지내보고 싶다.

지금까지 늘 이런 바람을 마음속에만 간직한 채 살아왔다.

아이들이 어릴 때, 아츠코는 단 한 시간만이라도 좋으니 자신만의 시간을 가져보기를 간절히 원했다. 아이들이 성장하면서 그 바람이 이루어지기는 했지만 아직도 가족이라는 울타리에 꽁꽁 묶여 지내는 느낌이다. 하루 24시간을 몽땅 자신을 위한 시간으로 삼고 싶다는 바람은, 나이가 들어가면서 제한받지 않는 자유에 대한 갈망으로 변해갔다. 50을 맞이하던 생일날, 이제 살날보다는 죽을 날이 더 가까워졌다는 것을 의식하게 되었기 때문인지도 모른다.

엄마라는 생활에서 벗어나 자기 자신으로 돌아올 때면 누구나 이미 늙어버린 후다. 안타깝기는 하지만 인생이란 것이 원래 이런 것일지도 모른다.

남편이라면 정년퇴직이라도 있지만 아내란 존재는 평생 살림살이에서 벗어나지 못한다. 옛날에는 한 집 안에서 3대가 함께 살았기 때문에 며느리가 들어오면 시어머니는 집안일에서 벗어날 수 있었다. 하지만 지금은 그렇지도 않다. 하긴 그나마 부부 둘이서만 남게 되면 분명 집안일이 수월해질 것이다. 빨랫감도 줄어들고 청소도 간단히 끝낼 수 있다. 반찬도 가짓수를 줄이는 대신 영양가 위주의 식단으로 짤 경우 훨씬 간편해질 게 틀림없다.

아츠코는 딸이 시집가고 나면 그 방을 자신이 쓸 예정이었다. 결혼 후 가끔 친정이라고 찾아오긴 하겠지만 집이 가까우니 굳이 자고 갈 이유도 없을 터다.

사실 지금 사는 집으로 이사 올 때만 해도 부부 둘만이 여기서 살게 되는 날이 오리라고는 상상도 하지 못했다. 드디어 누구에게도 방해받지 않는 혼자만의 장소가 생긴다. 독신이 판을 치는 시대이니 이 정도 즐거움은 시대의 흐름이다. 누운 채 눈을 감고 사야카의 방을 떠올려본다. 화려한 색상의 기하학 무늬 도배지를 바를까? 아니야, 아예 대담한 꽃무늬로 하는 것이 더 좋을지도.

사야카가 졸업앨범 등의 추억이 담긴 물건을 친정에 남겨두기를 원한다면 한 박스 정도의 분량까지는 맡아줄 예정이다. 침대는 애가 쓰던 거 그대로 쓰자. 내 방의 침대가 더 좋기는 하지만 사야카의 침대에는 서랍이 달려 있으니 더 편리하겠지. 그렇다면 내 침대는 처분해야겠다. 그러면 남편은 훨씬 더 넓은 방을 혼자 쓰게 될 테니 서재처럼 꾸밀 수도 있다.

눈을 뜨고 침대 머리맡의 사이드 테이블로 손을 뻗었다 사츠키에게 빌린 하우투 북(How-to Book)『결혼식의 매너와 상식』을 집어 들었다. 사츠키는 꽃꽂이 교실에서 사귄 친구다.

누운 채 책을 펼쳐드니 작은 종이쪽지 하나가 책갈피에서 떨어진다. 마트에서 받은 영수증이었다. 사츠키가 책갈피용으로 쓰던 것 같았다.

요즘 영수증은 구입 목록이 조목조목 선명하게 인쇄되어 있다.

전갱이, 무, 청어, 버섯, 생강….

마치 쇼와 시대를 연상시키는 사츠키의 이미지가 떠올라 자신도 모르게 쿡 하고 웃었다.

응? 타이완 바나나?

580엔이나 하는데?

아츠코는 영수증을 뚫어져라 바라본다.

자신은 늘 2백 엔 전후의 필리핀 바나나만 사 먹는다. 타이완산은 몇 년 동안 먹어본 적이 없었다. 그런데 구두쇠로 유명한 사츠키가 무슨 이유로 그 비싼 타이완 바나나를 산 것일까?

사츠키는 평소 쓸데없는 것은 절대로 사지 않고 옷도 늘 스웨터와 청바지 차림이다. 계절에 따라 폴로셔츠 혹은 티셔츠로 바뀌기는 하지만 1년 내내 그녀의 옷차림은 늘 한결같았다. 그녀를 처음 만난 30여 년 전부터 그 모습 그대로다. 머리 손질도 미장원에 가지 않고 스스로 적당히 한다. 들쑥날쑥 어설프기는 하지만 그래도 포니테일로 뒤에서 질끈 묶고 다니므로 그다지 표 나지도 않는다. 사츠키는 아이들 머리도 직접 가위질하며 손질해주곤 했다. 근검절약이라는 말은 사츠키를 위해 생긴 말이라고 해도 과언이 아닐 정도였다.

허세를 부리지 않는 사츠키의 성품으로 보아 타이완 바나나를 산 이유는 분명, 아는 사람 혹은 누군가의 병문안을 가기 위해서일 것이다. 그 비싼 병문안용 과일바구니 값을 떠올리면 쉽게 납득이 된다.

아츠코는 그런저런 생각을 하다 어느샌가 잠들어버렸다.

2

그날은 아침부터 무더웠다.

시민회관의 교실은 화사한 청자색으로 가득했다.

"수국의 종류가 50가지나 돼요."

은쟁반에 옥구슬이 구르는 듯한 강사의 목소리에 모두 얼굴을 들었다.

플라워 어레인지먼트 교실의 강사는 70대였다. 나이에 걸맞게 주름이 잡혀 있긴 했지만 보기 드물게 윤곽이 뚜렷한 미인이었고 나름대로 볼륨 있는 백발의 짧은 머리스타일이 전체적인 분위기와 아주 잘 어울렸다. 우아한 몸짓은 한눈에 보아도 그녀가 상류층이라는 생각이 들게 했다.

"여러분, 놀라지 마세요. 이것은 '죠가사키'라는 이름을 가진 품종이에요."

교실 여기저기서 웃음이 터져나왔다. 그도 그럴 것이 강사의 이름이 죠가사키 아야노였기 때문이다.

"수국이 선생님처럼 예뻐요."

누군가 이렇게 말하자 웃음소리가 일었다.

"아니 지금 이 웃음소리는 뭐죠? 딱 맞는 표현이라고 생각하는데요."

죠가사키 선생님은 해맑은 얼굴로 분위기를 잡으면서 자신도 싱긋 웃었다.

아츠코와 사츠키도 서로 눈을 마주보고 웃고 말았다. 지정석이 아닌 자유석이었지만, 어쩌다 보니 매회 같은 자리에 앉았다. 긴 책상을 둘이 나누어 쓰는데 아츠코는 오늘도 문에서 가까운 제일 뒷자리에 앉았고 사츠키는 창가 쪽에 앉았다.

사츠키와 처음 만난 것은 구청에서 주최하는 베이비 교실에서였다. 그때 아츠코는 25살, 사츠키는 23살이었다. 둘 다 첫아이를 키우며 '제발 좀 도와주세요'라고 소리치고 싶을 정도로 불안한 나날을 보내던 중, 지푸라기라도 잡는 심정으로 그 강좌에 참가했던 것이다. 하지만 강연을 맡은 남자 의사는 시종일관 엄마들을 깔보는 말투였으며 그 내용도 유아잡지에서나 읽을 수 있는 상투적인 내용투성이였다. 그날 바로 옆자리에 앉아 있던 사츠키 역시 불만으로 가득한 표정인 것을 보고 실망감은 분노로 변했다. 그래서 그 분을 삭이기 위해 사츠키에게 차 한잔하지 않겠느냐고 말을 걸어 유모차를 끌고 카페로 들어갔던 것이다. 비록 초면이었지만 사츠키와 아츠코는 공동의 적 덕분에 서로 의기투합하게 되었다.

사츠키가 꽃꽂이 교실에 다니고 있다는 것을 알게 된 것도 그즈음이었다. 그렇게 해서 한 달에 한 번, 유일하게 남편에게 아이를 맡기고 자유의 시간을 즐길 수 있다고 설명했다. 도쿄도청에서 주최하는 것이므로 꽃값을 제외하고 천 엔만 내면 된다기에 아츠코도 바로 등록하였다.

둘 다 초산이 일렀기 때문에 이제는 첫째가 모두 28살이 되었다. 사는 곳과 학군이 달라 아이들의 성적을 서로 비교하지 않아도 되었던 덕분에 두 사람이 오랜 인연을 이어갈 수 있었던 것인지도 모른다. 서로 일정한 거리를 두고 살아왔기에 편한 관계를 유지할 수 있었던 셈이다.

그 사이 꽃꽂이 교실은 어느샌가 플라워 어레인지먼트 교실로 이름이 바뀌었고, 강사 역시 여러 차례 바뀌었다.

사츠키를 처음 만났을 때부터 그녀는 남편과 함께 빵집을 운영하고 있었다. 플라워 어레인지먼트 교실에서 가져간 꽃을 가게 안에 장식해두면 손님과 꽃 이야기를 하며 친해질 수 있다는 말을 들었는데, 나름대로 훌륭한 마케팅이라는 생각이 들었다. 아츠코의 경우에는 꽃을 가져가 집 안의 현관이나 거실을 장식할 뿐이었다. 그래도 꽃을 사랑하는 습관이 아이들의 성장에 좋은 영향을 줄 것이라는 생각만큼은 분명했다.

2년쯤 전부터는 강사가 죠가사키로 바뀌고 꽃의 종류가 달라졌다. 어린 시절부터 친숙했던 꽃—봉선화, 풍풍달리아, 금잔화, 우라시마소(浦島草), 글라디올러스 등등—을 많이 사용했다. 이런 꽃들은 들어본 적도 없는 이상한 영어 이름의 꽃과는 달리 아련하게 어린 시절을 떠올리게 한다. 사츠키의 빵가게를 찾아오는 나이 지긋한 손님들도 좋아하신다고 했다.

플라워 어레인지먼트 교실에 참가하게 되고 나서, 수업을 마치고 집에 가는 길이면 사츠키와 마음에 드는 카페에 들러 달달한 것을 주문해 먹으며 수다를 떠는 것이 습관처럼 되어버렸다.

"나는 말차 크림하고 하얀 팥경단."

아츠코는 칼로리 오버이기는 하지만 한 달에 한 번쯤은 괜찮을 것이라 자위한다. 젊은 시절에는 이 정도 먹어도 살찌지 않았지만, 지금은 먹는 대로 살로 가기 때문이다. 전에는 살집이 두둑이 오른 중년을 경멸했는데 나이가 들고 보니 중년이 몸매를 제대로 유지하기 위해서는 젊은 시절보다 몇 갑절 더 노력해야 한다는 사실을 뼈저리게 깨달았다. 40대까지만 해도 이런저런 다이어트를 시도해보았지만 모두 실패로 끝나고 지금은 자포자기 상태나 다름없다.

"나는 늘 먹던 대로 도코로텐[8]으로 할게요."

부럽게도 사츠키는 단것을 좋아하지 않는다. 그래서 지금도 젊은 시절 그 몸매를 유지하고 있다.

사츠키는 처음 만났을 때부터 지금까지 아츠코에게 존댓말을 썼다. 아츠코보다 2살 아래여서일까. 아니면 아츠코가 대졸이고 사츠키가 고졸이라서? 이도저도 아니면 오뉴월 하루 땡볕이 무섭다는 말처럼 사야카의 생일이 사츠키의 장남보다 다섯 달 빨라서일까. 아무튼 처음 만난 그때부터 아츠코와 사츠키는 선후배 같은 분위기로 시작되었다.

"아츠코 씨, 그 재킷 멋있어요. 어디서 샀어요?"

8 우뭇가사리를 삶아서 만든 음식 — 옮긴이

"홈쇼핑에서 샀어."

"얼마예요?"

사츠키는 늘 그렇듯 아무렇지도 않게 이렇게 물어 온다.

처음에는 그녀의 이런 모습에 아츠코는 적잖이 당황하기도 했다. 하지만 곧 그녀가 자신의 가정 형편을 살피려는 의도가 아님을 알게 되었다. 홈쇼핑이나 근처의 저렴한 가게 등 주변 정보를 알아두는 진솔한 살림꾼의 모습이었다.

"반값 세일해서 8천 엔. 면 100프로라서 촉감도 좋고 마음에 들어. 사츠키가 지금 입은 폴로셔츠도 좋은데? 푸른색이 정말 잘 어울려. 유니클로에서 산 거야?"

사츠키에게만은 아츠코도 이런 질문을 마음 편하게 던졌다.

"유니클로는 이제 안 가요. 너무 비싸서."

"비싸다고? 유니클로가?"

"네. 그래서 요즘은 시마무라 혹은 라이프를 주로 이용해요. 그것도 세일할 때만…"

사츠키가 아무렇지도 않게 말한다.

"라이프라면 대형마트에 들어가 있는 거기?"

"네, 1층에선 식료품을 팔고 2층에는 옷가게가 들어와 있거든요."

"진즉에 알고는 있었지만…, 흠…, 그렇구나. 암튼 사츠키하고 이야기하다 보면 정보를 많이 얻어서 좋아."

비꼬는 말이 아니라 진심이었다. 다음에 옷을 사러 갈 기회가 있으면 꼭 라이프 2층에도 가보리라 다짐해두었다.

"죠가사키 선생님의 헤어스타일은 오늘도 여전했죠? 그거 혹시 가발 아닐까요?"라며 사츠키가 물었다.

"아마 그렇겠지? 50대인 나도 요새 정수리 부분 머리가 풀이 죽어 부스스한데 나이 70에 그렇게 볼륨 있는 헤어스타일이 가능하겠어?"

"가끔 헤어스타일이 바뀐다는 것은 그만큼 가발이 여벌로 있다는 거네요? 맞춤형 가발의 가격이 하나에 2, 30만 엔은 한다고 들었는데."

"그러게, 세상이 정말 불공평하지? 내 나이 70에는 그렇게 우아하게 살기 힘들 거야. 뭐 하나 내세울 것이 없으니…."

꽃꽂이 선생의 경우 그 나이에도 불구하고 활동을 하는 건 결코 생활비를 벌기 위해서가 아니라 일이 좋아서일 것이다. 늘 화사하고 밝은 분위기를 보면 누구라도 그런 생각이 들 수밖에 없다.

"정말 부러워요. 돈 많은 마나님들이나 가능한 생활이에요."

"역시 여자는 예쁘고 봐야 한다니까."

이렇게 말해놓고 스스로도 웃음이 났다.

나잇살이나 먹어놓고 마치 여중생처럼 말하다니.

"우리 할머니가요, 여자는 모름지기 얼굴이 예뻐야 팔자도 좋다고 하셨어요."

사츠키가 맞장구치듯 진지한 얼굴로 말을 이었다. 죠가사키 선생님 정도의 미인이라면, 분명 엄청 돈이 많은 남자가 첫눈에 반해서 채 갔을 거예요."

"그러게…, 그래서 평생 손에 물 한 방울 묻히지 않는 생활이 보장되었을 거야."

주문한 메뉴가 테이블에 놓인다.

"참, 그건 그렇고, 사야카의 결혼은 어디서 하기로 했어요?"

"신랑 측에선 아자부고토부키엔에서 치르자고 하는데…."

사야카의 말에 의하면 신랑 측에서 이미 예약까지 마쳤다고 한다. 그쪽에서 처음부터 거기에서 해야만 한다고 말해왔으므로, 이쪽에선 어떻게 달리 의견을 내볼 도리도 없었다.

─ 너 좋을 대로 해. 평생 한 번 있는 결혼식이잖아. 돈 걱정은 하지 말고.

남편은 사야카에게 이렇게 말했다.

아츠코는 딸이 기뻐하는 모습을 보면서 '우리 노후자금이 확 줄어드는데도요?'라는 말이 목구멍까지 치밀어 올랐지만 꾹 참을 수밖에 없었다.

젊디젊은 두 사람의 인생 출발점이 이래도 괜찮은 걸까?

만일 당사자인 두 사람의 지갑에서 나오는 돈이라면 어땠을까? 그렇다 해도 씀씀이를 더 신중하게 생각해야 하지 않을까. 처음 결혼 이야기가 나왔을 때, 아츠코는 조촐한 결혼식을 생각했다. 그리고 부모로서 최대한 백만 엔 정도는 써야겠다는 속셈도 해놓았다. 설마 사야카가 친정의 등골을 빼면서까지 호화로운 결혼식을 치르리라고는 상상도 하지 못했다. 물론 부모로서 최대한 노력해야겠다는 다짐만큼은 결코 다른 부모에게 뒤지지 않았다.

하지만…, 아무리 생각해도 이건 아니었다.

백번을 양보해서 그 돈으로 좋은 가전제품을 산다거나, 제집 마련을 위한 종잣돈으로 삼는다면 또 몰라. 일생에 한 번 있는 결혼식이니 호화롭게 하고 싶다면 차라리 과감하게 그 돈을 신혼여행에 투자해 세계일주를 하면 견문이라도 넓힐 수 있지 않을까. 바로 이런 게 더 가치 있고 살아 있는 돈의 쓰임새가 아닐까? 혹시 이런 자신의 생각이 고루한 것일까?

아츠코는 겨우 몇 시간의 피로연에 거금 6백만 엔이나 들인다는 사실이 아무래도 납득되지 않아 남편을 설득해보았지만 허사였다.

— 그런 건 가치관의 차이야. 자신의 생각을 너무 강요하지 말라고.

그렇게 말도 꺼내지 못하게 한다.

"아자부고토부키엔은 도심 한가운데 있다는 생각이 들지 않을 정도로 정원도 넓고 자연미가 넘치는 곳이라고 하던데요."

"가본 적 있어?"

"아뇨. 언젠가 텔레비전에서 보았어요. 유서 깊은 건축물이라서 유형문화재로 지정되었다던데요. 사야카의 신랑 쪽 집안이 큰 마트를 하고 있다더니 꽤 부잣집인가 봐요?"

"돈이야 사돈댁에 있는 거고 사윗감은 그냥 무역회사에서 일하는 평범한 샐러리맨이야."

그러니까 사돈댁이 그 정도 부자면, 그리고 비즈니스의 일환으로 피로연을 성대하게 치르고자 하는 것이라면, 돈을 모두 그쪽에서 부담하면 얼마나 좋은가.

— 아츠코, 그런 말 하면 그 사람들이 우리를 얕잡아 볼 거라고.

— 얕잡아 보다뇨?

— 사야카가 어려운 형편에서 자랐다고 생각할 거 아냐?

머릿속에서 남편과 말싸움하던 장면이 스쳐 지나갔다.

"시댁이 그렇게 큰 마트를 한다니 사야카도 언젠가 그 가업을 물려받지 않을까요?"

"글쎄 그런 말은 전혀 없어서…."

사윗감에게 누나가 있다는 말을 들었다. 미국에서 대학을 나와 통신판매회사를 차렸다고 하니 데릴사위를 들여 가업을 잇게 하는 것은 아닐까, 아츠코는 남편과 둘이서 근거 없는 상상을 펴며 이야기를 나눈 적도 있었다.

"만약 가업을 잇게 된다면, 하객을 많이 초대하는 게 사야카 부부의 장래에도 도움 되지 않을까요?"

"듣고 보니 그렇기도 하네."

"그건 그렇고 남편 분 말예요. 딸을 시집보내는 심정이 어떻다고 하셨어요? 귀여운 딸내미를 빼앗겨서 사윗감을 맘에 들어 하지 않거나 하지는 않으셔요?"

"글쎄. 마음에 들어 하는 눈치이기는 하던데."

남편은 사윗감인 마츠다이라 다쿠마의 사람 됨됨이를 마음에 들어 하는 것이 아니라 아마도 재산이나 혹은 그 집안을 마음에 들어 하는 것임에 틀림없다. 다쿠마는 차분하고 빈틈없으며 예의도 바르다. 그러나 또 한편으로 생각하니 그가 농담하는 것을 들어본 적이 없었다. 좀 더 털털하고 밝은 성격이었다면 얼마나 좋았을까.

— 시간이 지나면 서로 격의 없이 친해지게 되겠지.

남편은 이렇게 말하지만, 다쿠마는 몇 번을 만나도 그 모습 그대로이며 지금 생각하니 그가 웃는 모습조차 본 적이 없었다.

"실은 우리 도모유키도 결혼 날짜가 잡혔어요."

사츠키가 기쁜 모습으로 말한다.

사츠키는 세 남매를 두고 있었다. 도모유키는 사야카와 동갑이고 현재 소방서에서 근무하고 있다. 세 살 아래 하즈키는 치과의사고 그 두 살 아래 무츠키는 간호사다.

"축하해. 남자치고는 결혼이 조금 빠른 편이네. 혹시 속도위반이라도 한 거야?"

"아쉽게도 그렇지는 않은 거 같아요. 도모유키 친구들도 대부분 빨리 결혼하는 것 같더라고요."

"그렇구나. 하긴 우리들 세대를 생각해보면 빠른 결혼은 아니네. 그건 그렇고 며느릿감은 어떤 사람이야?"

"고등학교 동창이라나 봐요. 같은 반이었던 적도 없고 얼굴이나 이름도 몰랐는데 작년 동창회에서 서로 알게 되었다고 하더라구요."

"도모유키가 사츠키를 닮아 잘생겼잖아. 그러니까 인기도 많았을 거야."

사츠키는 오키나와의 아마미오시마 출신이라서 달걀형에 시원한 눈매인 남국풍의 외모를 갖고 있었다.

"아휴, 그렇지도 않아요. 어릴 때는 그래도 좀 귀엽다고 생각했는데 크니까…."

"결혼식은 어디서 한대?"

아츠코가 궁금해하며 물었다.

"우리들한테는 전혀 의논하지 않아요. 남편도 지들 좋을 대로 하게 냅두지 괜히 시어머니 티 내면서 이것저것 간섭하려 들지 말라고….”

이렇게 대답하며 사츠키가 웃는다. “시어머니 티를 낸다니…, 우
리들이 벌써 그런 소리 들을 나이가 되다니요. 우리 부부는요, 하객
이나 마찬가지예요. 아이들에게 초대장 받아들고 나서야 예식장 장
소와 날짜를 알게 되고, 그렇게 그냥 가면 되는 거죠 뭐. 서운한 마
음이 들기는 하지만 그래도 가게 일이 바쁘니까 그걸로 마음의 위안
을 삼아요.”

“그건 도모유키가 그만큼 똑 부러진 아이라는 증거야. 그건 그렇
고 결혼 비용은 얼마 정도 예상하고 있어?”

일반적으로 이런 질문은 실례지만 사츠키라면 문제될 것이 없다.

“30만 엔 정도….”

“정말 그 정도?”

— 아니 그렇게 조금 내도 되는 거야?

말로 표현하지는 않았지만 예리한 사츠키는 이런 눈치를 이미 채
고 있었다.

“그래도 저는 꽤 많은 돈이라고 생각하는데요.”

사츠키가 말하면서 도코로텐을 후르륵 마신다. “아츠코 씨는 더
내요?”

“응? 그…그냥….”

“얼마 정도인데요?”

“결혼식하고 피로연만 해도 양가 합해서 6백만 엔 들 예정이니 신
부 측에서 그 절반을 부담해야겠지.”

그러자 사츠키의 동공이 확대되며 되묻는다.

"6백만 엔이라고요? 정말이에요?"

"역시 만만치 않은 금액이지?"

"아니, 그러니까 그 외에도 들어갈 돈이 꽤 많잖아요. 신혼여행도 있고 새살림으로 가전제품이랑 가구도 사야 하고요."

"그게…."

살림 밑천 역시 모두 친정해서 해야 할 것이다.

"아무리 그래도 그 많은 돈을 친정이 다 부담할 리는 없겠죠. 사위 직업도 탄탄하고 사돈댁도 나름 자산가이고. 또 사야카도 나름대로 결혼 밑천은 야무지게 모아놓았을 거고요. 직장 생활하는 동안 모든 생활은 아츠코 씨 집에서 다 해결했잖아요."

마치 위로라도 하듯 사츠키가 숨도 쉬지 않고 말한다.

"사야카의 저금이라 해봐야 뻔하지 뭐."

지난달, 사야카의 통장을 확인해 저축액이 얼마나 되는지 체크해보았다. 몇 년째 같은 옷에 같은 가방을 들고 다니는, 요즘 젊은이치고는 그리 멋을 부리는 성격도 아니라서 돈 쏨쏨이는 헤프지 않았다. 하지만 대학 졸업 후 비정규직이거나 그마저도 일 없이 지낼 때가 많았고 지금 하고 있는 아르바이트 역시 시급이 낮았다. 그래선지 대학을 졸업한 지 6년이나 되었어도 겨우 180만 엔 정도의 금액만이 통장에 남아 있었다.

"도모유키는 어때? 저금한 돈이 꽤 있겠지?"

"물론이죠. 어릴 때부터 가난한 집에서 자라서 그런지 절대 부모 신세는 지지 않겠다고 결심했던 것 같아요. 게다가 전문대 졸업이니까 사회에서 돈을 번 지 벌써 8년이나 되었고요. 직장도 줄곧 집에

35

서 다니며 생활했고, 옷차림도 신경 쓰지 않으면서 작은 중고차를 끌고 다니니까 아마 꽤 모았을 거예요."

"어느 정도?"

"글쎄요, 어림잡아 1천5백만 엔 정도는 되지 않을까요?"

"세상에나…."

"많이 모은 편인가요? 사회에서 일한 지 7년이나 되었잖아요…. 천5백만 엔 나누기 7하면 1년에 약 2백만 엔, 매달 생활비랍시고 5만 엔씩 내기는 했지만 집세나 식비, 공과금도 없었으니…, 어머, 그러고 보니 더 모았을지도 모르겠네요."

"돈도 많이 모았으니까 결혼식도 성대하게 하면 좋을 텐데."

마치 지적질이라도 하는 듯한 말투가 튀어나오고 말았다. 그런 경사스러운 날에는 모아놓은 돈을 아낌없이 쓰는 것이 일반적이라는 남편의 말에 세뇌라도 당한 것일까.

"며느리 될 아이도 결혼을 조촐하게 하자는 의견인가 봐요. 피로연도 작은 레스토랑을 빌려서 간단하게 치를 예정인가 보고요."

"그쪽 사돈댁에서도 허락할까?"

자기도 모르게 마치 잔소리하는 것 같은 말투가 튀어나온 바람에 아츠코는 당황해서 애써 웃어 보이며 말했다.

"그거야 자기네 딸이 조촐하게 하기를 원하니까 잔소리할 이유가 없겠죠. 그리고 결혼식은 신부가 원하는 대로 하는 것이 가장 좋다고 생각해요. 어차피 그날의 주인공이잖아요."

"사츠키는 분명 좋은 시어머니가 될 거야."

"정말요?"

사츠키가 정말 기쁘다는 듯 미소를 지었다.

특별히 경사스런 날이라 하여 모든 사람이 돈을 쓰는 것이라면 어쩔 수 없다는 생각이 들기도 한다. 그러나 도모유키처럼 잔뜩 예금을 해두고서도 조촐한 결혼식을 선택하는 커플도 있다. 게다가 사츠키는 결혼자금으로 겨우 30만 엔만 건네줄 예정이란다.

하얀 팥경단을 바라보며 아츠코는 생각했다.

현재 내 시급 1천5십 엔, 허리띠를 졸라매고 살아온 지금까지의 세월, 노후 걱정….

수백만 엔이 한 순간에 거품처럼 사라질 것을 생각하니 또 다시 억장이 무너진다.

하지만 너무 늦었다. 사야카의 예식장은 이미 비싼 곳으로 정해져버렸다.

예식장은 그렇다손 치더라도 어쩌면 결혼식 세부 항목을 바꾸는 것은 아직 늦지 않았을지도 모른다.

그렇다면 서둘러야 한다.

그런 생각이 들자 갑자기 초조해지기 시작했다.

3

지바현의 구주쿠리로 향하는 전차 안은 해수욕하러 가는 사람들로 가득하다.

여름방학이라 아이들과 함께 가는 가족이 많이 눈에 띄었다.

전철 안으로 쏟아지는 강한 햇살 때문에 아츠코의 눈이 가늘어진다.

남편의 여동생이자 아츠코의 시누이인 사쿠라도 시지코로부터 시아버지가 위급하다는 연락을 받은 것은 오늘 이른 아침이었다.

작년 딱 이맘때쯤 시아버지가 암에 걸렸다는 사실을 알게 되었지만 이미 말기였다.

남편과 함께 구주쿠리에 있는 종합병원에 도착하니, 시아버지는 산소마스크를 한 채 의식불명 상태였다. 시어머니와 시누이 모두 각오라도 한 것일까. 아니면 시아버지가 이미 나이 아흔을 넘은 고령이므로 천수를 누렸다고 생각해서인가, 병실 분위기는 눈물 바람이 아니라 시아버지를 차분하게 들여다보고 있는 분위기였다. 그러다 가끔 귓가에 입을 대고 "아버지"라고 불러볼 뿐이었다.

시누이 시지코의 남편인 사쿠라도 히데노리는 구주쿠리에 있는 미생물연구소에서 근무했다. 어떤 연구를 하는지 몇 번 물어보았지만 그럴 때마다 알아들을 수 없는 전문 용어만을 죽 늘어놓았다. 그런 말은 이과 계통에 있는 사람들이나 알아들을 수 있는 딴 세상 이야기였고, 보통 사람은 알아들을 수 없었다. 게다가 그는 알아들을 수 있도록 쉽게 설명해주는 배려심하고는 거리가 먼 사람이었다.

이윽고 의사가 간호사를 데리고 병실에 들어왔다.

시아버지의 이마를 짚어보고 가슴에 청진기를 갖다 댔다.

"오늘 밤, 위급한 고비는 넘긴 듯합니다."

의사는 이렇게 말하며 청진기를 뺐다.

예전의 시어머니 같으면 벌떡 일어나 의사에게 깊이 고개를 숙이며 감사를 표했겠지만 지금은 철제 의자에 앉은 채 일어날 생각조차 없는 것처럼 보였다. 어젯밤부터 병실을 지키셨는지 피곤에 전 표정으로 멍하니 허공만 바라보고 있었다.

의사와 간호사가 병실을 나간 후, 시지코가 입을 연다.

"그럼, 우리 집으로 가서 차라도 마시죠."

작정하고 할 말이 있다는 진지한 표정이었다.

"병실은 제가 지킬 테니 들어들 가세요. 무슨 일 있으면 연락할게요."

미리 각본이라도 짜놓았는지 병원에 와 있던 시누이의 사촌이 말을 받았다.

"아버지, 저희는 이만 가볼게요."

말없이 누워 있는 시아버지에게 드린 인사가 신호라도 되는 듯 가족들 모두 병실을 빠져나왔다.

시누이 부부가 사는 집은 늘 깨끗해서 현관에도 먼지 하나 없었다.

거실로 들어서자 아츠코는 "도와드릴게요"라며 부엌으로 들어섰다.

식탁에는 이미 사람 수에 맞추어 컵과 과자가 세팅되어 있었다. 어쩌면 아침부터 준비해놓았는지도 모른다.

"아츠코 씨, 그럼 유리그릇 좀 꺼내줄래요?"

아츠코가 유리그릇을 꺼내려 하자, 시지코가 다른 그릇을 가리킨다. "그거 말고 앞의 접시를 꺼내주세요. 그래, 그 끝에 있는 초록색 그거."

시지코가 남편의 여동생이므로 형식을 따지자면 아츠코가 새언니인 셈이지만, 나이가 아래였다. 그래서인지 시지코는 "새언니"라는 호칭 대신 "아츠코 씨"라고 부른다. 아츠코 입장에서도 시지코가 자신보다 나이도 많고 또 행동거지가 어른스러워 그냥 자연스럽게 존칭을 쓰게 되었다.

시지코가 냉장고에서 큼직한 배를 꺼내 씻었다.

"모두 다섯 명이죠?"

혼자 중얼거리며 익숙한 솜씨로 껍질을 깎아 접시에 5등분한 다음 그것을 다시 3조각씩 나누고는 소금물에 담갔다가 꺼냈다. 그리고 이번에는 거봉 포도를 꺼내 스테인리스 그릇에 넣고 흐르는 물에 깨끗이 씻은 다음, 부엌 가위로 사람 수대로 포도 줄기를 잘라냈다. 머리 회전도 빠르고 행동에 군더더기가 없다.

"아츠코 씨, 과일 포크 좀 꺼내줄래요? 거기 서랍에 있어요."

아이들이 어렸을 때, 해수욕을 하고 돌아가는 길에 이 집에 들렀던 기억이 났다. 현관에서 인사만 하고 가려 했는데 굳이 저녁을 먹고 가라고 권하기에 식구들이 모두 집 안으로 들어갔다. 메뉴는 메밀국수와 튀김이었다. 그때 깔끔한 부엌에서 시누이가 요리하는 과정을 보면서 깜짝 놀랐다. 튀김용으로 준비한 호박 한 조각, 버섯도 한 조각, 피망은 한 조각 반 등등 야채의 양이 남기지 않을, 아니 절대로 남길 수 없는 분량으로 준비되었기 때문이다. 아츠코 같으면 호박도 하나 꺼냈으면 모두 썰고, 버섯이나 피망도 마찬가지였을 것이다. 그래서 잔뜩 만들어선 큰 그릇에 수북하게 담아 식탁 위에 내놓고, 만일 먹고 남으면 다음 날 또 먹곤 했을 것이다.

— 음식은 소식이 좋아요. '조금 더 먹고 싶다'는 아쉬움이 들 정도가 가장 맛있는 법이죠. 그래도 정 모자란다 싶으면 샐러드를 조금 더 먹으면 되고요.

그녀는 늘 이런 식으로 가족들의 건강을 챙겨왔다. 성격이나 말투가 상냥하지 않아서 퉁명스러워 보이기는 하지만, 시누이의 총명함에 대해서만큼은 아츠코도 한 수 접어줄 수밖에 없었다.

빙 둘러앉아 거실에서 차를 마셨다. 각자의 앞에 놓인 접시에는 딱 한입 크기로 잘라진 배와 거봉이 담겨 있었다. 누구라도 부담 없이 먹을 수 있는 분량이었다.

"오빠하고 아츠코 씨에게 보여드리고 싶은 것이 있어요."

시지코가 공책 하나를 테이블 위에 올려놓았다. 결벽증이라 해도 좋을 정도로 깔끔을 떠는 시누이가 꺼내놓은 공책은 첫 장부터 번들번들 손때가 묻어 있었다. 오랜 세월에 걸쳐 사용해온 흔적임에 틀림없었다.

남편이 공책을 집어 들고 휙휙 펼쳐본다. 곁눈으로 슬쩍 보니 영수증이 붙어 있다.

"아버지 간병하는 데 들어간 비용을 메모해놓은 것들이에요. 우리가 적지 않은 부담을 했고요."

이렇게 말하며 시지코는 슬쩍 눈을 올려 뜨며 오빠의 눈치를 살폈다. 늘 당당한 평소의 그녀와는 꽤 다른 모습이었다.

"그래, 정말 고생했다. 고마워."

남편은 선선하게 여동생에게 인사 차리는 말을 했다.

"하지만…", 아츠코가 자기도 모르게 두 사람 사이의 말에 끼어들었다.

그러자 시지코뿐 아니라 그의 남편인 사쿠라도까지 아츠코에게 날카로운 시선을 던졌다.

"아츠코 씨, 뭔가요?"

말은 평이하게 했지만, 시지코의 눈빛은 험악했다.

"그러니까…, 그게요…"

분위기에 압도되어 말이 잘 나오지 않았지만 여기서 그만둘 수는 없었다.

코로 숨을 들이마시고 천천히 뱉어낸 다음 입을 열었다.

"우리도 부모님 생활비를 보내고 있잖아요. 매달 9만 엔이라는 금액은 우리 집 형편으로선 꽤 부담스럽기도 하고요."

시댁은 과거에 도쿄의 아사쿠사에서 와구리당이라는 일본 전통 과자가게를 운영했다. 시부모님은 남편이 가업을 이어주길 바랐지만 그는 월급쟁이의 길을 선택했다. 그 후 데릴사위를 들여서라도 시누이가 가게를 물려받길 바랐지만, 그녀 역시 연구원 생활을 하는 사쿠라도와 결혼해버렸다.

시아버지는 후계자 없이 가게를 계속 운영하다가, 나이 70에 접어들면서 아쉽지만 메이지 시대[9]부터 해오던 가게를 폐업하기로 했다.

아사쿠사에서 구주쿠리로 이사 온 이유는 그곳의 비교적 따뜻한 기후 때문이기도 하고, 딸네 집에 자주 들르고 싶은 마음도 있었기 때문이다. 그래서 아사쿠사의 집을 팔고, 시지코가 사는 집 바로 옆에 일본식 집을 지어 올렸다. 자영업을 하셨기 때문에 매달 연금은 많지 않지만, 아사쿠사의 땅값으로 2억 엔이나 받았다. 시부모님은 그 후 크루즈를 타고 세계 여행에도 나서고 맛있는 음식을 찾아다니는 미식가 생활도 누리는 등 호화롭게 지냈다.

그러나 몇 년 후, 시아버지가 폐기종 합병증으로 다리와 허리가 허약해졌고, 시어머니는 고혈압으로 뇌경색을 앓게 되었다. 그래서 두 분은 구주쿠리에 있는 요양원에 들어가게 되었다. 돈을 잔뜩 들여 지은 새 집에서는 겨우 몇 년밖에 살지 못하고 그 집은 지금 빈집으로 남아 있게 되었다. 물론 시누이가 가끔 들러 청소를 하므로 완전 폐가가 돼 있는 건 아니었다.

---

9   일본 메이지 천황 시대의 연호(明治, 1867~1912) — 옮긴이

요양원에는 아츠코도 몇 번인가 방문했다. 로비는 마치 해외의 리조트 호텔이라고 착각할 정도로 고급스런 대리석으로 장식되어 있었다. 털이 길고 푹신해 보이는 고급 카펫이 깔려 있고 그 위로는 최고급으로 보이는 가죽 소파가 몇 세트나 당당하게 자리 잡고 있었다. 현관 정면에는 커다란 도자기에 제철 꽃이 화려하게 장식되어 있었다. 통풍이 잘 되는 천장으로는 자연광이 자연스럽게 내리비쳤다. 엘리베이터로 통하는 복도에는 마치 미술관에라도 온 것 같은 착각이 들 정도로 천장에 설치된 조명이 그림을 돋보이게 해주었다. 그 외에도 도서관, 스포츠 짐, 그리고 미팅 룸과 게임 룸까지 갖추고 있었다. 일류 요리사가 일하는 넓고 호화로운 레스토랑에서는 젊고 깔끔한 웨이터가 서빙을 했다. 그리고 맨 꼭대기 층에는 그랜드 피아노를 갖춘 라운드 바까지 있었다.

요양원에 들어가기 위해서는 한 사람당 2천만 엔의 현금을 일시불로 내야 한다고 들었다. 요양원 입구에는 경비원이 지키고 있고 간호사와 물리치료사도 상주하며 바로 옆에는 종합병원이 자리 잡았다. 요금은 매달 22만 엔이지만 부부가 한 방을 쓸 경우 38만 엔으로 요금 할인을 해주었다. 하지만 식비와 각종 공과금은 별도로 내야 했다.

― 부모님 모두 평생 일만 하고 사셨어. 일 년 365일 휴일도 없이 이른 아침부터 늦은 밤까지 일만 하셨으니 노후에 이 정도 호강은 하셔야…

그 당시 남편은 입버릇처럼 이렇게 말했다. 이제 얼마 남지 않은 인생이니 좋은 시설이 갖추어진 곳에서 편안하게 지내게 해드리고 싶다고 자식들 모두 생각했다. 그 당시 시아버지는 피골이 상접할 정도로 말랐고 시어머니 역시 기력이 쇠진하여 간신히 미소만 지을 뿐이라서 여생이 정말 얼마 안 될 것이라고 판단했다.

하지만, 그로부터 17년.

설마 이렇게까지 장수하시리라고는….

누구도 이런 말을 입 밖에 내지 않았지만 모두 같은 생각이었을 것이다.

1년 전 시아버지가 암으로 입원한 시점부터 아사쿠사의 땅값으로 받은 2억 엔은 바닥을 드러내고 있었다. 이제 병원에서 퇴원하실 수 없을 것이라는 예상을 하고 요양원의 2인실을 시어머니 혼자 쓰는 1인실로 바꾸었다. 그래서 지금도 1인용 방세로 22만 엔 그리고 생활비로 8만 엔 이렇게 모두 매달 30만 엔이 들어간다.

그 돈과 관련해선 시부모의 연금이 약 12만 엔, 시누이와 우리가 각각 9만 엔씩 내서 30만 엔을 그럭저럭 맞추고 있는 형편이었다. 시아버지는 연명치료를 하지 않기로 하였고, 들어놓은 보험에서 나오는 돈이 있으므로 병원비 걱정은 하지 않아도 되었다. 나이가 많을수록 자기부담금이 줄어들어 이와 관련해선 거의 부담을 느끼지 않아도 되었다. 그래서 늙은이만 극진히 떠받드는 노인천국이라는 비난을 사기도 하지만, 부모를 모셔야 하는 젊은 세대의 입장에서 보면 큰 도움이 되는 것 역시 사실이다.

"생활비는 우리도 매달 9만 엔씩 내고 있고요, 그저 돈만 낸다고 다는 아닌 듯합니다만…."

깜짝 놀랐다. 사쿠라도가 이렇게 거들고 나서리라고는 상상도 못하였기 때문이다.

이과 계통의 연구자는, 이런 가정사에 대해 전혀 관심을 보이지 않는다는 인식이 강해서였을까.

그는 늘 흰 셔츠에 회색 바지 차림이었다. 옷이 몇 벌 안 되는 것인지, 아니면 같은 옷만 사 입기 때문인지 이유는 확실히 모른다. 키도 훤칠하고 이목구비도 뚜렷해서 요즘 유행하는 옷을 입어도 나름대로 잘 어울릴 것 같지만 그는 옷차림에는 전혀 관심이 없어 보였다. 쉬는 날에는 산책이나 독서를 할 뿐이고, 연구차 미국에도 다녀왔지만 도심에 자리한 백화점은 거의 이용하지 않는다고 들었다.

"그래, 전형적인 장인 기질에다 완고하신 아버지를 돌보는 일이 쉽지는 않았을 거야."

생각지도 않았는데 남편도 시누이 부부의 편을 들어주고 나선다.

"저는요, 아버지 병간호를 하느라 일도 할 수 없었다구요."

아츠코는 자신의 귀를 의심했다. 시누이는 결혼 후 줄곧 전업주부였다. 일자리를 찾는다거나 혹은 일을 하고 싶다는 말을 한 적은 한 번도 없었다. 사쿠라도의 연봉은 1천5백만 엔이 넘는다고 들었다. 수재인 두 아들은 이미 다 독립해서 장남은 지바현 도심에서, 차남은 뮌헨에서 살고 있다.

늘 벌레 씹은 얼굴로 살아오신 시아버지의 뜻을 받들며 살아야 했던 어려움은 시지코뿐 아니라 우리 모두 마찬가지였다. 하지만 폐기종이라는 진단을 받자마자, 노부모를 내팽개치듯이 요양원에 보낸 것은 다름 아닌 시지코가 아니었던가. 시어머니의 뇌경색 역시 아주 가벼운 증상이었고 재활의 효과도 있어 지금처럼 일상적인 생활이 가능한 것이지, 시지코가 옆에서 간호를 했기 때문은 아니다.

시어머니는 한구석에 정좌하고 앉아 조용히 차를 마시고 있었다. 우리들의 대화를 듣고나 있는 것인지 아까부터 한마디도 거들지 않았다. 그동안 못 본 사이, 가는귀라도 먹은 것일까. 시아버지처럼 피골이 상접할 정도로 말랐지만 흰 살결의 기품 있는 풍모는 여전했다. 와구리당의 '간판아가씨[10]'이라 불리던 그 옛날을 떠올리게 한다. 시아버지는 애초에 와구리당에서 일하던 직원이었다. 가게 주인의 눈에 들어 간판아가씨이었던 딸과 결혼시켜 가게를 이었다고 한다.

"그러니까 우리가 오빠네보다 돈이 더 들어갔다고요."

"한 달에 9만 엔, 우리랑 같은 금액이었잖아?"

"어떻게 그 돈만 들어가요? 병원이나 요양원 직원들은 우리가 가까이 살고 있다는 사실을 모두 알고 있는데. 아무리 못 가도 일주일에 한 번은 들렀는데, 갈 때마다 빈손으로 갈 수는 없잖아요. 의사에게도 신경 써야 하고, 간호사들에게 간식이라도 사 들여줘야 하니까 이리저리 들어가는 돈이 만만치 않다고요. 오빠는 남자니까 이런 세세한 것까지는 상상도 하지 못할 테지만…."

이렇게 말하며 힐끗 아츠코를 곁눈질한다.

— 하지만 그쪽은 같은 여자니까 잘 알겠죠?

그렇게 말하는 눈초리였다.

— 그러니까 돈이 어디에 얼마나 들어갔는지 세세한 증거를 대라고요!

---

10 看板娘, 개인 상점이나 찻집, 음식점 같은 곳에서 손님을 끌어들이기 위해 기용하는 젊은 여성을 가리킨다. — 편집자

아츠코 역시 이렇게 말하고 싶었다. 공책에 영수증 몇 장이 붙어 있기는 하지만 뭐가 뭔지 알아보기 어려웠다. 자세히 알려주고자 한다면, 부모님에게 들어간 내역만 따로 정리해서 그것만 보여주면 될 것이다. 가계부 정리의 달인이라 해도 모자랄 정도로 총명한 시누이한테 그런 작업은 식은 죽 먹기일 것이다. 매달 꼬박꼬박 9만 엔이라는 거금을 내고 있지만 그 돈의 쓰임새에 대해서는 늘 대략적인 설명으로 끝내니까 아츠코는 아츠코대로 마음속에서 의심이 모락모락 피어나는 것을 참던 중이었다. 백 엔 단위까지 절약하며 살아가는 자신의 형편에 내역도 확실하지 않은 돈 9만 엔을 매달 내야 한다는 사실이 얼마나 큰 정신적인 스트레스인지 모른다.

"그건 그렇고, 2억 엔이나 있었는데 그렇게 빨리 사라지다니…"

남편은 아무 생각 없이 솔직한 의견을 말했을 뿐 나쁜 뜻은 없었다.

하지만 사쿠라도는 남편의 말을 듣고 발끈한다.

"마치 우리가 형님 부부를 속이고 있다는 말투로 들리는데요."

"아니, 아니… 그런 뜻이 아니고…"

남편은 당황해서 두 손을 크게 휘저으며 말을 이었다.

"부모님이 알뜰하게 살아가려 하셨잖아. 그러니까…, 처음 구주쿠리로 이사 오실 당시만 해도 텃밭을 열심히 가꾸시고. 자급자족까지는 아니더라도 절약하며 살아가는 모습이었으니까 하는 말이지."

집 근처 남의 밭을 빌려 텃밭을 가꾸기는 하셨지만 야채농사가 제대로 되기 시작한 것은 2년쯤 지난 후부터였다. 그래서 몇 번인가 호박과 양파 등을 아츠코에게 택배로 보내주시기도 했다.

"오빠, 그걸 말이라고 해요? 그깟 야채는 마트에서 사면 얼마 되지도 않아요. 아츠코 씨, 식비 중 야채 비용이 얼마쯤 돼요?"

"저…, 그러니까…."

장을 볼 때 고기와 생선, 빵이나 치즈 등과 함께 야채를 구입하므로 야채 가격만 똑 떼어놓고 계산하려니 갑자기 머리가 멍해진다. 배추나 양배추는 통째로 사서 냉장고에 넣어두고 먹는 편이고, 토마토는 비싸서 잘 사지 않았고….

"대략 일주일에 천 엔에서 천5백 엔 정도…?"

"그죠? 그래봐야 한 달에 겨우 5천 엔 정도라구요. 다시 말해 1년 동안 야채값으로 들어가는 돈은 넉넉하게 잡아도 6만 엔 정도죠. 하지만 텃밭 농사하느라 들어가는 비료와 종자 그리고 땅 빌리는 데 들어가는 임대료 등을 계산하면 절약은커녕, 배보다 배꼽이 큰 격이라구요."

"듣고 보니 그렇구먼…."

남편은 고개를 끄덕였다.

"오빠, 농사의 농자도 모르던 사람이 텃밭을 가꾼다는 것은요, 절약하기 위해서가 아니라 호사스러운 취미라고요."

그래서 결국, 시지코가 우리에게 오늘 하고자 하는 말의 핵심은 무엇일까. 시종일관 계속되는 이런 식의 울분 섞인 말투만 들어서는 도대체 어느 장단에 맞춰줘야 할지 모를 지경이었다.

"저…, 그러니까, 한 달에 9만 엔의 생활 보조금이 모자라다는 말씀이세요?"

조심스럽게 물어보았다. 돈을 더 내라면 부담스럽기는 하지만 1만 엔을 더 내야 하는지 아니면 5만 엔을 더 내야 하는지 속으로 혼자 가늠하다 지치고 말 것 같았기 때문이다. 뭘 원하는지 딱 부러지게 빨리 말해줬으면 하는 심정이었다.

"생활비 보조금은 지금 내던 대로 하면 되고요. 한 가지 오빠에게 부탁이 있어요."

시지코는 갑자기 자세를 고쳐 앉으며 말했다.

"아버지가 돌아가시면, 장례식은 오빠가 맡아주었으면 해요."

"뭐야? 그 말이었어? 아무렴, 그래야지."

남편은 흔쾌히 받아들였다.

"내가 장남이니 진즉부터 상주는 내가 해야 한다고 생각해 왔어."

병색으로 가득한 시어머니를 상주로 삼지 않겠다는 남편의 판단 도 무리는 아니었다.

"오빠가 그렇게 말해주니 마음이 놓여요. 아사쿠사에서 오랫동안 장사를 해오셨으니 장지도 아사쿠사 근처에서 해야 문상객도 많이 올 거예요. 구주쿠리는 나이 든 사람이 문상 오기에 너무 멀어서…."

"그야 그렇지."

오누이 간의 대화가 죽이 잘 맞았다. 시어머니는 아예 의논 상대 에서 제외된 느낌이었다.

예전부터 이 오누이는 어머니를 잘 따르지 않았다. 남편은 마마보 이는커녕 어머니에 대한 애정이 전혀 없어 보였다. 시어머니는 가게 일로 늘 바빠서 살림과 아이들 교육은 할머니가 도맡았다고 한다. 출산 직후에도 가게에 나가 간판아가씨 역할을 했다니 어쩌면 애초부터 자식 사랑이 없는 스타일이었는지도 모른다.

"오빠…, 그러니까 장례 비용도 모두 오빠가 맡아주었으면 해요."

"그건 좀…."

그 말에는 남편도 부담스러워하는 눈치였다.

"크게 생각하지 않아도 될 거 같아요. 아버지도 아사쿠사에서 장사하며 많은 조의금을 내곤 했으니 그 정도에 걸맞은 부조금이 들어올 거구요. 물론 그 돈으로 장례 비용을 모두 충당하기는 어렵겠지만 큰 차이가 나지는 않을 거예요."

"듣고 보니 그러네."

일반적으로 장례 비용은 어느 정도 드는 것일까. 아츠코의 부모가 아직 건강하셨으므로 경험이 없어서 전혀 짐작하기 어려웠다.

"어머니, 장례는 상조회사 호유에 맡기는 것이 좋겠죠?"

시지코가 묻자, 한구석에 앉아 있던 어머니가 입을 연다. "우리 집안 대대로 그곳에서 해왔으니 알아서 잘 해주겠지."

"알았어요. 제가 연락해볼게요."

남편은 이렇게 말하며 차가운 보리차를 벌컥벌컥 들이켰다. "아버지의 남은 재산은 구주쿠리에 있는 집뿐인가?"

"몇 평 되지도 않는 작은 집인데요, 뭘."

갑자기 사쿠라도가 입을 연다.

"그렇군. 그래도 토지는 꽤 넓잖아. 게다가 환경도 좋고."

"오빠도 참, 생각이 그리 없어요? 전철역에서도 멀고, 두 노인네 살기는 충분할지 몰라도 가족이 살기에는 좁잖아요. 부동산에 물어보니 요즘 시세로 아무리 잘 받아도 5백만 엔 정도라던데."

아니, 어느새 부동산에 집값을 물어본 것일까? 혹시 그 집을 팔아 돈을 모두 가져갈 심산인가?

"그 집은 그냥 두는 게 좋을 것 같아."

남편이 느긋한 표정으로 말했다. "몇 년 후 정년퇴직하면 바닷가 근처에서 사는 것도 좋을 것 같고, 또 손주들이 태어나 해수욕하러 올 때 요긴하게 사용할 수도 있고."

"아키라 씨, 또 이렇게 현실감 없는 소리를 하네요."

나도 모르게 말이 튀어나왔다. 며느리 입장에서 시댁의 재산에 대해 운운해서는 안 된다고 늘 스스로를 다스려오던 터였다. 재산 상속을 놓고 형제간에 골육상쟁을 벌이는 이유가, 며느리가 입을 잘못 놀려서 그렇다는 이야기를 어떤 책에선가 읽은 기억을 지니고 있었기 때문이다.

"아츠코, 내 말이 현실감 없다니 무슨 소리야?"

"그러니까, 유지비는 생각 안 해요? 고정자산세도 내야 하고요. 당신 말대로 마음 내킬 때 훌쩍 오고 싶은 마음 때문에, 매달 전기료와 수도세를 기본요금으로 내야 하는 건 생각 안 해요? 그럴 바에야 차라리 그 돈으로 호텔에 가는 편이 더 싸게 먹힌다고요."

"잠깐, 잠깐. 오빠네는 왜 그 집을 마음대로 자기들이 쓴다고 하는 거예요? 그 집은 엄연히 저하고 공동재산이라는 걸 모르세요? 오빠 혼자만의 집이 아니라고요."

시지코가 단호하게 말한다.

"그러니까 너도 함께 사용하면 되잖아."

"제가 그 집이 무슨 소용 있어요? 우리 집이 넘어지면 코 닿을 정도로 가까운 곳에 있는데."

"그러네…."

오누이의 대화를 듣고 있자니 마치 시어머니 역시 이 세상 사람이 아닌 것처럼 여겨졌다. 방 한구석에 자기 어머니를 앉혀놓고 이런 대화를 이어가다니.

하긴 시어머니도 많이 변했다. 처음 시집 올 때만 하더라도 늘 기모노에 새하얀 앞치마를 입고 머리는 위로 틀어 올린 모습이었다. 그 당시 시어머니는 50대로 기다란 목덜미에서 향기가 풍기는 아름다운 중년의 모습이었다. 매일 와구리당 앞에서 손님들에게 웃음을 선사하고 점원들을 잘 다스리며 여자이면서도 상점회의 부회장까지 역임하기도 했다. 팔방미인이란 바로 시어머니를 두고 한 말이라는 생각이 들 정도였다.

하지만 지금은 그냥 앉아 계시는 것조차 힘들어 보였다. 그러고 보면 요양원의 너무 호화로운 시설에 대해서도 생각해볼 필요가 있었다. 사는 곳이 너무 편해서 스트레스가 없다 보면, 감정의 기복까지 없어지는 것은 아닐까. 남편과 함께 요양원에 갈 때마다 어머니는 늘 방 안에 혼자 앉아 창밖을 내다보고 계셨다. 요양원에 들어간 지 17년이나 되었지만 변변한 친구 하나 없는 듯했다. 아무하고도 대화를 하지 않는 나날들이 결코 시어머니의 정신 건강에 좋았을 리 없다.

"저…."

시어머니 앞에서 이런 말을 꺼내기가 그렇기는 하지만 지금 아니면 더 이상 기회는 없다는 생각이 들어 입을 열었다.

"비록 작은 집이기는 하지만 그걸 팔아서 장례 비용으로 쓰면 어떨까요?"

반색을 하고 맞장구쳐주리라 기대했지만 의외로 차가운 시선이 돌아왔다. 시지코 부부뿐 아니라 남편까지도.

"아직 아버지 돌아가신 거 아니거든요." 시지코가 차갑게 말했다.

"네?"

아니, 이건 또 무슨 말인가!

장례식에 대해 말을 꺼낸 것은 그쪽 아닌가. 딸은 그런 말을 꺼내도 되고 피 한 방울 섞이지 않은 며느리인 나는 그런 말을 하면 안 된다는 건가.

내친김에 입바른 소리를 하자면, 큰돈 들어가는 요양원은 하루라도 빨리 해약했으면 하는 마음이었다. 시어머니를 그 집에서 살게 하고 가까이에 사는 시지코가 어머니를 돌보면 된다. 물론 필요하다면 가사 도우미를 이용할 수도 있겠다. 그게 경제적인 면에서도 서로 좋지 않을까. 엎어지면 코 닿을 정도로 가까이 살고 무엇보다 며느리보다야 딸이 더 편하지 않겠는가 말이다.

2억 엔이라는 거금이 바닥날 때부터 그렇게 했어야 했다. 아니, 이제 와 말이지만 호스스런 크루즈 같은 거 타지 말고 애초부터 절약해서 계획적으로 살았으면 지금 이런 꼴 당하지 않았을 것이다.

아츠코 주변에 시부모 댁에 생활비를 보태는 사람은 그녀밖에 없었다. 모두들 한결같이 시댁이 그들보다 훨씬 더 돈이 많다고들 한다. 뿐만 아니라 땅값이 비싼 도쿄에서 수억 엔이나 하는 도심의 토지를 자식들에게 유산으로 남기고 죽는 부모도 얼마든지 찾아볼 수 있었다.

　더 거슬러 올라가, 새 집 짓느라 낭비하지 말고 그냥 시지코가 살고 있는 집에 부모를 모셨어도 좋았다. 아들 둘은 이미 독립해서 나가 있어 빈 방도 많지 않은가. 하지만 시지코가 요즘 어머니를 냉대하는 모습을 보면 집에 모시고 사는 것은 상상하기조차 어려웠다. 시지코는 경제적으로 쪼들리지 않으므로 한 달에 9만 엔쯤 대수롭지 않은 금액일 터다.

　"부모님 댁을 팔지 않을 거라면, 장례식 비용을 절반씩 내면 어떨까요?"

　차가운 시선 속에서도 용기를 내어 말해보았다.

　"이봐, 아츠코, 장례식 비용 정도는 내가 낼게. 장남 아닌가."

　"아키라 씨⋯, 우리한테 그런 돈이⋯."

　도대체 어디에 있다는 거예요? 라는 말은 꿀꺽 삼켜야 했다. 폼 잡기 좋아하는 남편은 여동생 앞에서 주눅 드는 것을 죽기보다 싫어했기 때문이다.

　사야카의 결혼식에 들어갈 비용이 남은 인생의 가장 큰 목돈이라고 생각했는데⋯. 생각지도 않았던 장례식 비용을 모두 떠안으라니, 노후자금은 대체 어쩌라고⋯.

　"무슨 소리 하는 거예요?"

　시지코가 언성을 높이기에 쳐다보자 아츠코 부부를 정면으로 쏘아보고 있었다.

　"아츠코 씨는 모르겠지만요, 어릴 때부터 우리 집은 늘 오빠만 위해왔다구요."

이건 또 도대체 무슨 말인가.

갑작스런 모습에 남편도 당황하는 기색이 역력했다.

"오빠가 와구리당을 이어받을 거라면서 뭐든지 오빠만 위하고 살았잖아요. 오빠만 좋아하는 거 다 사주고…."

시지코는 눈물까지 흘리고 있었다. 늘 그녀의 의젓한 모습만 보아온 아츠코로서는 놀랄 수밖에 없었다.

"가끔 스테이크를 먹으러 갈 때도 오빠만 큰 것을 주문해주고…."

철부지 어린애 같은 말에 나는 그만 웃음이 터져 나올 것만 같았다.

하지만 여기서 웃으면 절대 안 된다는 생각에 이를 악물었다.

얼른 고개를 떨구고 손수건으로 입을 가리며 웃음이 새어나오지 않도록 안간힘을 썼다.

"오빠가 와구리당을 이어받지 않았는데도 결혼하고 집을 산다니까 천만 엔이나 도와주면서 내가 집 살 때는 한 푼도 도와주지 않고…."

"그건…."

줄곧 침묵하고 있던 시어머니가 입을 열었다.

"그 당시 사쿠라도는 아키라보다 월급이 두 배나 많았잖니. 또 그 당시 아키라보다 너네 집값이 훨씬 쌌고…."

"어머니, 그걸 말씀이라고 하세요? 월급이 많고 적고의 문제가 아니잖아요. 자식들을 평등하게 대하는 것이 부모의 도리라고요."

사쿠라도가 티슈를 한 장 뽑아 건네자, 시지코가 팽 하니 코를 풀었다.

"어머니" 하고 사쿠라도가 엄숙한 표정으로 입을 열었다. "시지코는 늘 이렇게 아픈 트라우마 속에서 살아왔어요. 시지코가 오빠에게 눌려 제대로 자식 대접을 받지 못하고 살아온 그 세월은요, 아무리 나이를 먹어도 잊히지 않고 괴롭기 마련이라고요."

시어머니는 아무 말 없이 찻잔을 두 손으로 감싼 채, 고개를 푹 숙였다.

"아무튼 아버지의 장례식은 내가 알아서 하마."

남편은 이렇게 말하며 자리를 털고 일어섰다. "슬슬 돌아가볼까?"

눈 뜨고 당한 꼴이 아닌가.

결국 부모님 집은 어떻게 되는 건가. 그대로 두기로 하는 건가?

묻고 싶었다. 하지만 며느리 입장에서 더 끼어들었다가는 한 소리 들을 것이 분명했다. 게다가 집을 장만할 때 우리만 도움을 받고 시지코는 전혀 도움을 받지 않았다는 사실도 오늘 처음 듣는 소리라서 시누이의 입장도 조금은 이해가 되는 듯하기도 하고 아무튼 머릿속이 복잡해졌다.

하지만 현실적인 문제로 돌아와본다면 우리는 노후자금이 불안하지만 시지코는 여유롭지 않은가. 찬장에는 고급 브랜드의 커피세트가 즐비하고 그녀의 목에 걸려 있는 목걸이는 그 유명한 피아제 제품이다. 도서관에서 빌린 잡지에서 그 목걸이를 본 적이 있었다. 가운데 다이아몬드가 박혀 있는 저런 목걸이의 가격은 60만 엔이 넘었다. 너무 맘에 들어서 파르코 매장의 액세서리 코너에서 2,980엔을 주고 짝퉁을 산 적이 있다.

알 수 없는 불안감이 몰려왔다.

이렇게 장례식 비용을 모두 껴안고 집으로 돌아가도 되는 것일까.

그래서 말했다.

"이 공책 빌려 가도 될까요?"

"그걸 가져가서 뭐하려고요?"

시지코가 힐난 조로 말하며 노려보았다.

— 시지코 씨, 우리 집 형편이 그리 좋지 않아서 말이죠. 그러니까 그 공책을 가져가서 꼼꼼히 살펴보려구요. 매달 9만 엔이 어디에 쓰이는지 확인도 하고요.

이렇게 솔직하게 말할 수 있으면 얼마나 좋을까.

"참고하려고요."

"참고는 무슨?"

"그러니까…, 이런저런…."

"이런저런이라니 도대체 무슨 말인지 모르겠네. 아무튼 그렇게는 못 해요. 매일매일 써야 하니까."

시지코는 이렇게 말하며 잽싸게 공책을 집어들었다.

4

아츠코가 장을 보고 집에 돌아오자 사야카와 하야토가 거실에 함께 있었다.

"누나 결혼식장, 아자부고토부키엔으로 정해졌다면서? 대단한데."

하야토는 소파에 길게 누운 채로 사야카에게 편안하게 말을 붙였다.

"대단할 것도 없어."

사야카도 소파에 앉아 책을 읽고 있었다. 딸의 책 읽는 모습이 몇 년 만인가.

하지만 지금 펼쳐 들고 있는 책은 중고생 수준의 해외 미스터리 시리즈다.

"있잖아, 혹시 말야 이번 결혼식…, 조촐하게 하면 어떨까?"

아츠코는 작심하고 말을 건넸다.

지난번 사츠키로부터 도모유키가 조촐한 결혼식을 준비하고 있다는 말을 듣고 나서부터 줄곧 마음속에 뭉게뭉게 피어오르는 자신의 생각을, 일단은 딸에게 말이라도 한번 해봐야겠다고 결심한 터였다.

"엄마, 혹시 돈이 없어요?"

사야카는 언제나처럼 금방이라도 울음을 터뜨릴 듯한 표정으로 되물어왔다.

"아니야, 돈은 있지만 처음부터 그렇게 호화롭게 시작하는 것이 젊은 너희에게 결코 좋을 것 같지 않아서 말이야."

그것도 너희들 돈이라면 몰라도 부모 돈으로…. 이 말은 집어삼켰다.

딸을 애처로이 여기기 시작한 게 언제부터일까. 아마 초등학교 5, 6학년 때였던 것 같다. 자신도, 남편도 적어도 초중학교 때까지는 성적도 좋았고 성격도 활발했다. 그래서 더더욱 사야카에 대해 걱정이 앞서는 것인지도 모른다.

"그건 그렇고 사야카, 결혼식 비용 견적 뽑은 것 좀 보여줄래?"

말을 바꾸어 물어보았다. 명세서를 훑어보고 생략해도 될 만한 건 없는지, 좀 더 가격을 낮출 수 있는 항목은 없는지 검토해보고 싶었다.

"명세표는 모두 다쿠마가 갖고 있어요. 나는 숫자에 약해서."

"뭐라고?"

― 무슨 잠꼬대 같은 소리를 하고 있어? 그나마 얼마 안 되는 노후자금으로 결혼식 비용을 대야 하는 부모 입장 좀 생각해보렴. 어쩌면 그렇게 돈 무서운 줄 모른다니!

이런 소리가 목구멍까지 치고 올라왔다.

하지만 혹시라도 속내를 딸에게 들킬까 봐 애써 등을 돌려 부엌으로 향했다. 그리고 깊게 심호흡을 하며 화를 삭이려고 커피를 타기 시작했다.

"누나, 결혼 비용은 전부 얼마 정도야?"

그때 카운터키친[11]을 통해 아들의 목소리가 들려왔다.

"글쎄, 대략 5, 6백만 엔 정도?"

마치 남의 일을 말하듯 대답하는 딸에게 아츠코는 끝내 분노가 폭발할 것만 같았다.

전부 '5백7십4만3천7백9십2엔', 이렇게 똑 부러지게 말한다면 또 모르겠으나.

"헐, 5, 6백만 엔? 그렇게나 든다고? 그럼, 그 돈은 누가 내는 거야?"

아들, 솔직한 질문 해줘서 고맙다. 이런 질문을 듣고 사야카의 생각이 제발 좀 바뀌길….

"글쎄, 양쪽 집안에서 절반씩 내지 않을까?"

"누나, 그 정도로 저금해둔 돈이 많아?"

그렇지! 잘한다 잘해. 하야토, 계속해주렴.

"그럴 리가 있니? 아버지가 내주신다고 하셨어."

"헉, 아버지 과감하시네. 그건 그렇고 그럼 매형은? 자기가 저금한 돈이래?"

11 부엌과 식사하는 방 사이에 마련한 카운터 모양의 대를 가리키는 일본 조어 — 편집자 주

"글쎄…, 거기까진 모르겠네."

"호화로운 결혼식을 원하는 건 매형의 의견이잖아? 그쪽 부모들 사업과 관련해서 그런 것이라면 매형이 돈을 더 많이 부담하는 것이 맞지 않나? 누나는 아르바이트해서 모은 돈도 많지 않고 하니까."

"그렇게는 힘들 거야."

이렇게 말하며 사야카는 부엌에서 나오는 아츠코를 힐끗 쳐다본다.

아츠코는 못 본 척하며 머그잔을 든 채, 사야카의 건너편에 앉았다.

"누나, 아무리 생각해도 이건 좀 아닌 거 같은데."

아, 듬직한 우리 아들, 하야토.

다음 말을 기대하며 얼굴을 들어 아들을 쳐다본다.

"내가 정말 이해할 수 없는 건 말야, 아니, 지금부터 평생을 같이 살 작정이라면서, 게다가 자기 여자의 저금이 넉넉지 않은 것을 알면서도 그렇게나 큰돈을 결혼 비용으로 내게 만든다는 것이 이상하지 않아? 아니면, 혹시 누나가 성대하게 치르고 싶은 거야? 그렇다면 할 말 없지만…"

"얘는? 그럴 리가 있니? 나는 말야, 피로연 자체를 하고 싶지 않아. 사진관에서 사진만 한 장 찍으면 그걸로 충분하다고."

맞다, 그랬다.

사야카는 어릴 때부터 남들 앞에 서기를 싫어했다. 학예회 때에도 맨 뒷줄에 서는 타입이었다. 결혼이 일생에 한 번뿐이라 해서 신부의 기분을 만끽하려는 생각은 눈곱만큼도 없을 터였다. 다만 시댁의 입장을 이해해서 자신의 의견을 말하지 않았을 뿐이다. 결혼 상대인 다쿠마의 뜻이라면 몰라도, 시댁의 사업상 그렇게 호화로운 결혼을 해야 한다면 마음 약한 사야카가 그 뜻을 거스를 수는 없을 것이다.

"혹시 누나 생각을 매형에게 말해봤어?"

"응…, 말은 해보았는데…."

기어들어가는 소리로 대답한다.

"그랬더니? 뭐래?"

"다쿠마는 아무 말도 하지 않았는데, 시부모님이…, 결혼은 두 사람만의 문제가 아니라고…."

"글쎄… 나는 그렇게 생각지 않는데…. 결혼이야말로 두 사람만의 문제가 아닐까?"

"하야토, 네가 어려서 그래."

사야카는 동생 앞에서 어른인 척하지만 아츠코의 눈에는 하야토가 훨씬 어른스럽다. 아들은 어릴 때부터 주관이 뚜렷해서 남들 말에 휘둘리지 않았다.

문뜩 사야카의 중학교 시절 일이 떠올랐다.

사야카의 담임은 여자 선생님이었는데, 칠판에 글을 쓰며, "여기는 중요하니까 빨간색으로 줄을 쳐서 표시해두세요"라며 자상하게 설명해주었다. 그때 옆자리 짝꿍인 여자아이가 "빨간 펜 좀 빌려줄래?"라며 손을 내밀자 사야카가 거절하지 못하고 건네주었다. 하지만 금방 돌려주지 않아서 기다리는 사이 빨간색 표시를 한 칠판의 필기는 이미 지워지고 선생님은 다른 글을 적기 시작했다. 그래서 사야카는 어디에 빨간 줄을 그어야 할지 놓쳐버렸다. 그런데 놀라운 사실은 이런 문제가 그 뒤로도 계속되었고 이에 대해 자기 엄마에게 의논해 온 것은 1학기가 끝나갈 무렵이었다. 마치 초등학생처럼 바보 같았다. 어쩌다 이토록 자신감 없는 아이로 키운 것일까. 왜 당연한 자기 권리를 주장하지 못하는 것일까.

— 짝꿍에게 빨간색 펜을 잊지 말고 돌려달라고 말하렴.

— 그런 말 못 해요.

— 그럼 아예 빌려줄 수 없다고 단호하게 말하든가.

— 그것도 못 해요.

— 사야카, 네가 싫은 것은 싫다고 확실하게 말해야지!

그렇게 야단치듯 타이른 것이 바로 어제 일만 같았다. 그 후 조금은 달라졌겠지. 내 속으로 낳은 자식이지만 그 속까지는 알 수 없는 법이었다.

얼마 뒤 사야카는 엄마가 말한 대로 빌려주기 싫다고 거절한 모양이다. 그랬더니 짝이 화를 내며 사야카에게 "인정머리라고는 없는 아이"라고 했다나?

누군가 의논해 왔을 때, 아츠코는 자기 입장에서 조언을 해주곤 했다. 하지만 그것이 잘못된 생각이라는 것을 아주 나중에야 알게 되었다. 자신과 사야카는 닮지 않았다. 만일 아츠코가 사야카의 입장이었다면 같은 또래 친구에게 그런 식의 무시는 당하지 않았을 것이다.

자기 자신하고는 성격과 능력이 완전히 다른 딸아이를 어떻게 키우면 좋을까. 솔직히 알 수 없었다. 그에 반해 하야토는 사춘기를 겪으면서도 쾌활했고, 성적도 좋았으며 배구부 주장까지 했다. 그래서 지금까지 하야토에 대해 걱정한 적은 거의 없는 편이다.

"있잖아, 누나. 매형 될 사람 말야."

하야토는 텔레비전을 끄고 소파에서 허리를 펴고 앉아 사야카를 정면으로 바라본다. 그리고 "좋은 사람이야?"라고 단도직입적으로 묻는다.

"무슨 소리야. 당연하지. 얘는 이상한 걸 묻네."

화난 것처럼 말은 하지만 자신 없어 하는 표정이 영 마음에 걸린다.

"있잖아, 사야카. 아자부고토부기엔에서 결혼식을 올리는 거야 기왕 결정되었으니까 그렇다 치고, 내용을 조금 더 간소화하면 어떨까? 예를 들면 파티용 드레스의 수를 줄인다든지, 고가 답례품의 가격을 조금 낮춘다든지, 식사 가격을 조절한다든지 말야."

"하지만 결혼식장에 다니면서 시어머니가 모두 결정해놓은 거를 이제 와서…."

사돈 쪽에서 일일이 쫓아다닌다는 말을 듣고 아츠코는 아예 참견하지 않기로 마음먹은 터였다. 혹시라도 의견을 내놓았다가 서로 의라도 상하게 되면 그 뒷감당은 모두 사야카의 몫이 되어 고생문이 훤하기 때문이다.

"아이고, 아츠코 씨, 그 정도 절약해서 뭐 얼마나 줄어든다고 그러세요."

하야토는 중학교 때부터 엄마를 "아츠코 씨"라고 부른다. 사춘기 무렵이었다. "엄마"라고 부르자니 어린아이 같고, 그렇다고 "어머니"

라는 호칭은 마치 드라마 같아 촌스럽고, "모친"은 쇼와 시대의 만화 같아서 이상하다면서 고민 끝에 결정한 호칭이었다.

"아츠코 씨, 아자부고토부키엔에서 결혼식을 올리는 사실 자체가 거금이라고요."

"하야토, 그건 그렇지만 조금이라도 어떻게…."

"하… 답답하네. 들어보세요. 하객 백 명을 초대했다고 칩시다. 한 사람당 식사비 2천 엔씩 낮춘다 해도 겨우 20만 엔이라고요. 아츠코 씨가 원하는 것은 결혼자금 자체를 낮추고 싶은 거잖아요."

아들의 말대로다. 6백만 엔이라는 거금에서 절반 뚝 잘라 3백만 엔 이하로 하고 싶은 마음이 간절하다.

"엄마, 그래요? 그렇게 조촐하게 하고 싶은 거예요?"

사야카가 불안한 눈길로 묻는다.

"아냐, 꼭 그런 건 아니야. 경사스런 날에 궁상떠는 것도 그렇고."

마음에도 없는 말이 툭 튀어 나오고 말았다.

하야토가 슬그머니 돌아앉아 고개를 모로 돌리고 텔레비전을 본다. 어릴 때부터 예민한 구석이 있어서 아츠코의 마음을 금세 알아차리던 아이였다.

"앗, 늦었네. 저 다녀올게요."

사야카가 오랜만에 고교동창들을 만나 함께 밥을 먹기로 한 모양이다.

화사한 원피스 자락을 팔락이며 현관문을 나서자, 하야토가 일어서며 말한다.

"저, 아츠코 씨."

불러놓고도 눈길을 주지 않은 채 부엌으로 가서 냉장고문을 연다.

"매형 말야. 나는 어째 영 아니라는 생각이 들어…."

등을 돌린 채 말하는 아들의 이야기에 불안이 엄습한다. 하야토는 사람 보는 눈이 예리했다.

"왜? 어째서?"

"그러니까…, 왠지는 모르겠지만, 그다지 좋은 사람 같아 보이지 않는단 말이지."

하야토가 마츠다이라 다쿠마를 처음 본 것은 양가가 만나 식사할 때 딱 한 번뿐이었다.

아츠코는 불안감을 떨치기 위해 한마디 거든다.

"사람은 겉모습만으로 알 수 없어. 무뚝뚝해 보이지만 의외로 자상한 사람도 있고. 겉으로 싱글거리는 사람이 꼭 좋은 사람이라고 할 수도 없잖아."

"아니, 내가 무슨 초딩이라도 되는 줄 아시나? 그런 틀에 박힌 설명은 이제 통하지 않는다고요."

하야토가 뒤돌아서며 얼굴을 찡그리고 말한다. "그건 그렇고, 기왕 결혼할 거면 반드시 부잣집으로 가겠다고 누나가 말한 게 언제부터더라?"

"대학교 4학년 무렵 아냐? 취직자리를 얻지 못해 가장 불안해할 때일 거야."

"그렇지? 하지만 요즘 세상에 남편의 경제력에만 의존해서 살아간다는 것이 과연 가능할까? 아마 모르긴 몰라도 리스크가 상당히

클 텐데…. 앗, 이거 먹어도 돼요?"

하야토의 얼굴에 미소가 번진다. 냉장고에서 아이스크림을 발견한 모양이다.

"그건 그렇고, 매형이 근무하는 야마오카 무역회사 말인데요. 알아보니까 아주 영세한 회사더라고요. 잘 아는 선배가 거기서 아르바이트를 하다가 정사원이 되기는 했는데 급여가 너무 낮아서 그 돈으로 결혼은 꿈도 꾸기 힘들다고 푸념하던데."

"그래?"

아츠코는 다쿠마가 조난 대학 출신이라는 말을 듣고는, 당연히 중견 이상의 회사에 다닐 것이라 단정했었다.

"그렇지만, 아버지가 큰 사업을 하는 사람이라잖니?"

"그게 왜요?"

"그러니까 아들 생활비 정도는 대주지 않겠느냐 말이지."

"결혼식 비용이나 신혼여행 경비 정도는 대주겠지만 직장 생활하는 아들의 생활비까지 대준다고요? 부자들은 그래요? 나 같은 서민들은 도저히 이해할 수 없네."

"그렇지?"

하야토와의 대화가 깊어질수록 불안은 점점 증폭됐다.

"아니면 벌써 기후의 마트 주식을 아들에게 줬을까? 배당금을 타서 쓸 수 있도록?"

"아. 정말, 그럴지도 모르겠네."

말을 듣고 보니 조금 위로가 된다.

"그런 상황에 대해서는 누나가 잘 확인해둬야 하는 거 아녜요?"

"사야카 나이가 벌써 스물하고도 여덟이야. 일일이 부모가 그런 걸 알려줄 수는 없잖아. 엄마도 결혼할 때 매사를 우리가 알아서 결정하고 처리했으니까. 걱정하지 않아도 될 거야."

안심하고 싶어서 하야토의 동의라도 구하려는 듯 웃어 보이며 말했다. 꽁꽁 얼어붙은 아이스크림을 퍼 먹느라 안간힘을 쓰던 하야토는 차가운 눈길로 흘끔 쳐다본다.

"그렇게 말하시면 안 되죠. 아츠코 씨는 어릴 때부터 똘똘해서 무엇이든 야무지게 처리하셨다면서요. 시골에 계신 할머니에게 들었어요. 하지만 누나는 다르죠."

"어떻게 다른데?"

"어른이 되기는 했지만 아직도 혼자 힘으로 뭐든 해나가지 못한다는 점."

그래서?

그래서 나보고 어쩌라구?

도대체 몇 살까지 사야카의 뒤치다꺼리를 해야 하는데?

대학까지 졸업시켜주었으니 그 뒤부터는 혼자서 강하게 살아가야 하고, 그러니까 이제는 일체 간섭하고 싶지 않다. 하지만…, 그 방법은 강한 아이에게나 어울린다.

사야카를 키우며 아츠코는 바로 그 점을 절절히 알게 되었다. 만일 사야카가 하야토처럼 재기 발랄한 아이였다면 자신은 이 세상의 한 면만을 보며 살아왔을 것이다. 약자의 세계에 대해서는 전혀 알지 못한 채 일생을 마감했을지도 모른다. 건강한 몸을 타고났음에도 불구하고 직업이 없어 바닥 생활을 하는 사람들을 보고 노력하지 않아서 그렇다고 단정했을 것이고, 자업자득이라며 조롱의 눈길을 보냈을지도 모른다.

"그럼 너는 어떤 사람이 사야카에게 어울린다고 생각하는데?"

결혼 날짜를 잡아놓은 이런 상황에서 필요 없는 질문이기는 하지만 그래도 하야토에게 물어보고 싶었다.

"그야 나도 모르죠. 하지만 누나처럼 기가 약한 사람은 아무래도 걱정이 되죠."

"그렇지? 그러니까 다쿠마처럼 조금 무뚝뚝해 보이기는 해도 강한 사람이 마음이 놓이는 거야."

"하지만 누나가 매형보다 네 살이나 연상이고, 아무튼 나는 두 사람의 관계가 영 이상해. 잘 모르겠어."

"남녀 사이에 나이가 무슨 관계가 있다고 그래?"

"그럴지도 모르지만…, 매형이 강한 사람이라는 근거는 도대체 뭔데요?"

"분위기…. 말없이 묵묵히 일하는 그런 타입의 남자라는 생각이 들어서."

"아버지는 말이 좀 많은 편이기는 하지만 일도 잘하시잖아요. 나도 말이 많은 편이고."

그러고 보니 다쿠마를 강하고 야무진 사람이라고 생각할 만한 근거는 아무것도 없다. 그냥 그렇게 믿고 싶었던 것인지도 모른다.

"아무튼 두 사람, 내가 보기엔 잘 어울리는 것 같아."

사야카는 강한 남자의 그림자를 밟으며 따라가는 타입이다. 자신을 별로 닮지 않은 딸아이에 대한 엄마의 일방적인 생각이기는 하지만 아무튼 그렇다.

　나이 오십을 넘긴 지금 생각해보니 남편이란 모름지기 사회에 나가 열심히 일해 돈을 벌어 오고, 거기에 자상한 면까지 갖춘다면 더 바랄 나위가 없을 것 같다. 젊었을 때, 여자를 힘차게 끌고 가는 스타일의 남자를 좋아하지도 않았고 사귄 적도 없다. 어쩌면 그런 타입의 남자가 자기 같은 여자에게 관심을 가질 리조차 없었을지도 모른다. 하지만 아츠코의 부모 세대만 하더라도 부부간에 상하관계가 뚜렷했다는 점을 생각해보면 사야카가 의외로 시대에 잘 적응하며 사는 것이 아닐까 하는 생각이 든다.

　"아이쿠, 아이스크림이 너무 딱딱해서 스푼이 들어가지도 않네. 레인지에 잠깐 돌리면 어떨까요?"

　하야토는 아츠코가 대답하기도 전에 전자레인지의 문을 열었다.

5

데스크의 내선 전화가 울린다.

"네. 경리부입니다."

― 여보세요. 인사과의 스즈키인데요. 고토 아츠코 씨 계신가요?

"네. 전데요."

― 죄송하지만 시간 될 때 인사과로 잠깐 와주시겠어요?

"알겠습니다."

인사과에서 전화가 오다니, 결코 흔한 일이 아니다.

무슨 일 때문일까. 혹시 정사원 채용?

올봄에 3개의 회사가 합병을 하면서 이름도 바뀌고 분위기도 험해졌다. 아츠코와 함께 일하던 실력 있는 사원 둘에게 지방으로 전근 명령이 떨어졌다. 그리고 상식도 없고 일할 마음도 없는 그저 그런 남녀 두 사람이 후임으로 왔다. 여자는 여행이 취미라서 아침부터 여행 관련 사이트만 뒤적였다. 남자는 질리지도 않는지, 모모이로 클로버 Z 걸그룹의 동영상을 마치 모니터로 기어들어갈 듯이 보고 또 보았다. 상사가 없을 때, 그들은 일은 아랑곳 않고 자기 하고 싶은 짓을 하며 지냈다.

그들과는 달리 아츠코는 오전 중에 그들의 일주일치 근무량을 모두 해치웠다. 농땡이 치는 그 두 사람 때문에 아츠코의 일거리가 많아졌지만 월급은 그들에 비해 터무니없이 적었다. 그래도 처음 받았던 950엔의 시급이 천 엔으로 올랐을 때는 그 사실만으로도 기뻤다. 그런 마음도 점점 바보 같다는 생각이 들었지만. 지금은 오히려 분노가 치밀어 올라, 정사원에 대한 증오심마저 생기게 되었다.

아츠코는 인사과에 가는 길에 화장실에 들러 머리를 가다듬고 립스틱을 살짝 다시 발랐다.

"경리부의 고토 아츠코입니다."

인사과에 들어서며 입구에 앉아 있는 여사무원에게 말하자, 저쪽 구석에 앉아 있던 스즈키 과장이 일어선다.

"고토 씨, 이렇게 불러서 죄송합니다. 자, 이쪽으로 오세요."

스즈키 과장이 별실의 문을 연다.

스즈키는 늘 웃는 얼굴이다. 40세 전후의 융통성도 있고 교육도 잘 받은 듯한 인상이다. 양복이나 넥타이도 대단히 수수하지만 자세히 보면 고급품이다.

"저…, 고토 아츠코 씨는 말이죠."

이렇게 말하며 스즈키는 파일을 연다.

― 우리 회사의 경리부에는 고토 아츠코 씨가 꼭 필요하므로 다음 달부터 정사원이 되어주시길 바랍니다.

이 한마디로 월급은 몇 배나 뛰어오를 것이다.

마치 꿈만 같다. 아니 그동안 노력한 것을 생각하면 당연한 결과이며 오히려 늦은 감이 없지 않았다.

잔뜩 기대감을 품고 스즈키의 입만 바라보았다.

"처음에는 직접 고용 파트였더군요. 그리고 합병 후엔 6개월마다 비정규직 계약을 연장하셨고요. 그건 알고 계시죠?"

"네, 들어서 알고 있습니다."

"그래서 말인데요. 이번 달이 6개월째로 계약 만료가 되어서…."

설마 이대로 계속 비정규직으로 남게 되는 것일까? 게다가 시급도 변함이 없고?

"이번 달로서 계약이 만료되었습니다."

"네? 그게 무슨 말씀이신지…."

"재계약을 하지 않겠다는 거지요."

"그렇다면…."

무슨 말인지 알아들을 수 없었다.

"그러니까." 이렇게 말하며 그는 시선을 피한다. "이번 달로 계약을 마친다는 거죠."

"설마…, 저 잘렸다는 말씀이세요?"

"그런 표현도 있기는 합니다만."

"그럴 리가요. 지금까지 제가 얼마나 열심히 일했는데…."

"말씀하신 대로예요…, 저도 아쉽게 생각해요. 얼마나 열심히 일해오셨는지는 경리부 담당 부장에게 들어서 잘 알고 있습니다. 하지만 이 지역의 영업부가 폐쇄되면서 경리부까지 그 여파가…."

"그렇다면 조금 멀리 떨어진 곳이라도 출퇴근할 수 있는데요."

"그럴 수도 없는 것이, 합병이라고는 하지만 대등한 상황이 아니라서요. 저 역시 언제 잘릴지 모르는 형편입니다."

스즈키의 표정이 심각하게 변하며 다시 입을 연다.

"이미 결정된 사항입니다."

항의하려는 아츠코의 입을 막기 위한 듯 스즈키는 딱 잘라 말하며 벽에 걸린 시계를 힐끗 쳐다보고는 바쁜 듯이 자리를 털고 일어선다.

ь

가을바람이 불기 시작할 무렵, 사야카는 결혼식을 올렸다.

피로연은 예정대로 성대하게 치러졌다.

신부의 모습은 눈부시게 아름다웠다. 작은 몸집에 흰 피부. 바라보는 눈이 아플 정도로 순수한 모습이었다. 결혼식 내내 행복한 미소를 짓는 사야카의 모습을 보고 아츠코는 속으로 안심했다. 그도 그럴 것이 결혼식을 일주일 앞둔 시점에서부터 사야카의 표정이 극도로 어두워져서 걱정을 했던 터다. 하지만 스스로 잘 극복해내는 것 같았다. 어쩌면 결혼 우울증의 과정이었을지도 모른다.

결혼식장의 특등석은 모두 사돈댁이 차지했다. 결혼 축하 건배는 거래처의 은행 지점장이 하였고, 계속해서 판에 박은 듯 같은 양복 차림을 한 남자들의 건배가 이어졌다.

도대체 누구를 위한 결혼식인 것일까. 마치 모든 과정이 사돈댁의 비즈니스 접대 자리로 보였다. 이런 분위기로 미루어볼 때 새 신부 사야카는 시댁에서 제대로 대접이나 받으며 살 수 있을까.

남편은 부케를 건네는 장면에서도 웃어 보였다. 오히려 눈물을 보인 것은 아츠코였다. 지금까지 별 탈 없이 이렇게 자라준 것이 고마웠다. 딸을 시집보내는 아쉬움 때문만은 아니었다. 불안과 걱정 등 알 수 없는 묘한 감정이 북받쳐 올랐던 것이다.

결혼식도 피로연도 순조롭게 잘 끝났다. 젊은이들은 레스토랑에서 2차를 한다며 몰려갔다.

아츠코의 친정에서는 부모님과 오빠 내외가 와주었다. 결혼식이 끝난 후 피로감이 몰려와 파김치가 되고 말았다. 친정 부모를 모시고 시내 안내를 해야 한다는 생각에 앞이 깜깜했는데 도쿄에서 몇 년째 살아온 오빠 내외가 대신 해주기로 해서 정말 다행이었다.

결혼식과 피로연 그리고 이탈리아 신혼여행 경비까지, 결국 아츠코의 통장에서 나온 돈은 모두 5백만 엔이나 되었다.

부자일수록 지독하다더니 그 말이 맞았다. 결혼식 비용은 인정사정없이 딱 반으로 나누어 분담하였다. 세상살이 상식으로 본다면 당연한 것이라서 불평할 일은 아니었다. 하지만 피로연 파티복이 최소 3벌 정도는 되어야 한다든가, 결혼 답례품은 최고급이어야 한다며 일일이 토를 단 것은 사돈 쪽이었다. 그렇게 생각하면 역시 뭔가 마음에 걸리는 부분이 있다. 무엇보다 마음 약한 사야카는 조촐한 결혼식을 원했을지도 모른다. 그렇다면 하루 종일 미소를 띠고 있던 딸은 어쩌면 힘든 연극을 하고 있었던 것일 수도 있다.

이런 생각이 들자 또다시 불안감이 몰려왔다.

두 달 전 회사에서 잘린 아츠코는 계속해서 일자리를 찾고 있었다.

비록 수입은 없지만 아직은 실업보험금이 나와 당장의 생활에 어려움은 없다. 하지만 실업보험금이 바닥나기 전이라도 좋은 일자리가 나타나면 절대 그 기회를 놓치지 않고 직업 전선으로 복귀하겠다고 다짐했다.

사야카의 결혼식에 5백만 엔이나 들어가는 바람에 통장에 있던 1천2백만 엔은 겨우 7백만 엔으로 줄어들었다.

— 노후자금은 최저 6천만 엔은 있어야 한다.

미용실에서 읽은 잡지에는 분명 그렇게 적혀 있었다. 이대로라면 아츠코의 노후는 앞이 깜깜하다.

사야카에게는 아무런 연락이 없었다. 결혼하면 친정에 자주 들를 것이라 예상했는데 왠지 가슴이 뻥 뚫린 것처럼 허전했다. 어느 날 문득 사야카가 나타나 부엌을 둘러보며 "이거 오늘 우리 저녁 메뉴로 싸 가도 돼요?"라고 물으며 음식을 야무지게 타파웨어에 담는 모습을 몇 번이나 상상했던가. 어쩌면 오늘 저녁에라도 올지 모른다는 생각이 들어, 필요 이상으로 밑반찬을 푸짐하게 만들어놓은 적이 한두 번이 아니었다.

신혼여행에서 사 온 선물과 사진 등을 우편으로 보내오기는 했지만 시댁에서 벌였던 피로연에 대해서는 아직까지 아무 말도 들은 것이 없다. 남편은 "무소식이 희소식이야"라며 느긋했다.

그날 토요일에도 아츠코는 아침부터 토마토소스를 만들었다. 캔에 든 것이 아니라 신선한 토마토와 함께 붉은 소고기를 갈아 넣고 양파를 잘게 썰어 볶으니 깊은 맛이 우러나는 토마토소스가 완성되어 파르메산 치즈 가루와 잘 어울렸다. 사야카가 좋아하는 메뉴다.

"와, 어디서 이렇게 맛있는 냄새가 나는가 했더니 아츠코 씨 표, 특제 토마토소스였네."

프라이팬에 담긴 소스를 나무 주걱으로 젓는 아츠코의 등 뒤에 서서 소스가 돼가는 모양을 하야토가 흘긋 쳐다본다. "맛있겠다."

"내가 포크 준비할 테니까, 너는 냉장고에서 치즈를 준비해라."

남편까지 흥분된 목소리로 식탁을 준비한다.

샐러드로 가득한 유리 볼이 식탁 가운데 놓이면서 저녁상 차림이 완성되었다.

"사야카는 전혀 들르지 않네."

포크로 파스타를 감으며 앞에 앉아 있는 남편에게 말을 걸었다.

"잘 살고 있다는 증거겠지."

남편은 파스타를 맛있게 먹느라 집중해서인지 그다지 마음에 두는 눈치가 아니었다.

"그럴까?"

"그럴까라니요? 안 그러면 뭐 어떨 거라 생각해요? 서로 문자는 주고받는 거죠?"

"그야 내가 문자를 보내면 간단한 소식 정도는 전해 와."

"건강해 보여요?"

"응. 그럭저럭."

"누나는 지금 깨소금이 쏟아질 신혼 때니까 아마 잘 살고 있을 거예요."

하야토의 말에 겨우 마음이 놓인다.

돌이켜보면 아츠코 역시 그런 시절이 있었다. 걱정스런 목소리로 전화를 해주신 친정어머니의 목소리를 듣고서야 그간 소원했던 마음이 들어 울컥했던 그런 기억이 떠올랐다.

사야카가 행복하다면 그걸로 된 거지.

스스로에게 이렇게 말하며 딸아이 없는 쓸쓸한 마음을 다독인다.

1

낙엽이 불그레해질 즈음, 시아버지가 돌아가셨다.

아츠코 부부가 병원으로 달려갔을 때 시아버지는 마지막 숨을 거두기 직전이었다.

시어머니를 비롯해, 시누이 부부와 친척들이 침대 주위를 둘러싸고 있었다.

"임종하셨습니다."

의사의 말에 병실 안은 흐느끼는 소리로 가득했다.

그리고 얼마 후 상조회사 호유가 구주쿠리까지 달려와 시아버지의 시신을 모셔 갈 준비를 하였다.

"삼가 조의를 표합니다"라며 상조회사 직원들이 깊이 고개 숙인다.

사원들의 설명에 따르면 화장터가 만원이라서 현재로선 순서를 기다려야 하는 상황이라고 한다. 인구가 밀집된 도쿄는 고령화 인구도 많아 그만큼 사망자 수도 많다고 한다. 그래서 3일장을 먼저 치르고 장례식은 그다음 날 하기로 했다.

"시신은 저희 상조회사의 홀에 준비된 안치실로 모시겠습니다."

상조회사 홀에서 장례식을 치르게 되므로 시신을 집으로 모시지 않아도 된다는 사실에 아츠코는 내심 마음이 놓였다. 남편에게는 미안하지만, 시신을 거실에 사흘 동안이나 모셔야 하는 것이 부담스러웠기 때문이다. 그 닫힌 공간에서 돌아가신 분과 3일이나 함께 지내야 한다는 생각만으로도 숨이 막힐 것 같았다. 아츠코가 어릴 때 살던 시골집은 모두 단독주택이고 맨션이나 아파트가 없었기 때문일지도 모른다. 엘리베이터로 시신을 모시는 것도 옆집에 민폐를 끼치는 것이라는 생각이 들었다. 하지만 이런 일이 닥치고 보니 그동안 이 맨션에서 엘리베이터로 시신을 모셨던 집이 종종 있었는지도 모르겠다는 생각이 들기도 했다.

"친척들 모두 안치실에서 밤샘을 하셔도 되기는 하지만 어떻게 하시겠습니까?"

장의사가 묻는다.

"어떻게 할까요?" 시지코가 사쿠라도와 아츠코 부부를 번갈아 바라보며 묻는다.

젊을 때라면 또 모를까, 지금 이 나이에 밤샘은 아무래도 무리다. 게다가 3일장을 치르기 위해서는 체력을 비축해두어야 한다.

"밤새 향을 꺼뜨리면 안 되겠지요?"라고 남편이 장의사에게 묻는다.

그렇다면 누가 남을 것인가.

"혹시 괜찮으시다면 저희 직원이 24시간 체제로 책임을 다해 지켜드릴 수 있는데요."

"하지만 이렇게 우리 자식들이 있는데 아버지를 상조회 직원들에게만 맡긴다는 것이 조금 그렇기는 한데요"라고 시지코가 말하자 남편과 사쿠라도도 "그러네"라고 말은 하면서도 누구 하나 자발적으로 나서는 사람 없이 모두가 주저하는 눈치였다. 3일장을 치르느라 아무리 피곤하다고 한들 회사에서 특별 휴가를 줄 리 없으므로 어쩌면 당연한 선택일 것이다.

"나는 집으로 들어가련다. 너무 피곤하구나."

시어머니가 힘없는 소리로 말했다. "너희들도 이젠 젊은 시절 다 갔으니 너무 무리하지 않는 게 좋을 것 같구나."

그 말에 남편의 얼굴이 밝아진다.

"아버지도 분명 저세상에서 너희 모두 집으로 돌아가라고 말씀하실 게다."

시어머니의 말에 가족 모두의 시선이 누워 있는 시아버지의 시신으로 쏠린다.

시아버지가 정말로 그렇게 말씀하시는 듯하다.

"그럼 어머님 말씀대로 오늘은 여기 직원들에게 맡기고 우리는 모두 들어가도록 하자."

남편이 조심스럽게 말을 꺼내는데 예상과는 달리 시지코 역시 아무 말이 없다.

언제부터인가, 우리 가족 모두 시지코의 눈치를 살피게 되었다. 그리고 어느샌가 그녀가 가족행사의 모든 결정권을 갖고 있는 듯이 여겨졌다.

"시지코는 어떻게 생각하니? 무리하게 밤샘을 하다가는 체력이 바닥날 거야."

"그러게…, 듣고 보니 그렇기는 하지만…."

말꼬리를 흐린다.

가족 네 명 중에서 직업이 없는 사람은 현재 시지코와 아츠코뿐이다. 반드시 가족이 남아서 밤샘을 해야 한다면 누구보다 시지코 자신이 남겠다고 해야 하지 않을까.

"아버님께서 천수를 누리고 가신 호상이니까."

사쿠라도가 조용히 말한다. "그러니까 너무 슬퍼만 하지 말고 기쁘게 보내드리는 것도 좋을 거 같은데."

연구자인 사쿠라도가 이렇게 말하자 어쩐지 과학적인 근거가 있는 말처럼 들린다.

"그럴…까?"

시지코도 팔짱을 풀고 겨우 동의한다는 듯이 어깨에 힘을 뺀다. "그래요, 상조회 직원들에게 맡겨도 아버지는 분명 이해해주실 거예요."

옆에서 사쿠라도 역시 동감이라는 듯이 고개를 끄덕인다. 오랜 세월 강한 마누라와 함께 살아온 노련함이 느껴진다.

"장례식 준비도 해야 하니 지금부터가 더 힘들 거야"라고 남편이 미소를 지으며 맞장구 쳐준다.

이 한마디에 모든 것이 결정이라도 난 듯, 뒤에 서 있던 남자 직원들이 앞으로 나와 "안심하시고 저희에게 맡겨주십시오"라고 조용히 인사를 한다.

그것을 신호로, 모두 병원에서 나왔다.

"자 그럼 형님, 아버님의 장례식 잘 부탁드립니다."

"그래그래, 나한테 맡겨."

"부디 아버님의 삶과 잘 어울리는 장례식이 치러졌으면 좋겠습니다. 안 그러면 서운해하실지도 몰라요."

"그래, 알았어."

남편은 자신감 있게 당당히 말한다.

하지만 집으로 돌아오는 전철에서 슬그머니 아츠코에게 의논해온다.

"사실은 말야, 지금 일이 너무 많아서 회사를 쉴 수가 없어. 그러니까 아츠코가 상조회사와 서로 잘 의논해서 처리해줄 수 있을까?"

"나 혼자 하라고요? 무리예요. 난 경험도 없고."

"할 게 뭐 있겠어? 상조회에서 알아서 다 해줄 텐데. 나름대로 역사가 있는 곳이니까 알아서 다 잘 처리해줄 거야. 당신은 그저 옆에서 네, 네 하면서 그들 기분만 잘 맞춰주면 된다고."

"그래도 자신 없어요."

"아니, 지금 제일 한가한 사람은 당신이잖아."

"아니 그런 말투가 어디 있어요? 나도 하루 종일 필사적으로 일거리를 찾아다니고 있는데."

"미안해. 그런 뜻이 아니라는 거 당신도 잘 알잖아."

남편이 당황하며 말을 잇는다. "지금 우리 회사 말야, 뭔가 이상해. 분위기가 점점 험악해지고 있다고. 이럴 때 자리를 비우면 앞으로 어떻게 될지도 몰라. 그러니까 당신이 잘 알아서 좀 해주구려."

피곤에 찌든 남편의 옆모습이 안쓰러워 보인다. 그리고 한편으로는 지금까지 줄곧 전업주부로서 시간도 많고 돈도 많은 시누이 시지코가 도맡아서 해주면 좋으련만 하는 원망이 속에서 끓어오른다.

"알았어요. 내가 어떻게든 해볼게요."

아츠코의 말에, 남편은 "미안해"라고 답한다.

시지코 앞에서 보였던 그 허세는 간 곳 없고 그림자 가득한 어두운 표정뿐이다.

남편은 회사로, 하야토는 학교에 가고, 집에 혼자 남았다.

오늘도 아침부터 인터넷을 들여다보며 구인정보를 뒤진다.

나이가 많은 탓도 있지만, 일자리가 좀처럼 눈에 띄지 않아 낙담하고 만다. 반면, 평일 낮에 이렇게 집에 있다는 사실에 은근한 행복감이 밀려온다. '은근'이라고 표현한 이유는 바쁘게 일하는 남편을 비롯해 바깥세상에서 열심히 일하는 사람들에 대한 미안한 마음이 들기 때문이다.

이 세상의 전업주부들은 늘 이렇게 느긋한 하루를 보내는 것일까. 아이들이 장성한 후 독립하고 나면 전업주부들은 집에서 무엇을 하며 지내는 걸까. 문득 시누이 시지코의 생활이 부럽기까지 하다.

아츠코는 지금까지 살아온 나날을 되돌아본다. 늘 바쁜 생활 속에서 피곤에 찌들어 있었다. 가장 즐거운 시간은 하루의 일상을 마치고 잠자리에 들어 두 다리 쭉 뻗고 누워 있다가 잠들기까지 그 잠시뿐이었다. 그에 비하면 지금은 천국과도 같다. 젊었을 때는, 여자가 밖에서 일 좀 한답시고 피곤한 내색을 보이면 안 된다는 고상한 생각에 사로잡혀 있었다. 그러나 나이 50을 넘기고부터는 그런 시선 따위 상관없으니 제발 하루라도 좀 편안히 쉬었으면 좋겠다는 마음이 간절했다.

같은 일을 하더라도, 부잣집 마나님인 죠가사키 아야노 선생처럼 플라워 어레인지먼트 교실에서 자기가 좋아하는 꽃꽂이 강사를 하는 것과 비교한다면 하늘과 땅의 차이다.

현관의 차임벨이 울린다.

— 상조회사에서 왔습니다.

인터폰을 통해 상냥한 여자의 목소리가 흘러나온다.

문을 열자, 날씬한 여자가 서 있다.

"상조회사 호유에서 나왔습니다. 먼저 삼가 고인의 명복을 빕니다. 저는 고토 님의 장례식 담당을 맡게 된 혼마 치호라고 합니다."

뒤에서 하나로 묶은 윤기 있는 긴 생머리와 감색 정장이 잘 어울리는 그녀는 어림짐작해서 40대로 보인다. 명함에는 과장이라는 직함이 붙어 있다.

웃는 모습과 행동거지가 자연스러워 보여 편안하게 상담할 수 있을 것 같다는 생각이 들자, 아침부터의 긴장감이 조금 풀린다.

실내용 슬리퍼를 내어 주고 거실로 안내한 다음 달인 차를 내왔다.

그녀는 격식에 맞는 정중한 인사를 건넨 후, 본론으로 들어간다.

"우선 관을 정해주셔야 하는데요."

혼마는 사진으로 가득한 팸플릿을 테이블 위에 펼쳐 보이며 말한다.

돈 꽤나 들인 듯 화려하게 인쇄된 팸플릿에는 눈이 휘둥그레질 정도로 많은 종류의 관 사진 밑에 설명과 가격이 알아보기 쉽게 나열되어 있다. 훌륭한 조각이 돋보이는 50만 엔의 편백나무 관에서부터 겨우 4만 엔의 오동나무 관까지 가격 순으로 나와 있었다.

이렇게 여러 종류를 한꺼번에 보다 보니, 과연 어떤 것이 좋을지 도무지 알 수가 없었다.

아, 망했다.

이럴 줄 알았다면 먼저 사츠키와 의논했더라면 좋았을 것을. 몇 년 전, 사츠키는 시아버지의 장례를 치렀다. 이럴 때일수록, 똑 부러지는 사츠키에게 먼저 조언을 들었어야 하는데 그렇게 하지 못한 자신이 원망스러웠다.

"이렇게 봐서는 어떤 것이 좋을지…"

머뭇거리며 말하자, 혼마는 팸플릿의 사진 중 하나를 가리키며 "많은 분들이 이걸 선택하시는데요"라며 구원의 손길을 뻗어준다.

밑에서부터 두 번째에 있는 12만 엔짜리였다.

50만 엔짜리를 안기지 않아 다행이라는 생각에 가슴을 쓸어내리면서도, 어차피 화장하면 모두 불에 타버릴 텐데 12만 엔이나 돈을 들일 필요가 있을까 의문이 든다. 가장 저렴한 것도 4만 엔이나 된다. 도대체 원가는 얼마나 될까. 12만 엔이라는 돈은, 에너지효율등급이 좋고 성능이 뛰어난 에어컨을 한 대 살 수 있는 가격이다. 집에 있는 낡은 에어컨은 전기 요금도 많이 나가고 성능도 좋지 않아 몇 년 전부터 새것으로 들여놓고 싶은 마음이 굴뚝같았다.

또한 12만 엔이라면, 홍콩이나 타이완으로 여행을 떠날 수 있는 금액이기도 하다. 게다가 좋은 호텔에서 묵을 수도 있다. 전부터 사고 싶었던 원피스나 핸드백을 살 수도 있고 고급 레스토랑의 디너 식사권도 몇 장이나 살 수 있을 것이다.

이런저런 생각이 들자, 어차피 불에 타서 금세 없어질 관 하나의 가격이 12만 엔이라는 사실이 이해되지 않는다.

만일 친정의 장례식이었다면 망설임 없이 가장 저렴한 것으로 선택했을 것이다.

— 어차피 불에 타서 없어질 건데…, 그런 돈을 들이다니, 도대체 생각이 있는 거냐?

늘 합리적이고 현실적인 친정아버지의 목소리가 귓가에 들리는 듯하다.

"저…, 사람들이 관의 모습만 보고도 비싸고 싸고를 금세 알 수 있나요?"

참 품위 없는 질문인 줄은 알지만 안 물어보고는 배길 수 없었다.

혼마는 잠시 당황해하다가 곧 미소를 되찾으며 대답해주었다.

"글쎄요. 일반적으로는 그리 쉽게 눈치채지는 못할 거예요. 게다가 관 위에 천을 덮어두기 때문에 관 자체의 모습이 보이지 않기도 하고요."

이렇게 성의 있게 대답해주다니 감동이다. 적어도 비싼 물건을 강매하려는 의도는 보이지 않는 듯해 다소간 마음이 놓였다.

"그렇군요. 사람들이 알아볼 수 없다는 말인 거죠?"

아츠코는 자기도 몰래 미소를 띠며 말했다. 그러자 혼마의 눈빛이 한순간 반짝하고 빛난다.

"물론 관을 보는 눈이 있는 사람이라면 금방 눈치채겠지만요."

혼마가 짧게 부연 설명을 덧붙인다.

보는 눈이 있는 사람이라면, 이 분야에 전문적인 지식이 있는 사람을 뜻하는 것일까.

아무튼 시지코에게 들키지만 않는다면 저렴한 것으로 선택해도 될 듯하다.

"만일 4만 엔짜리로 할 경우, 청구서의 명세서에 어떻게 기재되나요?"

"네? 청구서…에요?"

혼마가 살짝 일그러진 표정으로 아츠코를 보며 묻는다. "'마음'이라는 상품명으로 기재되는데요."

송·죽·매 혹은 상·중·하 등의 표기와는 달리 '마음'이라 표기된다면 들키지 않을 것이다. 게다가 명세서를 자세히 들여다보는 사람이라 봤자 아츠코 자신과 남편뿐 아닌가.

흠…, 그렇다면 4만 엔짜리로 해도 될 듯하다.

이렇게 마음먹는 순간 시지코의 예리한 눈빛이 머리에 스친다.

똑순이 그녀라면 눈치채지 않을까.

아니다. 제아무리 눈치 빠른 시지코라도 한 번 보고 그 값을 알아차릴 리 없다. 하지만 나중에라도 청구서를 보여달라고 하면 어쩐다?

만일 그러면 바쁜 와중에 청구서를 잃어버렸다고 둘러대면 되겠지. 그도 그럴 것이 시지코 역시 그 가계부 공책을 아츠코에게 안 빌려주었으니 피장파장이다.

하지만 와구리당의 장례는 대대로 상조회사 호유를 이용해왔는데 관의 등급을 '마음'으로 했다는 말을 듣는 순간 가족 모두 불같이 화를 낼지도 모를 일이다. 시어머니의 친정어머니가 백 살을 살고 돌아가신 것이 몇 년 지나지 않았으니 지금도 기억하고 있을지 모른다. 시지코의 기억력 하나는 알아주지 않는가.

만일 이런저런 이유로 들키게 된다면, 자기 아버지를 싸구려 취급했다고 난리도 아닐 것이다. 내 면전에 대고 화를 내지는 않겠지만 후환이 두려운 것만은 사실이다.

아무리 그래도 어차피 불에 타 없어질 물건이니 큰돈 쓸 이유는 없다.

머리를 들고 혼마와 딱 눈이 마주치자 그녀는 금세 어색한 미소를 지어준다. 한순간이었지만 그녀의 미간에 접힌 주름으로 보아 내가 너무 오랜 시간 고민하며 시간을 끄는 모습을 보고 초조해하는 기색이 역력하다.

"다른 사람들은 금방 금방 결정하겠죠?"

"그렇기는 해요. 하지만 장례식은 예정된 결혼식과는 달리 갑자기 닥친 일이라서 누구나 일정이 빡빡하기는 합니다. 이것 말고도 결정해야 할 것들이 많이 있어요. 예를 들어, 제단의 상차림이라든가 조문객들에게 드리는 답례품 등등 손으로 셀 수도 없을 정도예요."

"혼마 씨도 바쁠 텐데, 이렇게 시간 끌어서 죄송해요."

"아니에요. 충분히 검토하시고 결정하셔도 됩니다."

혼마가 애써 어색한 미소를 지으며 대답해준다.

충분히 검토를 해보았지만 아츠코는 불태워 사라져버릴 관 하나의 최저 가격이 4만 엔이나 한다는 사실이 이해되지 않으니 이를 어쩌란 말인가. 다른 사람들은 전혀 이런 생각이 들지 않는 것일까.

"혹시 마음을 정하기 어려우시다면, 우선 제단부터 먼저 보시는 것은 어떠세요?"

말은 충분히 검토하라 했지만 그녀는 서두르는 기색이다.

"4만 엔짜리 관을 선택하는 사람들이 얼마나 될까요?"

"솔직히 말씀드려 제가 지금까지 상담한 분들 중에서는 한 분도 없었습니다."

"네?"

"하지만 생각은 모두 다르기 때문에 자유롭게 선택하셔도 좋을 듯합니다만…."

흠…, 그렇다면 4만 엔짜리로 해도 큰 문제는 없을 듯하다. 그래 그렇게 하자.

드디어 결정하고 나니 마음이 놓여서 혼마에게 말하려는 순간 그녀가 먼저 입을 연다.

"일반적으로는 제가 처음에 추천해드렸던 12만 엔짜리를 선택하시지만 50만 엔짜리를 선택하는 분도 적잖이 계셔요."

정말인가?

키가 훤칠하고 날씬한 그녀는 어딘가 청초한 분위기를 자아낸다. 따라서 장삿속으로 사람을 대한다는 생각은 들지 않지만 열 길 물속은 알아도 한 길 사람 속은 모른다 하지 않았던가. 외모만으로 판단해서는 안 될 일이다.

그건 그렇고, 4만 엔짜리 '마음'으로 한다는 말을 꺼내기가 왜 이리도 힘든 것일까.

마치 이 세상에서 가장 가난한 사람이 된 기분이다.

"그럼, 12만 엔짜리로 할게요."

말이 튀어나옴과 동시에 후회가 몰려온다. 혼마는 살짝 미소지으며 "알겠습니다"라며 명세서에 달필로 '자비심'이라고 기입한다.

"자, 그럼 다음으로 제단에 대해 살펴보겠습니다."

혼마는 가방에서 또 다른 팸플릿을 꺼내 펼쳐 보인다. 국화꽃으로 가득 장식된 근사한 제단의 사진이 눈에 들어온다.

"일반적으로는 이즈음에서 선택을 하는 분이 많아요."

그녀는 120만 엔이라는 금액을 손가락으로 짚어주며 설명한다.

이게 120만 엔이라고?

아츠코는 팸플릿이 뚫어져라 들여다본다. 나무에 근사하게 조각되어 있는 모습은 한눈에 보아도 예술적이라 할 만하다. 그것이 일본의 유명한 예술가의 작품으로, 한 번 쓰고 폐기하는 것이라면 나름대로 이해할 수 있다고 치자. 하지만 이 제단은 일회성이 아니라 몇 번이고 재활용하며 쓰는 물건이 아닌가. 게다가 중국이나 동남아시아에서 만들어 온 게 아니라고 누가 장담할 수 있는가.

"여기, 30만 엔짜리로 할게요." 거두절미하고 결정했다.

그런데 말해놓고도 왜 이리 찝찝한 것일까.

— 아버님, 왜 돌아가셔서 이렇게 큰돈이 들어가게 하셔요….

시아버지에 대해 서운한 마음이 뭉게뭉게 피어오른다.

"사모님, 정말 그렇게 하셔도 괜찮으시겠어요?"

살짝 주저하는 말투 속에 지금의 선택에 대해 재고해보라는 뜻이 담겨 있다.

"감히 말씀드리자면, 아사쿠사의 와구리당이라 하면, 그 주변에서는 꽤 유명한 가게인 것으로 알고 있습니다. 시골에서 올라온 만두가게와는 격이 다르죠. 게다가 근처에 사시는 노인 분들은 장례식에 자주 다니시기 때문에 한눈에 제단의 품격을 알아보시기도 하고요⋯. 아, 물론 여기 있는 이 30만 엔짜리 제단도 훌륭하니 사모님이 원하신다면 그렇게 하셔도 되기는 하셔요. 지금 세상이 예전과는 많이 다르니까요. 다만 며느님의 입장에서 장례식이 끝난 후 친척 분들에게 안 좋은 말을 듣게 되시지는 않을지⋯ 아이 참, 제가 쓸데없는 말씀을 드린 것 같네요. 죄송합니다."

혼마의 설명을 귓전으로 들으며 아츠코는 제단 사진으로 가득한 팸플릿을 찬찬히 훑어보았다.

제일 낮은 가격이 30만 엔, 50만 엔, 80만 엔, 120만 엔, 150만 엔 그리고 200만 엔. 최저가격인 30만 엔이라는 금액조차 가당치도 않게 비싸다는 생각이 드는 자신의 금전 감각이 이상한 것일까. 관혼상제 때에는 의례에 이렇게 큰돈이 들어간다는 일반적인 흐름에 도저히 공감할 수 없는 게 잘못된 걸까.

휴, 이럴 때 남편이 곁에 없어서 다행이라는 생각이 든다. 폼 내기 좋아하는 그의 성격이라면 가격과는 상관없이 모든 품목을 적어도 위에서 두 번째 정도로 주문했을 것이다.

그렇다고 남편만 탓할 수는 없다. 되돌아보면, 이럴 때 들어가는 돈을 일상생활과 비교하며 '이 정도의 금액이라면 그동안 가고 싶었던 여행 경비로 쓰거나 눈도장 찍어놓았던 옷을 살 수도 있고 에어 컨을 바꿀 수도 있을 텐데' 등으로 바꿔 생각하는 자신이 비상식적 인 것일지도 모른다. 하지만 아무리 그래도 이것은 렌탈하는 물품들 이 아닌가. 그런데 어째서 가격이 이렇게까지 비싼 것인지 도무지 이 해가 가지 않는다.

아, 그러고 보니 사야카의 결혼식 때 입었던 드레스도 예식장에 서 단 한 번 빌려 입을 뿐이었는데 엄청나게 비싸지 않았던가.

이런 생각이 들자, 평소 무 하나의 가격이 180엔이면 장바구니에 넣지만 300엔만 돼도 다시 내려놓고 마는, 그렇게 허리띠 졸라매며 살아왔던 자신의 생활이 무의미하게 느껴져서 아츠코는 그만 무릎 의 힘이 탁 풀릴 정도로 허무해졌다.

"예상되는 조문객이 적어도 백 명은 넘을 것이라시기에 저희 회사 에서 가장 큰 홀을 준비해두었는데요. 말씀하신 30만 엔의 제단은 홀의 크기에 비해 어쩌면 너무 비교되어 보이지 않을까 걱정되기도 하고."

그러고 보니 고가의 제단과 비교해보면 30만 엔짜리가 크기도 작고 초라해서 티 나게 저렴해 보이기는 한다. 가격이 높을수록 화 려하기는 하지만 그렇다손 치더라도 150만 엔 이상은 너무 사치 아 닌가.

"150만 엔이나 200만 엔의 제단은 사회장에 많이 쓰이고 일반인 들은 거의 선택하지 않습니다."

팸플릿을 들여다보는 아츠코의 시선의 위치를 정확하게 파악하 고 그에 딱 맞는 설명을 해준다. 그녀가 자신의 시선을 분석하고 있다는 사실 자체가 부담스럽다. 1초라도 빨리 모든 것을 결정하고 그녀를 돌려보내고 싶은 마음뿐이었다.

다른 상조회사도 이렇게 가격이 높은 것일까. 이제 와 후회를 해도 소용없는 생각이다. 시아버지의 임종을 앞두고 있었으니 다른 상조회사를 알아볼 걸 그랬나 보다. 하지만 와구리당의 장례식은 대대로 이 상조회사에서 치러왔기에 다른 곳으로 결정하는 것 자체가 불가능했을지도 모른다.

어쩌면 좋을까. 어떻게 해야 하나.

이런저런 망설임으로 갑자기 피곤이 몰려오며 만사가 귀찮아졌다.

혼마의 말대로라면 100만 엔 이하의 제단은 볼품없다. 유서 깊은 와구리당 최후의 점주 장례식이지 않은가. 천에 싸여 보이지 않는 관과는 달리, 만일 100만 엔 이하의 제단으로 한다면 누구라도 알아챌 것이다. 그도 그럴 것이 아츠코의 눈에도 그렇게 보일 정도 아닌가.

총명한 시지코의 예리한 시선이 머릿속으로 지나간다.

"120만 엔짜리로 할게요."

입을 여는 순간 온몸에 소름이 돋는다.

이렇게 큰돈을 써버려도 괜찮은 것일까.

공포에 가까운 불안감이 몰려온다.

아냐, 부조금이라는 강력한 아군이 있잖아.

와구리당이 있던 아사쿠사에는 오래된 가게들이 즐비하다. 그 가게의 주인들은 분명 모두 조문을 와줄 것이고 그들의 사회적인 지위에 맞게 부조금을 내놓을 것 아닌가. 플러스 마이너스 제로까지는 아니더라도 3분의 2 혹은 4분의 3 정도의 부조금으로 장례식 비용을 충당할 수 있지 않을까.

그래, 괜찮아. 너무 걱정하지 말자. 아츠코는 스스로를 격려했다.

"사모님, 훌륭한 판단이십니다. 그러면, 120만 엔의 '흰 국화'로 하시는 것으로."

혼마는 명세서에 '흰 국화'라고 기입한다.

"저…, 번복해서 죄송하지만 관은 4만 엔짜리로 할게요."

언 발에 오줌 누기 식이겠지만, 제단을 그렇게 고가로 하는데 관은 저렴한 것으로 해도 괜찮을 것이라는 생각이 들었기 때문이다.

"알겠습니다."

혼마는 살짝 웃으며 '자비심'이라는 글자 위에 두 줄을 긋고, '마음'이라 고쳐 적는다.

"다음으로는 식장 비용인데요, 큰 홀은 10만 엔입니다."

이쯤 되면 10만 엔이 싼 것인지 비싼 것인지 도무지 분간이 어렵다. 하지만 고정 금액이라니 고민할 필요 역시 없다.

"영정 사진은 3만 엔, 영구차는 5만 엔, 유골함은 2만 엔, 화장터까지 가는 버스 비용 4만 엔, 관포가 3만 엔, 안치료가 2만 엔입니다. 드라이아이스 비용은 별도지만 그날의 기온에 따라 다르므로 나중에 청구하도록 하겠습니다."

"참, 이 젯상이란 건… 뭐죠?"

"이것입니다."

혼마는 팸플릿에 있는 작은 소반 같은 것을 가리켰다. "가신 분의 머리맡에 놓는 공물대(供物台)입니다. 나무로 만든 작은 상 위로 향, 꽃병, 촛대, 요령 같은 것들을 올려놓습니다. 그리고 밥을 담은 밥그릇에 젓가락 두 개를 수직으로 꽂은 사자(死者)밥을 올리고, 굽 달린 제기 위에 떡과 정수를 올려놔야 합니다. 꽃병에는 붓순나무나 국화를 꽂습니다."

완벽하게 암기한 듯 막힘없이 설명해준다.

미니어처 제물이기는 하지만 이렇게 많은 것을 준비해주며 겨우 3만 엔이라니 이번엔 어쩐지 득을 보는 것 같은 기분이 들었다.

"그럼 장례식 총 비용이 얼마나 될까요?"

"지금 설명 드린 것 외에도, 조문객의 식사 비용이 들어가는데요. 초밥이나 안주, 그리고 맥주와 음료, 조문객의 답례품 등 모두 합해서 40만 엔 정도입니다."

"네…"

그동안 다녔던 장례식에서 받아온 답례품이 떠올랐다.

작은 봉투에 들어 있던 소금, 아무도 사용할 것 같지 않은 이상한 색의 손수건과 일본주 한 병. 그런 답례품에 큰돈을 써야 한다고 생각하자 마음이 쓰려 온다.

"그리고 화환이 남아 있는데요. 하나에 2만5천 엔인데 몇 개 정도 하실는지?"

갑자기 현기증이 난다.

"일반적으로 몇 개 정도 준비하나요?"

"돌아가신 분의 부인 이름으로 하나, 장남 부부와 장녀 부부, 손주 일동 그리고 친척들 몇 분 등등 5개에서 10개 사이입니다."

"10개라면, 25만 엔인가요?"

"네. 그렇지만 이것은 화환을 준비하는 분들의 개인적인 부담이니 가족 및 친척 분들과 서로 의논하셔서 정해주시면 됩니다."

도대체 뭐가 비싸고 뭐가 싼 것인지 확실하게 분간이 가지 않는다.

만일 무 하나의 가격이나 화장실 휴지 가격이라면 금방 알 수 있으련만.

금전 감각이 완전히 마비되어버린 느낌이다.

¶

짙은 분홍색 맨드라미가 마치 벨벳처럼 부드럽다.

그 옆으로 보라색 용담(竜胆)과 검붉은 오이풀을 곁들이니 가을 냄새가 물씬 풍긴다. 마지막으로 하늘거리는 하얀색 코스모스로 마무리한다.

플라워 어레인지먼트 교실에서는 시간이 천천히 흐르는 느낌이다. 괴로운 속세와는 멀리 떨어진 공간 같아 마음이 편안해진다.

가을꽃을 보니 마치 노을 속에 있는 연인들의 모습과도 같다는 생각이 든다.

— 지금쯤, 사야카는 무엇을 하고 있을까.

— 잘 살고 있겠지.

— 오늘 밤에라도 전화해볼까.

죠가사키 아야노 선생님은 오늘도 근사하게 차려입고 나왔다. 아츠코도 하얀색 면 블라우스는 가지고 있지만 50년대 전쟁 후의 소녀를 연상케 하듯 낡았다. 하지만 지금 선생님이 입고 있는 것은 하얀 목면에 흰색 실로 촘촘한 자수가 놓여 있어 마치 예술작품을 연상시킨다. 아츠코의 블라우스와는 아마도 가격 수준이 다를 것이다.

"선생님, 오늘 블라우스 정말 예뻐요."

교실 한구석에서 앳돼 보이는 목소리가 날아온다.

"어머, 그래요? 고마워요."

함박웃음을 짓자 더욱 더 화사해 보인다.

"이 블라우스는요, 아주 오래된 옷이에요. 옛날 제품은 목면의 질도 좋았고 또 바느질도 꼼꼼해서 지금도 아껴가며 입는답니다."

"좋아 보여요."

"저도 그런 거 있으면 좋겠네요."

"멋있어요."

여기저기서 부러움 가득한 말들이 터져 나왔다.

"그러고 보니 저희 어머니도…, 옛날 옷을 수선집에 맡겨서 새로운 디자인으로 바꾸어 입으셨어요." 30대 후반의 부유해 보이는 여성이 선생님께 미소 지으며 말했다.

아마도 수선값이 아츠코의 블라우스를 사는 값보다 몇 배나 비싸지 않았을까.

"옛날 옷을 버리지 않고 입는 그런 검소한 생활도 좋지요."

그렇게 말하며 죠가사키 선생님이 방긋이 웃는다.

검소함이라고?

도대체 저분은 블라우스를 얼마 주고 샀을까? 분명 눈이 툭 튀어나올 정도로 비싸게 주고 샀을 텐데. 검소한 생활이라니…. 머리가 뒤죽박죽이 돼버리고 마는 느낌이다.

그때 사츠키가 옆으로 슬쩍 몸을 기울이며 소곤거린다. "나는 수선집에 보내서 고쳐 입을 정도의 고급 블라우스가 없으니까, 그냥 싸구려를 입다 찢어지기라도 하면 걸레로 쓰든가 그냥 버리는데…"

사츠키의 말을 들으니 복잡한 머리가 정리되는 느낌이다.

"그렇지?"

집으로 돌아오는 길에 사츠키는 맛있는 갈레트(galette)를 파는 카페가 있다며 아츠코를 데려갔다.

"아츠코 씨. 장례식 치르느라 힘들었죠? 수고하셨어요."

사츠키는 진심으로 아츠코를 위로해주었다. 몇 년 전 그녀의 시아버지 장례를 치른 경험이 있던 터라서 그녀 역시 그 일이 얼마나 고된지 잘 알고 있을 것이다.

"2백만 엔 이상 날아갔어."

아츠코의 입에서 불쑥 한숨 섞인 말이 튀어나왔다.

"그랬군요."

사츠키는 별로 놀라울 것도 없다는 듯이 반응했다.

"장례식 비용으로 2백만 엔이 들었는데 비싸지 않아?"

동의를 구하고 싶은 마음에 다시 한 번 물어보았다.

"그럴까요? 평균 그 정도는 들어간다고 생각하는데…"

"그렇기는 하지만."

그녀가 굳이 설명해주지 않아도 충분히 알고 있던 터였다. 2백만 엔이 상식적인 범위의 금액이라는 사실을.

그러나….

예상과 달리 조문객이 놀랄 정도로 적었다. 시지코는 백 명 정도

올 것이라 하지 않았던가. 하지만 정작 뚜껑을 열어보니, 남편의 회사 사람 몇 명과, 사쿠라도의 연구소에서 몇 명, 그리고 시어머니의 지인들 세 명 정도였다. 시아버지는 7형제의 막내였지만 형이나 누나 모두 이미 저세상 사람이었다. 시어머니 역시 오빠가 두 사람 있었지만 모두 젊은 시절 전쟁에 나가 세상을 떠났다. 지바의 구주쿠리로 이사한 지 20년 가까이 되었기에 도쿄의 아사쿠사 시대의 지인들은 거의 발길이 끊긴 지 오래고 시아버지와 동시대의 친구들 역시 모두 고인이 되어 있었다. 시어머니의 지인들 중에 아직 살아 계신 분들이 있기는 했지만 상복을 입고 문상을 올 정도로 건강한 사람은 없는 듯했다.

"가족장으로도 충분했을 텐데."

아츠코의 탄식이 다시 흘러나왔다.

"가족장으로 해도 장례 비용은 거의 같다고 하던데요."

사츠키는 이렇게 말하며 베이컨과 달걀이 토핑으로 얹힌 갈레트를 나이프로 잘게 잘라 입으로 가져간다.

"거의 같다니? 그거 너무 이상한 거 아니야?"

"그렇죠? 앞으로 바뀌었으면 해요."

"묘지도 필요 없다는 사람이 늘어나고 있다 하던데."

향긋한 밀가루 냄새를 음미하며 아츠코는 바나나와 생크림이 얹힌 갈레트를 잘게 자른다.

"절에 갖다 바친 돈만 해도 엄청나. 와구리당은 선대로부터 불심이 아주 깊었다고 하더라고. 그래서 품격이 높은 절에 늘 시주를 해와서 그랬는지 그 절의 스님이 글쎄 계명(戒名) 값으로 65만 엔을 부르는 거야. 거기다가 불전도 따로 내야 했고 스님께 드리는 작은 봉투까지 합해서 95만 엔까지 불어나는데 정말…."

"아니 그럼 전부 합해서 3백만 엔 이상 들었단 말예요?"

믿을 수 없다는 듯이 사츠키가 고개를 절레절레 흔들더니 갑자기 동작을 멈추고 이렇게 말했다. "아니에요. 어쩌면 그 금액은 늘 같았는지도 몰라요. 따라서 특별히 비싼 것이 아닐지도."

"응. 그렇기는 해. 하지만…."

말끝을 흐리자, 사츠키는 포크를 내려놓고 "하지만, 이라니요? 뭐가요?"라며 재촉하듯 묻는다.

"묘석(墓石) 말야… 정말 눈물 나게 비싸더라고."

"네에? 아니, 선조로부터 내려오는 묘소가 있잖아요."

묘소에 관해서는 아츠코뿐 아니라 남편까지도 깜빡 놓친 부분이었다.

시아버지는 데릴사위가 아니었다. 태평양전쟁 전부터 와구리당에서 점원으로 일하기는 했지만 성을 바꾸길 원하지 않았다. 그래서 그곳에서 함께 살기는 했지만 성씨가 달랐다. '구리타 가문 조상 대대로 전해오는 묘'라는 묘비명을 쓰지 않고, 최근 들어 유행하는 것처럼 '무아(無我)' 혹은 '일기일회(一期一会)' 등으로 썼다. 비록 성씨가 다르지만 묘소에 함께 안치할 수 있도록 해달라고 제안해보았지만 일거에 거절당했다. 아사쿠사에 자리 잡은 묘지는 값이 비싸 도저히 엄두도 내지 못하였다. 남편이 이리저리 다니며 부탁을 한 끝에 구리타(栗田)가의 넓은 선산의 한 귀퉁이에 고토(後藤)가의 묘표(墓標)를 세울 것을 허락받을 수 있었다.

"휴… 정말 힘들었겠어요. 그래도….."

중간에 말을 끊는 법이 없던 사츠키가 웬일로 말끝을 흐린다.

"그래도라니 뭐가?"

신경 쓰여서 마치 재촉이라도 하듯 되물었다.

"요즘 나이 드신 분들은요, 자기 장례비 정도는 남겨두고 돌아가시는 경우가 일반적이잖아요? 그러니까 그 정도로 상당한 비용이 들었다면…"

"며느리인 내가 불평할 이유가 없을 거란 말이지?"

"네. 그렇게 생각해요."

"하지만 이번 장례비는 모두 우리가 냈어."

"왜요? 설마 장례를 치를 비용조차 남기지 않고 돌아가셨다는 말씀이에요?"

이렇게 솔직한 말을 들으니 그동안 억울함으로 뭉쳐 있던 마음이 풀리는 느낌이다.

돌아가신 시아버지와 몸이 편찮은 시어머니의 험담을 하는 것이 싫어서 지금까지 누구에게도 말하지 못했다. 하지만 직구를 날리는 듯한 사츠키의 말을 들으니, 지금은 그동안 하지 못했던 시부모에게 맺힌 것들을 모두 풀어놓아도 될 것만 같았다.

"시부모님이 사실은 빈털터리야."

"네에? 무슨 말씀이세요? 아사쿠사의 토지가 2억 엔에 팔렸잖아요. 시어머니가 돌아가신 후 그 돈을 오누이 둘이서 나누어도 1억 엔씩 돌아갈 텐데요. 유산을 상속받으면 불고기라도 사달라고 해야겠다고 우리 남편이랑 둘이서 농담까지 주고받았는데요."

"그 2억 엔으로 그동안 사치스럽게 살았고 또 최고급 요양원에 모두 쏟아부어서 지금은 땡전 한 푼 없어."

"정말요? 아니 그런 고급 요양원에는 왜…?"

"그렇게 오래 장수하리라고는 누구도 예상하지 못했으니까."

너무도 부끄러운 이야기라서 사츠키에게조차 이제껏 말하지 못했었다.

"정말 힘들었겠네요."

누군가에게 다 털어놓고 싶은 마음이 굴뚝같았다. 이대로라면 우리의 노후가 불안해서 견딜 수 없다.

사츠키라면 좋은 지혜를 일러줄지도 모른다.

"정말 큰일이야. 사실은…."

정신을 차리고 보니 매달 9만 엔씩 시부모에게 보내야 하는 것부터 시작해서 아츠코의 현실 문제까지 모두 털어놓고 난 후였다.

"그래도, 구주쿠리의 집 한 채가 남아 있으니 그걸 팔면 어떨까요?"

"팔아도 겨우 5백만 엔 정도 시세라 하더라고."

"아무리 싸더라도 그걸 팔아서 장례식 비용으로 충당하면 되잖아요."

"나도 그렇게 생각은 했는데…."

시지코가 결사반대했던 상황을 설명했다.

"정말 못 말리는 시누이네요. 아츠코 씨는 매달 9만 엔을 보내는 것도 부담스럽잖아요. 그럼 이제부터라도 그 집을 팔아서 요양원 생활비로 쓰게 하면…, 아참, 그게 아니지…."

사츠키가 혼잣말처럼 중얼거린다. "집 판 돈이 5백만 엔이라 해도 만에 하나 시어머님이 장수하시게 되면 그 돈 모두 요양원에 들어가게 되니 금방 사라지고 말 테고."

사츠키는 자기 말에 스스로도 놀라 "죄송해요. 제가 너무 경솔하게 말해서"라며 사과했다.

"괜찮아. 틀린 말도 아닌데 뭘."

"애들이 어렸을 때요, 몇 번인가 와구리당 킨츠바[12] 과자를 얻어먹은 적이 있어요."

쓸데없는 소리를 했다는 생각이 들어서인지 사츠키는 화제를 바꾸었다. "정말 맛있었어요. 단것을 잘 못 먹는 내가 이런 말 할 정도로요."

"나 역시 와구리당의 단골이었는걸. 다시 한 번 먹어보고 싶어. 오랜 세월이 묻어나는 그 깊은 맛을 볼 수 없다는 사실이 정말 안타까워."

"만일 제가 아츠코 씨라면 분명 가게를 이어받았을 거예요."

"남의 일이라고 쉽게 말하는 거 아냐?"

"죄송해요. 하지만 우리는 빵집을 하면서 힘들어도 계속 이어가고 있으니까요. 장사라는 것이 생각만큼 그리 만만하지는 않아요. 그에 비하면, 와구리당은 옛날부터 고정 손님이 많았잖아요. 오래된 가게라는 단어가 주는 그 무게감은 하루 이틀에 만들어지는 것이 아니라서 장사에는 큰 무기가 돼요. 그 뒤를 잇지 않았다는 게 너무

12 金鍔, 통단팥, 설탕, 한천 등으로 만드는 일본 화과자, 양갱 — 옮긴이

아까워요."

"말은 쉬워 보이지?"

마치 나무라는 듯한 반응을 보이기는 했지만 최근 들어 아츠코 역시 그런 생각이 들었다. 만일 그때 가게를 이어받았다면 지금은 어떤 생활을 하고 있을까 하는 생각이 들곤 했다. 젊었을 때는 낡아빠진 노렌[13] 따위에 그 어떤 가치도 없어 보였다.

— 과자가게 같은 걸 이어받고 싶지 않아. 나는 자유롭게 살고 싶어.

그 당시 아츠코는 남편의 생각에 동의했다. 앞만 보고 내달리는 버블 경제의 영향을 받아, 머지않은 미래에 자수성가하리라는 믿음이 있었다. 하지만 와구리당의 가게를 이어받는 며느리가 된다면 시댁 톱니바퀴의 하나가 되어 자신을 죽이고 살아가야 한다. 분명 예로부터의 관습과 이웃의 굴레에 얽매이게 될 것이다.

상상만으로도 그게 혐오스러워서, 심하게 말하면 공포감과 흡사했다 할 정도였다.

그러나 지금 되돌아보니, 만일 그때 가업을 이어받았다면 남편과 자신이 이렇게 남의 밑에서 월급을 받으며 살아가는 것보다 훨씬 자유롭고 편하게 살 수 있었을지도 모른다. 요즘은 그런 생각이 자주 들었다. 장사하는 사람들이 들으면 참 제대로 알지도 못하면서 속 편한 소리 한다고 코웃음을 칠지도 모르겠지만, 회사 생활을 하는

---

13   暖簾. 일본의 가게나 건물의 출입구에 쳐놓는 발로서 특히 상점 입구에 걸어놓아 상호나 가문의 문장을 새겨놓은 천 — 옮긴이

사람들은 얻을 수 없는 것들이 있다. 예를 들어, 장사를 하면 뭔가를 만드는 즐거움과 성취감, 아울러 노력한 보람도 얻을 수 있었을 것이다. 월급쟁이와는 비교도 되지 않을 삶의 보람을 얻지 않았을까. 적어도 아츠코가 그동안 해왔던 비정규직보다는 나을 것이다. 게다가 무엇보다 토지와 집이 있으니 장기주택융자를 얻지 않아도 된다. 그렇다면 큰 저축은 둘째 치고라도 알뜰하게 먹고 살 수는 있었을 것이다.

만일 가업을 이어받았다면 사야카의 성격도 많이 바뀌었을 수도 있다. 가게의 간판아가씨가 되어 카운터에서 일했다면 좀 더 자신감 있고 밝은 아이가 되었을지도 모른다. 어쩌면 시아버지와 남편이 사야카를 엄하게 키워 제 한몫은 충분히 해내는 과자집 여주인으로 만들어 자립시켰을지도 모른다. 경영과 기술의 노하우를 같은 핏줄로부터 이어받는다는 사실이 얼마나 감사한 일인가.

아츠코의 경우 역시 마찬가지다. 비정규직이기는 하지만 회사에서 일하기 위해서는 많은 능력을 필요로 한다. 지금이야 컴퓨터를 잘해야 한다는 대전제, 사내의 어려운 인간관계를 잘 견디는 협조심, 상사가 좋아할 만한 성격과 부하직원에게 인정받을 수 있는 능력, 그리고 잔업도 거뜬히 해낼 수 있는 체력도 필요하다는 점 등 셀 수 없을 만큼 많은 능력이 필요하다. 그에 비해 시아버지는 그런 능력을 하나도 갖추고 있지 않다. 고집이 세고 누구의 말도 듣지 않지만 화과자를 잘 만들었다. 그럼으로써 전통과자의 최고 장인이라는 칭찬을 받고 사는 자랑스러운 인생이지 않았는가.

사야카에 대해 생각하자 또다시 불안감이 몰려온다.

앞으로 아이를 낳아 엄마가 되고, 주부로서 가정을 꾸려가다 보면 자신감도 좋아지고 넉살 좋은 성격으로 바뀌지 않을까?

예상은 했지만 결국, 사위는 시아버지의 장례식에 오지 않았다. 얼굴 한 번 본 적 없는 사람의 장례식 때문에 일부러 회사를 쉬면서까지 참가할 필요는 없다고 생각했는지도 모른다. 오랜만에 만난 사야카는 상복을 입고 있어서인지 모르지만 예뻐졌다는 느낌이었다. 하지만 지금 생각해보니 야위어서 그렇게 보인 것 같다. 투명할 정도로 하얀 피부 역시 창백해졌기 때문일지도 모른다. 장례식장이었기에 웃는 모습을 보이지 않은 것은 알겠지만 아무리 그래도 딸의 수심 어린 표정이 마음에 걸렸다.

"아츠코 씨, 곧 49재를 치러야겠네요."

사츠키의 말에 현실로 돌아온다.

"안 그래도 그 생각만 하면 머리가 아파 와. 이제 7일마다 법사가 있으니."

"49재에는 조문객에게 받은 부조금의 답례를 해야 할 텐데요."

"요즘에는 목욕 타월이나 쓸모없는 식기 따윌 좋아라 할 사람도 없고."

"그러게요. 집 안 구석에 처박아두었다가 바자회행이 되겠죠 뭐."

"문제는 부조를 많이 하신 분들이지. 3만 엔 상당의 부조를 해주신 분들에게 그 반 가격 정도는 보답해야 할 테니까."

"담요가 제일 무난하지 않을까요?"

"나라면 필요 없는 물건이기는 하지만 그래도 담요가 그나마 이모저모 쓸모가 있으니 그게 답일지도…."

"이런 쓸데없는 풍습은 왜 있는 건지. 물건 고르는 것도 일이고 주소를 몰라 일일이 확인하는 것도 번거롭고, 무엇보다 상대 쪽에서도 그다지 좋아할 가능성도 별로 없고요." 사츠키가 숨을 들이키며 말을 잇는다. "왜 이렇게 쓸데없는 형식적인 일이 지속되는지 모르겠어요."

"그렇지? 우리 집 그이는 백화점 카탈로그에 나와 있는 것 가운데에서 고르면 되지 않느냐는 거야."

어젯밤 남편은 아무렇지도 않게 이렇게 말했다. 간단한 일 갖고 뭘 그리 고민하느냐는 말투에 은근히 부아가 치밀었다.

"결혼식이나 장례식용 카탈로그를 봤지만 그중에 마음에 드는 것은 전혀 없었어. 게다가 정가 판매를 하니 백화점 잇속만 불려주는 거 아니냐고."

아츠코는 음료수로 목을 축이고서 컵을 테이블 위에 놓았다. 그리고 몇 년 전, 사츠키의 시아버지가 돌아가셨을 때의 일을 떠올린다. 조의금을 준비해서 가져갔지만 사츠키는 받지 않았다.

"사츠키 씨, 시아버지 돌아가셨을 때는 장례를 어떻게 치렀어?"

"부조금은 일체 받지 않아서 답례품을 돌릴 필요도 없었어요. 저희 시아버지의 경우 건강하셨을 때부터 부조금은 받지 말고 장례식도 간소하게 하라고 입버릇처럼 말씀하셨거든요."

사츠키의 시아버지께선 전쟁고아로 힘들게 살아오셨다는 이야기는 몇 번이고 들어서 잘 알고 있었다. 그래서일까 쓸데없는 곳에 돈 쓰는 것을 극도로 싫어하셨다고 한다. 손발이 부르트도록 일하는 생활 속에서도 돈을 모아 땅을 사서 노후에는 세 명의 자식들에게 골

고루 나누어 주셨다고 한다. 사츠키 부부가 결혼 후 곧바로 빵가게를 낼 수 있었던 것도 그 덕분이었다.

"아버님이 돌아가셨을 때는 장의사에서 안치실을 빌려 친척들만 모여 고별식을 했어요. 출관할 때도 영구차가 아니라 침대차를 빌렸고요, 조문 온 분들이 화장터로 갈 때도 승합차를 빌리지 않고 각자 타고 온 자동차를 이용했고요."

"역시 사츠키는 뭐가 달라도 달라. 일반적으로는 그렇게는 생각도 못 할 거야."

말은 그렇게 하면서도 아츠코는 가슴 밑바닥에서 밀려오는 후회감을 감추려 애를 썼다. 어째서 자신은 사츠키처럼 그렇게 간소하게 할 생각을 못했던 것일까.

"제 의견이 아니라요, 생전의 아버님이 장례식 비용을 간소화하기 위해 엄청 노력하신 결과예요. 상조회도 몇 군데나 돌아다니면서 견적을 뽑아보고 그러셨어요. 그래서 우리는 가장 싼 곳으로 계약을 하실 것이라고 예상했는데요. 의외로 아버님은 당신의 장례식은 절대로 상조회에 맡기지 말라 하셔서."

만일 사츠키의 시아버지처럼 장례식을 치렀다면 시누이는 또 얼마나 방방 날뛰었을까? 그녀의 화난 얼굴이 스쳐 지나간다.

"시어머니와 시누이 등 식구들도 반대하지 않았고?"

"전혀요. 그도 그럴 것이 명절 때 가족들이 모일 때마다 아버님은 당신이 돌아가시면 절대로 장례 비용에 큰돈 쓰지 말라고 귀에 못이 박힐 정도로 말씀하시곤 했으니까요."

아사쿠사의 땅값으로 받은 2억 엔을 모두 써버렸다는 사실조차 모르고 돌아가신 시아버지와 어쩌면 이리도 다를까.

"구체적으로 어떤 장례식이었는데?"

"예를 들어 화장이 진행되는 동안 장례식장으로 돌아와 조문객 음식을 준비하잖아요. 하지만 우리는 그것도 생략했어요. 유골함에 담길 때까지 두 시간 동안 전철역 앞의 적당한 레스토랑에서 식사를 했죠. 이런 제안은 시누이의 생각이었고요."

"그거 좋은 생각이었네. 우리는 그 손바닥만 한 가이세키 요리[14]를 1인당 5천 엔이나 주고 먹었어. 어찌나 돈이 아깝던지."

그러자 사츠키가 이상하다는 듯이 소리 내어 웃었다.

"왜? 내 말이 이상해? 아니 생각해봐. 5천 엔이면 집에서 두툼한 와규 스테이크를 마음껏 먹을 수 있잖아. 가이세키 요리라고 이름은 거창하지만 건조시킨 두부에다 말린 표고버섯, 계란찜 같은 것만 나오잖아. 이런 메뉴는 너무 옛날식 음식 아냐?"

"흠…."

사츠키는 웃음을 멈추고 고개를 절레절레 흔들며 말한다. "아츠코 씨는 일본 전통요리 전문가 수준이라서 그래요."

"아니, 내가 잘해서가 아니라, 그냥 누구라도 가정에서 해 먹을 수 있는 요리를 5천 엔이나 받으니까 너무 아까워서 그런 거지."

"저는 가이세키 요리를 좋아해요. 그도 그럴 것이 저는 건조한 두부나 말린 표고버섯을 손질해본 적도 없는걸요. 찜 요리도 어

---

14 會席料理. 작은 그릇에 다양한 음식이 조금씩 순차적으로 담겨 나오는 일본의 연회용 코스 요리 — 옮긴이

렵고…."

"그래? 정말 몰랐네…. 하긴 사람마다 사는 방법이 모두 다르니까, 이 세상에는."

아츠코가 이렇게 말하자 사츠키가 밝게 웃는다.

"그래도 우리 집은 시누이가 형식에 매여 사는 스타일이 아니라서 다행이에요. 그날도 레스토랑에서 각자 좋아하는 메뉴를 주문해서 먹었거든요. 초등학생부터 80대까지 다양하게 모였으니, 후식으로는 파르페와 커피도 주문해서 가족과 친척 모두 좋아라 했어요.

"하지만 스님께 드리는 비용은 절약할 방법이 없었겠네."

"사실은 스님을 모시지 않았어요. 아버님이 생전에 스님께도 미리 말씀해두신 터라 저희로서도 부담을 덜 수 있었고요. 장례식도 무종교 형태로 했고, 나중에 아버님 유골을 집으로 모셔오고 나서야 스님을 모셔서 불경 공양을 드렸어요."

"그래서…, 장례식 비용은 모두 얼마 정도…?"

"글쎄요. 얼마였더라…."

사츠키는 이렇게 말하며 허공을 쳐다보고 기억을 더듬다가 "아참, 명세서가 있었지" 하면서 핸드폰의 화면을 바쁘게 움직였다. "여기 있어요."

사츠키는 당시에 들어갔던 비용을 메모한 종이를 폰카로 촬영해두었던 것이다.

핸드폰에 남아 있는 메모용지에는….

안치실 사용료 3만5천 엔, 친척 및 가족 일동 화환 2만1천 엔, 침대차 사용료 2만5천 엔, 제단(사진, 관, 향과 촛대 등) 9만8천 엔, 유골함 2만8천 엔, 자치단체에 지불하는 장례식장 사용료가 2만 엔, 드라이아이스 1만 엔으로 모두 2십2만7천 엔이었다.

"그 외에도 3일장을 치르는 동안 친척들과 함께 집에서 초밥을 시켜 먹으며 아버님에 대한 이야기꽃을 피우면서 밤샘을 하느라 든 비용까지 합하면 대략 25만 엔 정도일 거예요."

"겨우 그 정도?"

25만 엔이면 치를 수 있었는데, 2백만 엔이나 쏟아부은 것을 생각하니 갑자기 두 다리에 힘이 탁 풀리고 만다.

"하지만 사망진단서를 만들면서는 정말 화가 났어요."

사츠키가 미간을 찌푸리며 말한다. "아버님 사망진단서 한 장 해주며 5만 엔이나 받더라고요."

"정말 그랬어? 우리는 1장에 6천 엔 들었는데. 나는 그것도 비싸다고 생각했는데."

"의사 이름값이겠죠. 진단서 한 장 기껏 해봐야 3백 엔이면 충분하잖아요? 자세한 병명을 적는 것도 아니고 이름과 생년월일 그리고 '사망 원인 폐렴' 이렇게 달랑 세 줄 써주고는 5만 엔이라니…."

사츠키의 말에 아츠코는 격하게 공감하며 고개를 끄덕였다.

"가족장으로 치른다고 하면 '죽은 사람이 불쌍하다'느니, '도대체 무슨 사정이 있기에 그런 식으로?'라며 물어오는 사람도 있잖아요. 하지만 우리는 가족과 친척이 모두 모여 아버지를 진심으로 추모하고 보내드릴 수 있어서 좋았다고 생각해요."

"가족 간의 유대가 깊어서 좋네. 사츠키의 고향인 오키나와의 아마미오시마에서는 어떻게 해? 이웃이 모두 함께 도와주나?"

"옛날에는 그랬죠. 하지만 지금은 아마미에서도 상조회사가 모두 알아서 해주니까 도쿄나 마찬가지예요. 우리 할머니가 돌아가셨던 제 어린 시절에는 친척과 이웃이 모두 도와주고 민요를 함께 부르며 절절한 마음으로 장례식을 치렀어요."

"옛날에는 일본 전국에서 그렇게 했을 거야. 하지만 서로 그렇게 모여서 하는 것이 번거롭다는 생각이 드니까 지금처럼 상조회사에 맡기는 풍습이 된 것 같기도 해. 나도 맨션에 살고 있어서 이웃과도 별로 친하게 지내지 않아서, 이런 관혼상제를 동네가 함께 어울려 치르는 것은 이제 다른 세상 이야기가 되어버린 듯해."

이미 내 손을 떠난 돈은 돌아오지 않는다. 알고는 있지만 사츠키의 경우, 최소한의 비용으로 가족들과 함께 진심을 담아 장례식을 치를 수 있어서 좋았다고 한다.

그녀의 말을 들으며 아츠코는 자신이 얼마나 어리석은 사람인지 느낄 수 있었다.

전철역 앞에서 사츠키와 헤어져 돌아오는 길에 차가운 가을바람이 얼굴을 스쳤다. 그래서일까 갑자기 사야카가 보고 싶어졌다.

사야카의 맨션에 들러볼까.

이런 생각이 들어 발길을 돌려보려 했다.

아니야, 다음에 가도록 하자. 이러니까 아이를 치마폭에서 내어 놓지 못하는 엄마라는 말이 있는지도 몰라.

그럼 과일이라도 좀 보내볼까.

가을철이니, 배, 밤, 포도, 감.

앗, 그러고 보니 통장에 잔고가 별로 없다.

1,200만 엔이 들어 있던 통장에는 사야카의 결혼식으로 5백만 엔, 시아버지 장례식 비용과 묘소 비용으로 4백만 엔을 쓰고 지금은 겨우 3백만 엔만 남았다. 남편이 정년퇴직하고 나면 어떻게 살아야 할까. 3백만 엔 가지고는 1년치 생활비로도 모자란다. 50대 부부 중에서 통장 잔고가 이 정도인 사람이 일본에 몇 명이나 될까.

방금 전 카페에서 지불한 거금이 아깝다는 생각이 든다.

아니야, 이건 아니지. 사츠키와 만나 수다를 떠는 것도 한 달에 한 번뿐이고, 이렇게라도 털어놓지 않으면 정말 우울증에 걸릴지도 몰라. 결과적으로 스트레스를 많이 받기는 했지만….

가로수 은행나무 잎사귀 사이로 비쳐드는 석양의 햇살이 눈부시다.

남편이 정년퇴직을 하면, 여기저기 단풍 구경도 할 생각이었는데.

지금은 노후가 걱정되어 견디질 못할 심정이다.

좀 더 절약해서 저금을 해야 해.

실업보험이 소진되기 전에 일자리를 찾아야 해.

그런데 만일 그 전에라도 시어머니가 돌아가시면 어쩐다? 그때도 우리가 모든 장례비용을 부담해야 할까? 설마…, 그때는 시지코에게 확실하게 따져가며 거절해야겠다.

남편은 얼굴을 찡그릴지 모르지만, 어쩔 수 없다.

10

거실 청소를 하고 있을 때, 주머니 속 핸드폰이 울렸다.

남편이다.

근무 중에 전화를 하다니 별일이네.

혹시 시어머니가 돌아가셨나?

— 여보세요. 아츠코?

"무슨 일이에요? 이 시간에?"

— 우리 회사, 이젠 글렀어.

"글렀다니? 무슨 말이에요?"

남편의 회사가 2008년의 리먼 브라더스 사태 이후 지금까지 고전하고 있다는 말은 전부터 들어서 알고 있다.

— 오늘 아침, 본사 인사과에서 나왔는데, 설명에 따르면 본사의 기능만을 남겨두고 전원 해고라는군.

"설마 당신도 포함되어 있는 건 아니겠죠?"

— 포함되어 있어.

"왜요? 건설 쪽은 일할 사람이 부족하다고 뉴스에서도 나오던 데요."

— 아츠코, 이젠 어쩔 도리가 없어.

"하지만 2011년 일어난 동일본 지진재해의 복구 공사하고 2020년에 열린다는 도쿄 올림픽 등 아직 건설 쪽에서 할 일이 잔뜩 남아 있다고 했잖아요?"

— 그건 큰 회사에서 이미 다 가져가버렸고 우리 회사는 1차 하청이긴 했는데 사장의 경영 미숙으로 지금은 3차 하청으로 밀려버렸어. 상위 기업에서 품삯을 너무 후려치니까 어쩔 수 없었다고 말은 들었는데 그래도 일할 사람이 부족하니까 어떻게든 되겠지 생각했거든. 그런데 동남아시아에서 온 노동자를 대거 모집한 회사가 우리보다 더 싼 품삯을 제시하니까 우리 회사가 발 디딜 자리가 없어진 거야.

남편은 숨도 쉬지 않고 설명을 계속했다. 흥분 상태임에 분명했다.

"아니 그럼 우리 부부 모두…" 해고되었다는 말까지는 끝내 다하지 못했다.

갑자기 몸이 휘청거려 순간 벽으로 몸을 기대고 선다.

불안해서 견딜 수 없다.

다리에 힘이 풀린다는 것이 이런 걸까.

"그럼 거긴 언제까지 나가는 거예요?"

— 내년 3월 말까지.

"퇴직금은요?"

— 그건….

"설마…."

― 아츠코 미안….

남편이 갑자기 침통해지며 말끝을 흐린다. 그가 정서불안 증세에 빠지고 있는 모습이 손에 잡힐 듯 느껴진다. 예감이 좋지 않다. 설마 자살하는 건 아니겠지?

"당신 잘못이 아니에요. 앞으로 어떻게 살아야 할지 시간을 갖고 이야기 나눠요."

― 응, 아츠코 정말 미안.

"오늘 저녁 메뉴는 당신이 좋아하는 어묵국을 끓여놓을게요. 오랜만에 우리 한잔합시다."

― 그럴까? 그래 그럼 오늘 저녁 일찍 들어갈게.

"어차피 회사 나올 거니까 잔업하지 마세요. 일이 이렇게 되었는데 회사에 봉사하는 사람이 바보인 거죠."

― 하하하, 듣고 보니 그러네.

남편의 웃음소리를 들으니 조금 마음이 놓인다.

그날 밤 남편은 평소보다 일찍 들어왔다.

겨우 한 잔 했을 뿐인데 그의 얼굴이 불콰해졌다. 젊을 때는 아무리 마셔도 얼굴색 하나 변하지 않더니 언제부터인가 남편도 늙어가고 있다는 것을 느꼈다.

"참, 그리고 아츠코, 우리 통장에는 얼마나 남아 있어?"

"3백만 엔이요."

"뭐라고? 겨우?"

놀란 듯이 아츠코를 쳐다본다. 한순간 취기가 가시는 듯, 느긋했던 표정에 긴장감이 감돈다. 역시 남편은 나한테 무슨 도깨비 방망이라도 있다고 생각하는 것 같다.

"그러게 내가 돈을 그렇게 쓰면 안 된다고 누누이 말했잖아요."

"그렇게라니? 어디에 썼는데?"

기가 막혀 말이 나오지 않았다. 아무리 사람이 생각이 없어도 그렇지 이렇게까지 금전 감각이 없다니.

"사야카의 결혼과 아버님 장례식 비용 그리고 묏자리를 사는 데 들어간 돈이 얼만데요."

"흠, 그랬군."

"이제 이해돼요?"

"돈에 관해서는 아츠코에게 맡겨두었으니 당신이 그렇다면 그런 거지."

"너무 믿지 말아요. 이 세상에는 남편 몰래 모피코트도 사고 놀러 다니며 화려한 생활에 빠져 사는 여자도 많이 있다고 들었으니까."

"아츠코 님 같은 분이 이 세상에 계시다는 사실에 그저 성은이 망극할 따름이옵니다."

이런 상황에서 농담이 나오다니. 남편은 지금의 현실을 심각하게 파악이나 하고 있는 것일까? 아니면 밝고 긍정적으로 이 위기를 해결하려는 노력일까? 그렇게 오랜 세월 함께 살았지만 도무지 그 속을 알다가도 모르겠다.

"아츠코 님은 구두쇠이시오니 돈에 관해서는 하늘처럼 믿고 있사

읍니다."

지금 날 칭찬하는 건가?

"그래요? 고마워요."

이제 와서 후회를 한다 해도 통장에서 빠져나간 돈이 다시 돌아올 리 없다. 긍정적으로 생각하자. 남편의 연금이 나오기까지 앞으로 8년. 그날까지 어떻게든 먹고 살아야 한다.

"그래도 나는 괜찮은 편이야. 정년퇴직을 3년 앞두고 있으니까. 하지만 이제 겨우 40대인 야마우치의 경우 부인도 전업주부고 아이들은 유치원에 다니고 있으니 너무 안됐어."

남편이 깊은 한숨을 내쉬며 술 한 잔을 마시더니 다시 말을 잇는다. "잘리기는 했지만 내 사정으로 퇴직한 것이 아니라서 실업보험금이 들어오잖아. 그것만 해도 어디야?"

남편은 곤약에 간장을 찍어 맛있게 먹는다. "그리고 65세부터는 연금도⋯." 갑자기 말이 끊긴다.

왜 그래요?

이렇게 물어보려던 순간 서로의 시선이 만났다.

"기금⋯, 정말 미안했어." 남편이 고개를 숙인다.

지금까지 마음에 걸려 있었는가 보다.

7년 전 남편의 생일날이었다. 일본연금기구에서 '연금 정기소식'이 우송되어 왔다. 50세를 넘기면 장래에 받게 될 연금 액수가 기재되어 있었다. 남편의 연금액은 텔레비전 방송에서 연금 문제를 특집으로 다루며 알게 된 금액보다 훨씬 적은 금액이었다. 하지만 아츠코는 그 내부 구조를 잘 알고 있었기에 그다지 마음에 두지는 않았다. 회사가 연금기금에 가입해 있을 경우, 기금 쪽에서 상당액을 내주기 때문이다. 그리고 그 금액은 '연금 정기소식'에는 기재되어 있지 않다.

— 연금기금에 가입되어 있죠?

그렇게 남편에게 재차 확인하자 남편은 눈길을 피했다.

남편의 회사는 라이벌 회사에게 합병된 적이 있었다. 남편이 40대 중반이었을 때의 일이다. 그와 동시에 회사가 그동안 가입되어 있던 기금에서 탈퇴하였다고 한다. 그러면서 회사 측은 지금까지 부어왔던 기금을 그대로 남겨두고 장래에 받을 것인지, 아니면 일시금으로 당장 받을 것인지에 대해 회사원들에게 선택권을 주었다. 바로 그때 남편은 아츠코에게는 비밀로 한 채 그 돈을 일시불로 다 받아버린 것이다. 나중에 들은 얘기로는 50만 엔 정도였다고 하는데 결과적으로 장래의 연금액이 줄어든 셈이다. 당시 여사원들은 모두 장래를 위하여 묻어두었다고 한다. 하지만 기혼 남성사원 대다수는 아내 몰래 그 돈을 받아 술집으로 곧장 가서 흥청망청 마시고 놀며 모두 탕진했다고 한다.

그 사실을 알게 되었을 때 아츠코는 분노했다. 경박한 남자라고 타박하기도 했다. 연금은 부부 공동체의 산물이다. 남편이 혼자 받아 쓴 그 돈은 남편만의 돈이 아니라 부부의 노후 생활에 밑천이 될 돈이다. 일시금으로 받아봐야 겨우 50만 엔이지만 그 돈이 연금으로 환산되면 큰돈으로 불려질 것이었음에 틀림없다.

노후의 1만 엔은 큰돈이다. 현역 시절의 1만 엔과는 전혀 다른 것이다.

지금이야 1만 엔 가지고 옷가게의 쇼윈도에 걸린 블라우스 한 벌도 못 산다. 하지만 장래 내가 가난한 할머니가 된다면? 그 돈으로 마트에 가서 세일 중인 식빵을 몇 개고 살 수 있을 것이다. 20개들이 달걀 팩을 몇 개나 살 수 있는 금액이다.

"그때 일은 이제 그만 잊어요."

이렇게 말하자 남편이 놀란 듯이 고개를 든다.

사실 그 당시부터 아츠코의 생각이 많이 변했다. 사회에서 일하는 남자들이 점심값 포함 한 달 용돈이 대략 5만 엔 정도라는 것이 너무 야박한 것은 아닐까. 분명 한 달 5만 엔 정도의 인생이라면 재미없을 것이다. 언제부터인가 이런 생각이 자리 잡았기 때문이다.

"저도 플라워 어레인지먼트 그만둘 거예요."

"왜? 큰돈 들어가는 것도 아닌데."

"사치죠. 지금 우리가 배부른 형편도 아니고."

"요즘 초등학생들도 용돈을 쓰는데. 게다가 거길 그만두면 사츠키 씨하고도 결국 멀어질 거 아냐?"

이렇게까지 신경을 써주며 반대하리라고는 생각지도 못했다.

— 그 정도는 해주고 싶은 이 남편의 마음을 알아주구려.

이런 말이 들리는 듯하다. 내가 계속 고집부리면 남편이 정신적으로 더 스트레스를 받을지도 모른다. 더 이상 그를 비참하게 만들지 말자.

"자, 그럼 말씀을 받자웁고 계속 다닐게요."

이렇게 말하자 남편의 얼굴에 만족스러워하는 미소가 번진다.

"그건 그렇고 아츠코, 어묵국 너무 많이 만든 거 아냐?"

"미리 말해두는데요, 오늘부터 사흘 동안은 매일 어묵국만 상에 올릴 예정이에요."

무엇보다 식비부터 줄이기로 마음먹은 터다.

"좋아 좋아. 나도 어묵국 좋아하니까."

역시 남편은 어리숙하다.

어처구니없다는 생각으로 그를 바라보고 있을 때 현관에서 하야토의 목소리가 들린다.

"다녀왔습니다. 아니 두 분 모두 얼굴에 웃음꽃이 활짝 피었네요. 무슨 일 있었어요?"

"비밀."

웃으며 대답하자 하야토도 밝게 웃는다.

남편의 해고에 대해서는 아이들에게 우선 비밀로 하자. 하야토는 이제 취직도 결정되고, 학점도 모두 따놓은 상태라서 모든 것이 순조롭다. 지금이야말로 마음껏 자유를 느끼는, 인생에서 가장 즐거울 때일지도 모른다. 이렇게 밝은 모습인데 일부러 그늘지게 만들 필요는 없을 것이다.

"혹시 복권이라도 당첨되었나요?"

하야토가 밥을 담아 식탁에 앉으며 묻는다.

"그런 행운이 있을 리 없지. 노후를 어떻게 하면 잘 보낼 수 있을까…, 의논 중이었어."

서로 입을 맞춘 것은 아니지만 남편 역시 자신의 해고에 대해서는 당분간 침묵하기로 한 듯하다.

"그럼 아츠코 씨, 이제 일하지 않아도 되지 않아요? 나이도 있고."

아츠코가 해고당한 사실은 하야토도 알고 있었다.

"그럴 수는 없지. 나도 내 용돈 정도는 벌어야지. 여행도 다니고 싶고 옷도 사 입고 싶으니까. 그리고 집에만 있으면 치매에 걸리기 십상이야."

"그렇기는 하지만 너무 무리하지는 마세요. 요즘 들어 부쩍 눈가에 주름이 늘었다고요."

"얘는 별말을 다하네."

화기애애한 분위기 속에서 갑자기 사야카가 빠졌다는 사실에 마음이 무거워진다.

시집간 딸을 시아버지의 장례식 이후 만난 적이 없었다.

"오랜만에 사야카에게 전화해볼까?"

"그래. 지금 한번 걸어봐."

남편의 재촉에 아츠코는 앞치마 주머니에서 핸드폰을 꺼내 들었다.

몇 번의 신호음이 지나고 사야카의 목소리가 들렸다.

— 네.

굳은 목소리였다.

"여보세요. 사야카?"

— 엄마, 오랜만이에요.

밝게 반기는 목소리가 아니다.

"건강하지? 집에 한번 들르렴."

— 네…, 그럴게요.

"나도 사야카 목소리 듣고 싶은데." 남편이 말했다.

"사야카, 아빠도 네 목소리 듣고 싶다고 하시니까 스피커폰으로 할게."

— 네. 아빠 그리고 하야토 잘 있지?

"잘 있어. 하야토는 여전히 잘 먹고 말도 많고…."

"말없는 남자가 좋다는 시대는 이제 한물갔다고요"라고 하야토가 밥을 먹다가 고개를 들고 말한다.

"있잖니, 사야카. 엄마가 당분간은 집에 있을 거니까 평일에라도 낮에 한번 들르렴."

— 네…, 어떨지 모르겠어요. 앗, 죄송해요. 다쿠마 씨가 집에 들어왔나봐요.

현관의 차임벨을 계속 울리고 있는지 온통 벨소리로 요란하다.

— 열쇠로 열고 들어오면 되잖아요.

사야카의 목소리가 전화로 똑똑히 들려온다.

— 설마 열쇠를 잃어버리고 온 거예요?

그때였다. 전화기 너머에서 쾅 하는 소리가 들린다.

설마…, 사야카가 다쿠마에게 얻어맞는 것 아닐까.

남편도 하야토도 마치 얼어붙은 것처럼 꼼짝하지 않고 핸드폰 너머의 소리에 귀를 기울였다.

쫘당 하고 물건 넘어지는 소리가 들린다.

자연히 사야카가 의자와 함께 넘어지는 장면이 연상되었다.

"여보세요? 사야카? 괜찮니?"

아츠코는 자신도 모르게 큰 소리로 물어보았다.

그리고 한순간 전화가 끊겼다.

멍하니 핸드폰을 테이블에 올려놓는다.

"지금, 뭐예요?"

젓가락을 들고 있던 하야토의 목소리가 떨린다. "설마 매형, 손버릇이 나쁜 것은 아니겠죠?"

불안으로 가득한 하야토의 말을 듣고 아츠코는 말문이 막힌 채 아들을 쳐다본다.

"바보 같기는. 너는 엄마 닮아서 너무 걱정이 많아 탈이야. 젊은 혈기에 화가 날 때도 있지."

남편은 아내와 아들을 안심시키기 위해 가당치도 않은 말을 하고 있지만 얼굴 표정은 그렇지 않다는 것을 그대로 보여준다.

둔감한 남편까지도 다쿠마의 폭력을 상상하고 있다고 생각하니 점점 더 불안감이 몰려온다.

"저도 지금까지 여자한테 손찌검을 한 번도 하지 않아서 상상하기 힘드네요."

"너는 독신이니까 부부 생활에 대해 몰라서 그래. 나도 소싯적에는 네 엄마에게 불같이 화를 내기도 하고 그랬어. 안 그래, 여보?"

"그랬었…나요?"

그런 기억은 전혀 없다. 기분 나쁜 말을 하거나 삐질 때는 있어도 남편은 집 안에서 큰 소리조차 내지 않았다. 적어도 '열쇠를 잃어버리고 왔어요?'라는 정도의 잔소리에 남편은 화조차 낸 적이 없는데 손찌검이라니?

"잘 먹었습니다. 어묵국 정말 맛있었어요."

짐짓 밝은 소리로 인사를 하며 하야토가 일어섰다.

11

다음 날, 남편이 회사에 나가고 아츠코는 침대에 다시 누웠다.

사야카 걱정으로 밤새 한숨도 못 잤기 때문이다.

지나친 생각일까?

뭔가를 내치는 듯한 둔탁한 소리와 의자 넘어지는 소리가 머릿속을 맴돌았다.

역시 내 생각이 너무 지나친 것 아닐까.

말도 없고 조용한 다쿠마가 그런 폭력을 휘두를 리 없다.

아니, 말 없는 사람이 더 무섭지 않나?

다쿠마의 성격이 꾸밈없고 솔직한 편은 아니다.

하지만 그렇다 하더라도….

머릿속이 뱅뱅거리며 같은 질문이 반복된다.

— 사야카, 괜찮은 거니?

마음속으로 이렇게 몇 번이고 부르다 그만 눈물범벅이 되고 말았다.

부엌에서 톡 하며 토스터기에서 빵이 올라오는 소리가 들린다. 하야토가 아침 식사를 준비하는 모양이다. 그리고 이쪽으로 걸어오는 소리.

"아츠코 씨. 아직 자요?"

"일어났어." 이렇게 말하며 축 처진 몸을 일으켜 방문을 열어준다.

"아몬드 크림이 조금 남았는데 이거 빵에 발라 먹어도 돼요?"

"그럼."

평소 같으면 이런 소소한 일을 나에게 묻기 위해 방문을 두드리지는 않을 것이다.

"커피 내리고 있는데 드릴까요?"

"그래. 고마워."

무슨 할 말이라도 있는 것일까?

방에서 나와 거실로 들어서자 온 집 안이 커피향으로 가득하다.

"오늘은 아르바이트가 8시까지니까 집에 일찍 들어올게요."

"왜?"

"오늘 밤 둘이서 누나네 맨션으로 가봐요."

그래. 그러자.

이러지도 저러지도 못한 채 집에서 걱정만 한다고 뾰족한 수가 생기는 것은 아니다.

"그럼 전철역에서 만나자."

남편은 오늘 저녁 늦는다고 했다. 이제 곧 정리해고 되겠지만 '마지막 송년회'라며 좋아하는 모습이었다. 함께 명예퇴직 당하는 직장

동료가 많아 서로 풀어야 할 회포가 많을지도 모르겠다.

오늘 밤 아들과 함께 사야카의 맨션에 가는 것에 대해서는 남편 모르게 처리하자고 마음먹었다. 쓸데없는 걱정을 끼치지 말자는 의도도 있지만 사실 남편이 이 일에 대해서 참견하기 시작하면 귀찮은 점도 많기 때문이다. 남자들은 오랜 세월 직장 생활을 해왔기 때문에 사회적인 문제에 대해서는 주부인 아내보다 더 잘 알고 있다고 자부하곤 하지만, 아츠코 생각에는 남편들은 한결같이 아내의 감각에 뒤떨어져 보였다.

이유는 모르겠지만.

저녁 9시를 넘긴 시간.

아츠코는 아들과 둘이서 사야카가 살고 있는 맨션을 올려다보고 있었다.

베란다에서는 빨래가 펄럭이고, 집 안에는 불이 켜져 있었다. 이렇게 늦은 시간까지 빨래를 걷지 않은 게 왠지 불길하다는 생각이 들어 마치 못이라도 박힌 듯 그 자리에서 쉽게 발길을 떼지 못했다.

뭔가 안 좋은 일이 일어나고 있는 것은 아닐까? 그런 생각이 들자 안절부절못할 지경이었다.

아들과 함께 1층 로비로 들어선 뒤 현관 자동문 입구로 다가가 사야카의 맨션 번호를 눌러보았지만 아무런 반응이 없었다.

왜 아무 대답도 없는 것일까? 왜?

저녁 9시, 사위는 아직 귀가하지 않았다손 치더라도 사야카는 분명 집에 있을 것이다.

"전화해볼게요."

그러나 사야카는 전화를 받지 않았다.

그때 현관 자동문이 열리면서 40대로 보이는 남자가 로비로 들어섰다. 우편 수취함을 열어보는 모습으로 보아 그는 이곳에 살고 있는 듯했다.

순간, 아들과 눈이 마주쳤다. 남자가 주머니에서 키를 꺼내 자동문에 대자 스르륵 문이 열렸다.

아츠코 모자는 자연스럽게 남자의 뒤를 따라 안으로 들어갔다. 그리고 엘리베이터를 타고 3층에서 내려 드디어 사야카네 현관문을 마주하고 섰다.

굳게 닫힌 철문이 이렇게 냉정한 것이었던가. 저 문 안의 모습은 과연 어떨지 궁금하기 짝이 없었다.

벨을 눌렀지만 역시 아무 반응이 없었다.

아들이 현관 옆에 달려 있는 작은 창을 손가락으로 가리키며 말한다. "불이 켜진 것을 보니 집 안에 누나가 있는 것은 분명한데…."

그때, 비명과 함께 뭔가가 쿵 부딪히는 소리가 들렸다.

"사야카, 무슨 일이니?"

아츠코는 자신도 모르게 큰 소리로 딸의 이름을 부르며 현관문을 쾅쾅 두드렸다.

"누나, 문 좀 열어봐."

"사야카, 문 열어."

그때 이웃집 현관이 열렸다.

30대 중반쯤의 여자가 두 사람을 바라보며 말했다.

"무슨 일 있으세요?"

"아, 소란 피워 죄송해요. 저는 이 집에 살고 있는 여자의 엄마인데요. 저… 그러니까… 뭐라고 말해야 할까, 딸의 몸 상태가 안 좋은 것 같아서…."

"아, 어머님이세요?"

여자는 이렇게 말하며 쿡 웃는다. "걱정하지 않으셔도 될 것 같아요."

"하지만 방금 전, 안에서 큰 소리가…."

"늘 그래요."

여자는 웃으며 이렇게 말하고는 조용히 문을 닫고 안으로 들어갔다.

"이게 무슨 말?"

아츠코는 속삭이듯 아들에게 물었다. "늘 그렇다니? 늘 이렇게 폭력에 시달린다는 사실을 알고도 저 여자는 지금 웃었단 말야?"

"설마, 그럴 리가 있어요?"

"그럼 방금 전 우리가 듣고 보았던 건 뭐지?"

"나도 잘 모르겠지만 누나가 늘 이렇게 요란스럽게 부부 싸움을 한다는 거 아닐까요?"

그때, 사야카의 맨션 현관이 열린다.

"아직도 안 가고 있었어요?"

미간을 찌푸리며 귀찮아하는 말투였다.

"집에 있으면서 왜 문도 안 열어주는데?"

이렇게 말하며 아츠코는 빼꼼 열린 현관문 틈 사이로 재빠르게 사야카의 전신을 훑어보았다. 검은색 폴라티에 검은색 레깅스를 신은 딸의 모습은 마치 얻어맞아 생긴 멍 자국을 감추기 위한 것처럼 보였다.

"지금 집이 엉망이라서…."

"엉망이라니? 왜?"

"아무튼 다음에 오세요. 오늘은 그만 돌아가시고요."

"그래도…, 사야카…."

"미안해요. 모처럼 와주셨는데…."

사야카가 이렇게 말하고는 다시 문을 닫고 안으로 들어가려는 순간, 아츠코는 반사적으로 현관문을 꼭 잡고는 다시 문을 열기 위해 안간힘을 쏟았다.

그때 하야토가 아츠코의 팔을 붙잡으며 말렸다.

"아츠코 씨, 오늘은 이만 돌아가도록 해요."

왜?

이렇게 눈으로 묻자 아들은 말없이 고개를 끄덕여 보였다.

무슨 생각이라도 있어서 이러는 것일까? 할 수 없이 현관문의 손잡이를 놓자, 문이 쿵하고 닫힌다. 그리고 철커덕하며 안에서 걸어 잠그는 소리가 야속하게 울렸다.

맨션에서 나와 근처의 찻집으로 들어섰다.

"집 안을 보고 싶었어."

집 안 상태를 보면 어떻게 살고 있는지 그대로 훤히 다 보이기 때문이다. 오랜 주부생활의 경험으로 무슨 일이 있다면 직관적으로 단박에 알아차릴 수 있을 것이다.

135

"아츠코 씨, 사람이 한번 세뇌당하면 그게 그렇게 쉽게 풀려나는 것이 아닌 것 같아요."

"세뇌라니?"

"폭력을 휘두르는 남편 밑에서 사는 주부들은 거의 모두 세뇌당하거든요. 텔레비전 드라마에서도 맨날 나오는 장면들이잖아요."

들고 보니 그도 그렇다. 폭력을 휘두르는 남편은 대체적으로 평상시에는 순하기 그지없는 사람들이다. 그래서 자신이 폭력을 휘둘렀다는 사실에 대해 아내에게 눈물로 호소하고 용서를 빈다. 이런 모습을 보며 아내는 아내대로 자신이 뭔가 부족해서 이렇게 된 것이라는 생각을 하게 된다는 것이다.

"하지만 지금 우리가 본 것 같은 이런 생활이 계속된다면, 사야카는 아마도 정신이 이상해질지도 몰라."

"속단은 금물이에요. 엄마"

"아무리 그래도…."

1초라도 빨리 딸아이를 집으로 데려와야 한다는 생각이 들자 아츠코는 안절부절이다.

"대책을 세우는 것이 좋아요. 지금 무리해서 누나를 집으로 데려간다면 상황만 더 악화시킬 뿐이라고요."

"하지만 사야카가…."

아츠코의 눈앞으로 지금도 사위의 폭력에 시달리는 딸의 모습이 떠올라 온몸이 쪼그라드는 것만 같았다.

"아츠코 씨, 침착하시고요. 제발 좀 앉으세요."

아츠코가 자신도 모르게 벌떡 자리에서 일어났던 것이다.

"지난번 그 드라마에서도 형제들이 참견하는 바람에 부부 싸움이 온통 진흙탕 싸움으로 번지고 말았잖아요."

"그랬나? 맞아, 그랬지. 그렇다면 우선 사야카의 세뇌를 푸는 게 가장 시급한 과제겠네."

"드라마는 결국 해피엔딩이었지만 이건 현실이니까, 훨씬 더 풀기 힘들 거예요."

"그렇다면…?"

"우리가 섣불리 움직이면 누나가 우리 식구를 적대시할지도 몰라요. 그래서 두 번 다시 친정에는 발길을 옮기지 않게 될지도 모르고요."

"설마…, 그런 말은 듣기만 해도 싫다. 반드시 사야카를 집으로 데려갈 거야."

갑자기 사위에 대한 증오가 부글부글 끓어올랐다.

약한 여자에게 폭력을 휘두르는 인간이라니.

아츠코는 어릴 때부터 약한 자를 괴롭히는 인간을 용서할 수 없었다.

"내가 입사하면 기숙사에 들어갈 거니까 딱 잘되었네요."

하야토는 침통한 분위기를 살려보려는 듯이 밝게 말했다.

"정말, 그러네. 그렇구나."

아츠코도 어떻게든 이런 찜찜한 기분에게 벗어나고자 심호흡을 해보았다.

경험상 이렇게 기분을 잡치게 되면 영락없이 변비에 걸리고 만다. 이럴 때일수록 정신 바짝 차리고 자신의 컨디션을 잘 조절해야 할 때라고 스스로를 다독였다.

엄마인 내가 중심을 잡지 않으면 딸 문제도 절대 풀 수 없게 되고 만다.

언젠가 웃을 날이 올 것이라 믿고, 마음을 단단히 먹어야 한다.

머지않아 사야카가 집으로 돌아온다면 다시 잡화점에서 아르바이트를 하라고 할까. 고등학교 시절부터 가게 주인이 귀여워해주었으니까, 어쩌면 다시 받아줄지도 모른다. 하지만 미래를 생각한다면, 좀 제대로 된 직장에서 일하는 것이 더 좋지 않을까. 그러기 위해서는 전문학교에 다닐 필요가 있을지도 모른다.

그렇다면 학비를…, 충당할 수 있을까.

아, 비참하다.

생각이 여기에 이르자, 갑자기 번듯하게 독립한 사츠키의 아이들과 사야카를 비교하게 되었다. 장남 도모유키는 어린 시절부터 꿈이었던 소방관이 되었고, 큰딸 하즈키는 치과의사가 되어 치과병원에서 근무 중이다. 둘째 딸 무츠키는 간호사다. 지금도 이 세 오누이는 안정된 인생을 보내고 있을 것이다.

사츠키의 아이들은 초등학교 때부터 고등학교까지 공립을 다녔고 사설 학원에 다닌다는 소리조차 들은 적이 없다. 하즈키와 무츠키는 친가 쪽에서 샤미센[15]과 하야시[16]를 무료로 배웠을 뿐이고, 도

---

15 三味線. 일본의 대표적인 현악기. 고양이 가죽이나 개 가죽을 붙인 공명 상자에 기다란 손가락판을 달고 비단실을 꼰 세 줄의 현을 그 위에 친 것으로, 무릎 위에 비스듬히 얹고 발목(撥木)으로 줄을 퉁겨 연주함 — 편집자

16 囃子. 박자를 맞추며 흥을 돋우기 위해서 반주하는 음악 — 편집자

모유키는 초등학교 때부터 축구에 푹 빠져 과외 공부를 할 겨를이 없었다고 들었다.

하야토는 내년 봄부터 대기업에서 근무할 예정이다. 그곳에서는 유명 대학을 나온 사람만을 직원으로 채용하니 하야토만 놓고 본다면 대학을 졸업한 보람이 분명히 있었다. 하지만 사야카는 어떤가. 지금까지 사야카에게 쏟아부은 교육비가 도대체 얼마던가. 초등학교부터 고등학교 때까지 학원을 다녔고 예능 교육 또한 이것저것 많이 시켜주었다.

만일 사츠키처럼 교육비를 아꼈다면 지금쯤 꽤 많은 돈을 저축했을 것이다. 물론 이제 와 후회해도 소용없다는 사실만은 확실히 느끼고 있었다.

하지만….

지나간 이런저런 일을 돌이켜 생각하다 보니 후회감만 밀려왔다. 이렇게 반복되는 마음의 갈등을 싹둑 잘라내고 싶지만 그게 쉽지가 않았다.

사야카의 결혼식과 신혼여행 경비 그리고 신접 살림 마련에 들어간 비용은 그렇게 모두 허무하게 끝나버릴 것인가. 만일 이혼하게 된다면 결혼식의 기억 따위는 오히려 없는 게 좋겠다는 생각이 들 정도다. 반지만 주고받는 조촐한 결혼식이었다면 이혼 후의 기분이 조금 더 편할 수도 있지 않았을까.

시아버지의 장례식에 들어간 비용은 서민들로서는 견디기 힘든 큰돈이다. 묘소에 관해서는 아무리 생각해도 화가 치민다. 성씨가 다르다고 다른 묏자리를 구해야 한다니…. 조상 대대로 와구리당의 묘는 외동딸이었던 시어머니가 결혼한 때부터는 구리타란 성을 쓴 사람이 없었다. 그런데도 시아버지는 가족묘원에 제대로 들어가지 못하고 말았다. 고토 집안 역시 만일 하야토가 아들을 낳지 않는다면 그 후손은 끝이다. 이렇게 생각에 생각이 꼬리를 물수록 시아버지의 묘를 새로 만든 것이 너무도 속상했다.

이 지구상에서 인류에게 묘가 왜 필요한지 모르겠다는 생각도 들었다.

"아츠코 씨, 커피 식어요."

생각에서 벗어나자 아들이 걱정스런 눈빛으로 아츠코를 바라본다.

꽤 오랫동안 꼼짝도 하지 않고 창밖의 어둠을 바라보며 생각에 잠겨 있었나 보다.

침울한 기분으로 찻집에서 나와 모자가 나란히 밤길을 걸어 역으로 향했다.

"이런, 큰일 났네."

아들이 갑자기 걸음을 멈추고 사야카의 맨션을 손으로 가리킨다.

"엄마, 누나네 방을 좀 보세요."

"그게…" 사야카의 방이 어디였는지 어두워서 잘 구별이 가지 않는다.

3층, 그리고 왼쪽에서 하나, 둘, 셋, 넷, 다섯 번째 방이니까….

딸아이 집의 베란다에 사람 그림자가 보인다.

누군가 빨래를 걷고 있는 듯하다.

"저거… 매형 아닌가요?"

"… 그러네."

"뭐야, 저 사람, 가정적이네."

마치 여우에게 홀린 듯한 기분이다.

"가끔은 저렇게 가정적인 모습도 보이는 거야."

"누나라면 쉽게 속아 넘어가겠네."

"저런 모습을 보이니까 정말은 좋은 사람일지도 모른다는 착각을 하는 거라고."

"하긴, 데라오카 도루도 폭력을 휘두르고는 용서를 빌 때 눈물을 흘리며 마치 연약한 사람처럼 변하는 모습을 보였으니까."

데라오카 도루는 텔레비전 드라마에서 폭력을 휘두르는 남편의 역할을 맡았던 배우다.

"빨래 좀 걷어준다고 어물쩍 넘어가주면 어떡하니, 사야카?"

들릴 리 없지만 이렇게라도 소리치지 않고는 견딜 수가 없었다.

"누나가 이혼하기 위해서는 맞아서 생긴 상처나 멍을 사진으로 남겨둬야 할 텐데."

"그렇지? 하지만 그러기 위해서는 본인이 알아서 해야지 우리가 나서기는 어려울 거야."

"내일 아르바이트 끝나면 서점에 들러볼게요. 세뇌에서 벗어나는 좋은 방법에 대한 책이 있는지 좀 찾아보고."

"그래, 그래주렴. 우리 둘이서 어떻게든 연구해보자."

딸을 위해서라면 무엇이든 할 각오가 단단히 서 있었다.

절대 지지 않을 것이다.

내 목숨을 걸고서라도 지켜낼 것이다.

이렇게 마음먹자, 아츠코는 온몸에서 힘이 솟아오르는 것만 같았다.

12

크리스마스로즈와 포인세티아….

실망스러웠다. 너무 판에 박힌 것 아닌가. 쇼와 시대를 연상시키는 꽃만 등장시키는 건 무슨 까닭인가. 겨울 꽃이라면 당연히 카틀레야(양란) 혹은 수선화가 등장하리라는 즐거운 상상을 하며 걸어왔는데….

하지만 사야카는 크리스마스로즈를 좋아하지 않았던가.

사야카를 떠올리자, 불현듯 걱정 근심이 아랫배를 타고 묵직하게 올라오는 느낌에 휩싸였다.

마음을 진정시키기 위해 아츠코는 가방에서 물병을 꺼내어 벌컥벌컥 들이켰다.

그날 이후 몇 번이나 사야카에게 전화를 걸어보았지만 받은 적이 한 번도 없었다. 문자를 보내면 짧은 답신 몇 마디만 돌아올 뿐이어서 돌파구를 찾을 수도 없고 초조감만 늘어날 뿐이었다. 아들이 '가정폭력으로부터 벗어나는 방법'을 담은 몇 권의 책을 사와 둘이 번

갈아 가며 읽었다. 하지만 일종의 도피처라 할 절이나 피난처 등의 설명과 경찰이나 관공서의 주민과를 이용하는 등의 대처 방법에 대한 내용들만 가득해서, 피해를 당하는 본인이 스스로 눈뜨는 방법을 안내해주는 책은 없었다.

— 언제라도 돌아오렴.

사야카로부터 걸려온 전화를 받자마자 아츠코는 작심하고 대뜸 이렇게 말했다.

돌아갈 곳이 있다는 안도감이 있고 없고는 하늘과 땅만큼의 차이가 난다고 생각했기 때문이다. 정말 다급할 때, 지금 엄마가 한 말을 기억하길 바란다는 뜻에서 한 말이라서 가슴이 무너질 듯 아파 왔다.

— 친정에 가도 오래 못 있어요. 너무 바쁘거든요.

— 그런 뜻이 아니라 힘들면 언제라도 돌아와도 된다는 말이야.

— 예? 무슨 말이에요? 이혼이라도 하라는 거예요?

— 아니, 그게 아니라 그러니까 예를 들면 그렇다는 거지.

— 엄마, 왜 이렇게 엉뚱해요? 나 피곤하니까 이만 끊을게요.

그때 딸의 침울했던 목소리가 지금도 귓가에 쟁쟁했다.

교실에 들어서니 죠가사키 선생님이 수업에 쓸 꽃꽂이 견본을 벌써 마치고 이리저리 각도를 바꾸어가며 세심하게 체크하고 있었다.

"늘 그렇듯 제일 먼저 들어오네요."

"네, 오늘도 잘 부탁드립니다."

"저야말로 잘 부탁드려요."

죠가사키 선생님은 활짝 웃으며 맞아주었지만 오늘따라 왠지 여위고 초라하다는 느낌이 들었다.

항상 그랬듯이 맨 뒷줄에 앉아 신문지를 펼치고 꽃꽂이용 가위를 꺼내 준비를 하면서 선생님을 곁눈질해 살펴보았다.

무슨 일이 있음에 틀림없었다. 눈가에는 다크서클이 심하고 눈에 띄게 수척해 보였다.

드르륵 앞문이 열리면서 수강생들이 차례로 들어왔다.

"어서 와요."

"잘 부탁드립니다."

죠가사키 선생님은 수강생들이 들어올 때마다 눈을 마주치며 웃는 얼굴로 맞이하지만 어딘가 어색한 데다 억지로 활발한 척 노력하는 느낌이었다.

수강생들에게 꽃을 나누어 주고 오늘의 꽃꽂이 포인트를 설명하기 시작했다. 하지만 조용히 시작해서 조용히 끝났다. 예전 같으면 왕년의 여배우처럼 밝게 웃는 모습으로 농담을 건네어 수강생들의 기분을 들뜨게 만들어주었을 텐데 말이다.

수업이 끝나고 뒷정리를 하면서 아츠코는 "오늘은 어디로 갈까?" 하고 사츠키에게 물었다.

한 푼이라도 절약해야 할 형편이기는 하지만 한 달에 한 번 즐기는 사츠키와의 티타임만큼은 그만둘 수 없다. 스트레스가 해소되는 것을 생각한다면 그 정도쯤은 충분히 낼 수 있다.

"아츠코 씨. 우리도 이제는 새로운 카페를 좀 개척해야 할까 봐요. 요즘 매사가 식상해져서."

꽃병에서 꽃을 빼내어 신문지에 돌돌 말면서 사츠키가 말했다.

오늘은 전철역 앞에 있는 체인점 카페 또는 패스트푸드점으로 가야겠다고 생각하고 있었다. 백 엔이라도 싼 곳이 좋다는 생각에.

"어떤 곳이 좋을까? 호스트 클럽에라도 갈까?"

농담으로 건네보니 사츠키는 신기하다는 듯이 웃음을 터뜨린다. "그런 가게에는 전혀 흥미 없고요. 무엇보다 지갑에서 바람소리가 나네요."

"나두."

둘이서 소리 내 웃고 있을 때 최근 가입한 다니야마 미노루라는 여자가 다가오며 말을 건넸다.

"저, 혹시 지금부터 차를 마시러 갈 거라면 저도 함께 가도 될까요?"

아직 신입이라서 친한 사람이 없었던 것이리라. 30대에서 70대까지의 주부들이 다니지만, 사람들은 자연스럽게 나이별로 뭉쳐 다니게 마련이다. 그런 면에서 볼 때, 그녀는 아츠코와 사츠키가 자신에게 가장 잘 어울리는 부류라고 생각한 듯하다.

"그럼요. 그렇죠?"

사츠키가 아츠코의 의향을 묻듯이 말한다.

"그럼 물론이지."

"아, 다행이네요. 수강한 지 얼마 되지 않아서 모르는 것도 많거든요. 앞으로 잘 부탁드립니다."

"안 그래도 지금 어디에서 차를 한잔하면 좋을까, 의논 중이었어요."

"그러면 애프터눈 티라는 곳, 어떠세요?"라고 미노루가 제안했다.

미노루는 베이지색 바지에 갈색 셔츠를 입고 있었는데 모두 고급 브랜드다. 키가 훤칠하니 커서 전체적으로 잘 어울리는 느낌이다.

"애프터눈 티? 그게 뭐죠?" 하고 사츠키가 묻는다.

"네? 모르셨어요?"

미노루는 정말 놀라서 묻는 눈치였다.

"나도 모르는데…"라고 아츠코도 솔직하게 말했다.

"애프터눈 티는 케이크와 샌드위치 그리고 스콘이 가득 담겨 있는 3단 트레이와 음료가 무제한으로 제공되는 곳이에요. 그래서 오랜 시간 이야기 나누기에는 일반적인 커피숍보다 훨씬 좋아요."

"그런 곳이 있어요? 괜찮은데요? 오늘 아침에 토스트 한 장 먹고 나왔더니 배가 고팠던 참인데 마침 잘되었네요. 아츠코 씨, 어때요?"

"…글쎄."

그런 곳이라면 분명 가격이 만만치 않을 것이다. 하지만 그렇다고 아무런 이유도 대지 않으면서 싫다 하기도 뭣하고.

"좋아요. 나이 들어서 시대에 뒤지지 않으려면 그런 곳도 가봐야죠."

속에 없는 말은 아니었다. 같은 돈을 쓰더라도 처음 경험해보는 것을 위해 쓰는 것도 의미 있을 터다.

시민회관의 넓은 계단을 또각또각 소리를 내며 3명의 여자가 내려왔다.

"저는 결혼 이후 줄곧 전업주부였어요. 아이는 아직 없고요. 앞으로 잘 부탁드립니다."

이렇게 말하며 미노루가 꾸벅 고개 숙여 인사한다.

"저야말로 잘 부탁드려요. 고토 아츠코예요."

평소라면 직업까지 설명하며 자기소개를 했을 텐데. 전업주부라고 하면 왠지 편히 사는 여자로 보일 것 같다는 생각이 들었기 때문이다. 하지만 지금은 말 그대로 전업주부가 되어 있다.

"나는 간다 사츠키라고 해."

미노루가 자신보다 나이가 어리다고 생각했는지 사츠키는 편하게 말을 놓았다.

"빵가게를 하고 있으니 많이 애용해주길 바래."

이렇게 말하며 사츠키가 밝게 웃는다. 평범한 인사말 속에 빵가게에 대한 홍보가 들어 있다.

주차장에 들어서니 검소한 시민회관과는 어울리지 않는 재규어가 주차되어 있었다. 미노루가 그 차를 향해 리모컨을 누르니 시동이 걸렸다.

― 엄청난 부자인가 보다.

아츠코는 사츠키와 눈을 마주했다.

그리고 사츠키는 마치 아츠코의 마음속을 들여다보기라도 한 듯 고개를 끄덕였다.

"타세요."

미노루가 운전석으로 향하자, 아츠코와 사츠키의 시선이 동시에 그녀의 뒷모습으로 향한다. 그녀의 가방과 신발 그리고 의상 모두가 고급품으로 보였다.

10분 정도 달리자 재규어는 미끄러지듯 유명 호텔의 지하 주차장으로 들어갔다.

앗, 설마 이 호텔에서 차를 마신다고?

기껏해야 세련된 카페 혹은 백화점의 레스토랑 정도이겠거니 예상했는데 아츠코의 형편에 비추어볼 때 너무도 호화스러운 곳이었다.

엘리베이터를 탔더니 가장 높은 층으로 향한다.

"정말 오랜만에 이런 곳에 와보네. 그나저나 우리 이런 차림으로 괜찮을까?"

사츠키가 이렇게 말하는 것도 무리는 아니었다. 카페 안에는 모두 한껏 치장한 여자들이 앉아 있었기 때문이다.

"괜찮아요."

미노루가 느긋하게 웃으며 대답했다.

"그나마 검은 청바지라서 다행이네. 파란색이 아니고…"

사츠키는 여전히 신경이 쓰이는 듯했다.

웨이터가 메뉴판을 세 사람에게 각자 하나씩 나누어 주었다.

"어머나, 애프터눈 티가 한 사람당 3천8백 엔이나 해요?"

메뉴를 보던 사츠키가 고개를 들고 눈을 껌벅이며 물었다.

"예상보다 비쌌나요? 죄송해요"라며 미노루가 미안한 표정을 지었다.

"커피는 얼마?"

이렇게 말하며 아츠코는 메뉴판을 이리저리 훑어보았다. 배가 고프지 않다는 핑계를 대고 음료만 마셔야겠다고 속으로 이미 결정한 터였다.

"커피는 천2백 엔이에요."

미노루가 재빨리 대답해주었다. "애프터눈 티를 주문하면 음료는 무제한이고요."

"그럼 나는 애프터눈 티로 할게요"라며 사츠키가 메뉴를 접었다.

"그렇다면…, 나도…."

2천6백 엔을 아끼자고 커피 한 잔에 천2백 엔이나 주고 마시고 싶지는 않았으니 달리 방법이 없었다. 지금의 아츠코 입장에선 노후자금 6천만 엔이 필요하신 몸이었다.

꽃꽂이 교실을 그만두면 한 달에 한 번 갖는 사츠키와의 티타임도 사라질 것이라고 남편은 걱정해주었다. 하지만 이런 모임이라면 차라리 끊는 것이 더 좋을지도 모르겠다. 지금 아츠코 앞에 앉아 있는 사츠키와 미노루, 두 사람의 모습이 행복해 보인다. 돈 걱정 없는 사람들과 함께 커피를 마시는 일이 정신적으로 이렇게 힘들 줄은 몰랐다.

먼저 커피가 나왔다. 세 사람 모두 카페라테를 주문했다.

"맛있네." 사츠키가 이렇게 말하며 동의를 구하듯 아츠코를 바라보았다.

"그러게. 그동안 우리가 다녔던 커피숍과는 맛이 전혀 달라."

솔직히 말하니 미노루가 "다행이에요. 입맛에 맞으시다니"라며 안도했다.

"이렇게 맛있으니 다른 차도 많이 마셔보고 싶네." 사츠키가 순진하게 말했다.

"그렇죠? 우리 이거 다 마시고 또 계속해서 주문해요. 몇 잔을 마셔도 가격은 같으니까."

사실 이런 말투는 고상해 보이는 미노루에겐 어울리지 않았다. 분명 그녀는 자신의 앞에 앉아 있는 두 사람이 경제적으로 넉넉하지 않다는 것을 민감하게 눈치챘음에 틀림없다.

형형색색의 케이크와 샌드위치가 3단 트레이에 잔뜩 담겨 실려 왔다.

"우아, 화려하다." 사츠키가 감탄했다.

웨이터가 가자마자 샌드위치를 입에 넣으며 사츠키가 말했다.

"아츠코 씨, 오늘 죠가사키 선생님, 조금 이상하지 않았어요?"

"역시, 사츠키도 그렇게 느꼈네."

두 사람 모두 그렇게 느꼈으니 분명 아츠코만의 착각은 아닐 것이다.

"피곤하신 것 같았어요." 미노루가 입을 열었다. "여기 말고도 다른 여러 곳에서 강의를 하시거든요."

"미노루 씨는 죠가사키 선생님에 대해 잘 알아?" 사츠키가 물었다.

"네. 우리 어머니가 선생님과 오래전부터 알고 지내는 사이거든요. 저에게 이곳을 소개해주신 분도 우리 어머니시고요."

"그렇구나. 하지만 정말 의외인걸. 선생님은 늘 우아한 모습이라서 다른 여러 곳에서도 강의를 하시리라고는 생각하지 못했거든."

아츠코도 사츠키와 같은 생각을 했다. 강사라는 직업은 취미 생활의 일부일 뿐, 강의를 통한 수입과는 상관없이 유복한 삶을 누리고 있으리라 미루어 짐작했던 것이다.

"어머니는 선생님을 노력가라고 말씀하셨어요." 미노루가 말을 이었다. "꼿꼿이 강사 자격증을 딴 것이 70세 넘어서였거든요."

미노루의 말에 따르면 선생님의 남편은 도쿄 긴자에서 화랑을 경영했고 외동아들은 도쿄대를 나왔다고 한다.

"화랑? 역시 유유자적한 생활을 하셨네. 그럼에도 그 나이에 노력하는 모습이 정말 멋지다." 사츠키가 감동이라는 듯이 말했다. 그리고 "화랑이라면 돈을 많이 버는 곳일까?" 하며 고개를 갸웃거렸다.

"글쎄요…, 그건…." 미노루가 말꼬리를 흐렸다.

"수입이 만만치 않을 거야. 선생님 차림새를 보면 알 수 있잖아." 사츠키가 혼자 납득했다는 듯 중얼거렸다.

아츠코는 두 사람이 주고받는 대화가 은근히 부담스러웠다.

돈 많은 죠가사키 선생님에 대한 얘기는 더 이상 듣고 싶지 않다는 생각까지 들었다.

이 세상은 정말 불공평하다.

지금까지 이렇게 열심히 살아왔는데….

그때, 사츠키와 미노루가 눈을 깜박이며 자신을 쳐다보고 있다는 것을 느꼈다. 아까부터 아무 말도 하지 않고 있어서 이상해 보였는가 보다.

"무슨 일이에요? 죠가사키 선생님도 그렇고 아츠코 씨도 그렇고 오늘따라 유난히 어두워 보여요."

이런 말이 튀어나오게 하면 안 될 것 같아 무슨 말이라도 해야겠다고 생각한 순간이었다.

"아츠코 씨. 혹시 요즘 살쪘어요?"

사츠키의 말에 미노루는 아츠코의 뺨에서 턱까지 훑어본다. 대답하지 않는 것은 곧 긍정이다.

"요즘 간식을 조금 많이 먹었더니."

이렇게 말하고 나니 절망감이 몰려왔다.

정말 한심하다. 돈은 점점 메말라가는데 살은 점점 불어나다니. 그것도 사람들이 알아볼 정도로 말이다. 아츠코는 이런 자신이 정말 싫었다.

예전부터 스트레스가 쌓이면 폭식을 하는 습관이 있었다. 그런다고 미래의 불안감이 해소되는 것도 아닌데 말이다.

"두 사람 모두 날씬해서 좋겠다."

"저는 운동을 좋아해요." 미노루는 거의 매일 스포츠 센터에 다닌다고 했다. 어릴 때부터 운동을 좋아해서 고등학교 때는 체조 종목으로 전국체전까지 나갔다고 한다.

"우와, 대단하네." 사츠키는 새삼 미노루의 탄탄한 몸매를 다시 보았다.

"요전에요, 친구가 상담을 해 왔는데요. 이혼할까 고민하고 있다면서."

미노루는 갑자기 이런 말을 꺼내며 방금 전 내온 홍차를 한 모금 마셨다.

갑자기 화제가 바뀌어 조금 이상한 분위기가 되어버렸다. 미노루를 쳐다보았다. 그녀는 홍차 잔에 시선을 고정한 채 미동도 하지 않았다. 우리의 시선을 느꼈을 텐데도.

친구 이야기라고 했지만 사실은 자신의 이야기가 아닐까.

"이혼하고 싶은 이유가 뭔데?" 사츠키가 단도직입적으로 물었다.

"남편이 같은 직장의 여자와 사귄다나 봐요. 부부관계가 전부터 좋지 않았다고…."

"그 친구는 일하는 사람?"

"아니요, 전업주부예요."

역시 미노루 자신의 이야기일지도 모른다고 생각하며 아츠코는 두 사람의 대화를 잠자코 듣기만 했다.

"일도 없으면 이혼하고 나서 생활하기 힘들 텐데."

"그렇지는 않은가 봐요."

"왜?"

"이혼한다고 해서 먹고살 길이 없을 리 없으니까요."

미노루의 말에 아츠코는 자기도 모르게 "어째서?"라고 물었다.

"제 친구 중에 생활고에 시달리는 사람은 없어요."

이렇게 말하며 미노루는 트레이에서 케이크 한 조각을 자신의 접시에 덜어 놓는다.

"하지만 이혼하면 생활비 나올 데가 사라질 텐데?" 사츠키가 이상하다는 듯 미노루를 쳐다보았다.

"결혼할 때 친정아버지가 주식과 토지를 주었다나 봐요. 제 친구들 모두 그래요."

"그렇구나. 역시 있는 사람들은 뭐가 달라도 다르구나." 사츠키가 창밖으로 시선을 던지며 말했다.

먼 곳을 바라보는 사츠키의 옆모습이 마치 자신의 삶과는 전혀 다른 먼 나라의 이야기일 뿐이라고 말하는 것 같았다.

"대부분 그렇지 않나요? 결혼한 딸의 미래에 어떤 일이 닥치더라도 비참해지지 않도록 친정에서 신경써주지 않나요?"

"미노루, 지금 그 말이 일반적이라고 생각해?"

"네, 물론이죠. 제 주위는 모두 그런걸요."

"혹시 아버지가 회사 같은, 뭐 그런 걸 운영하셔?" 사츠키가 물어보았다.

"네 미나토구에서 작은 무역회사를 하고 계셔요."

결코 잘난 척하는 내색 없이 미노루는 담담하게 말했다.

그녀의 말에 의하면 아버지는 도심에 6층짜리 빌딩을 갖고 있는 그 지역에서 행세깨나 하는 사람인 듯했다. 미노루는 딸 셋 중에서 둘째이고 자매 모두 초등학교에서 대학까지 사립 토와 여자대학에 다녔다고 한다.

사람들이 저마다 갖고 있는 '보통'이라는 감각이 이렇게도 다를 수 있구나.

"오늘은 정말 여러 가지를 배운 거 같네. 여기에 와서 좋았어."

아츠코는 자신도 모르게 이렇게 중얼거렸다.

"나도, 나도 많이 배웠네"라며 사츠키가 목소리를 높였다.

하지만 다음부터는 사츠키와 둘만의 티타임을 즐기고 싶었다.

오늘처럼 미노루와 함께 다녀야 한다면 차라리 꽃꽂이 교실을 그만둘지도 모른다는 생각을 했다. 미노루와 함께 있으면 자신이 너무 초라해지는 기분을 어찌할 수 없을 것 같았다.

아츠코는 이런 생각을 하며 자신에게는 너무도 분에 겨운 스콘을 접시에 옮겨 담았다.

아츠코는 집에 돌아오자마자 현관에 꽃꽂이 장식을 했다.

"자, 그렇다면."

아무도 없는 집 안에서 혼잣말을 하며 거실 소파에 앉았다.

변함없이 시간만 나면 줄곧 사야카의 미래에 대해 생각했다. 사츠키의 딸들처럼 직업과 연관 있는 전문 자격증을 따놓는 것이 가장 안심이 될 것 같았다. 그러기 위해서는 전문학교라도 가야 한다는 생각뿐이었다.

하지만 사야카의 나이도 벌써 스물여덟이나 되었으니, 낮에는 일하고 야간 대학에 다니는 것이 가장 좋은 방법 아닌가 싶었다. 그렇게 하면 나이 들어서까지 부모에게 의지한다는 주위 시선에서 자유로울 수 있을 것이다.

하지만 그게 어디 말처럼 쉽겠는가. 아무래도 돈을 대주어야 부담 없이 공부에 전념할 수 있지 않을까 싶었다.

아무튼 그런 날을 대비해서 조금이라도 더 허리띠를 졸라매고 저금해야 한다고 다짐에 다짐을 거듭했다.

집 안을 먼지 없이 깨끗하게 하자는 생각에 가입한 몹 렌탈[17]을 해약하자.

굳이 남편에게까지 알릴 필요는 없을 것이다. 괜히 기분만 상하게 만들 뿐이다.

---

17 mop rental. 고가의 진드기 청소기 등등 청소용품을 렌탈해주는 서비스 업체 — 옮긴이

아츠코는 프리 다이얼[18]을 돌렸다.

"여보세요. 이번 달로 해약하고 싶은데요."

— 혹시 해약하시는 이유를 여쭤도 될까요?

미리 준비해둔 것처럼, 이사 간다는 핑계를 댔다.

— 저희 회사는 전국적으로 지사가 있는데 혹시 다른 지사로 연결해드릴까요?

"그건 이사한 후에 생각해볼게요."

— 하지만 이사하신 뒤 다시 가입하실 경우 처음부터 일일이 고객님께서 접수를 새로 해야 하는 번거로움이 있는데, 괜찮으시다면 저희가 이사하시는 곳으로 바로 연결시켜드리겠습니다.

하지만 아츠코는 이렇게 친절하게 나오는 게 더 번거롭기만 했다.

"자유롭게 해약하기가 이렇게 어려운가요?"

자신도 모르게 언성을 높이고 말았다.

상담원도 놀랐는지 한순간 말이 없었다.

"아니요. 그런 뜻이 아니라…, 그럼 해약 처리를 해드리겠습니다."

처음부터 이렇게 나올 것이지….

요즘 들어 자신의 마음이 왠지 비비 꼬여 있는 것이 아닌가 하는 자책도 일었다.

내친김에 이번엔 신문 보급소에 전화를 걸었다.

"신문, 그만 보려고요."

---

18   수신자 쪽에서 무조건 통화 요금을 무는 방식. 통신 판매 따위를 이용하는 손님의 서비스에 이용 — 편집자

— 네? 언제부터요?

다음 달부터, 라고 하려다 문득 달 단위가 아니라 일 단위로도 계산할 수 있다는 사실을 기억해냈다. 설 여행을 떠날 때 며칠 동안 신문을 넣지 말라고 한 적이 있었다. 그랬더니 다음 달 신문 대금에서 그 며칠 분이 정확하게 제외되어 청구서가 날아왔던 것이다.

"내일 아침 조간부터 넣지 말아주세요"라고 강하게 말해보았다.

— 그렇습니까. 알겠습니다.

뭐라고 토만 달아봐라, 잔뜩 별렀는데, 그쪽이 쿨하게 알았다고 대답하자 아츠코는 갑자기 맥이 탁 풀리는 느낌이었다.

절약할 수 있는 또 다른 게 없나….

팔짱을 낀 채 아츠코는 거실을 한 번 휘 돌아보았다.

며칠 전, 남편은 자동차를 팔자는 아츠코의 제안에 의외로 순순히 고개를 끄덕였다. 자동차를 보유하고는 있었지만, 몇 년 전부터 쉬는 날 마트에 갈 때나 사용할 따름이었다.

계속 갖고 있다가는 구입한 지 꽤 오래된 차라서 싼 게 비지떡일 뿐만 아니라, 자칫하다가는 폐차 비용이 더 들어갈 판이다. 이참에 팔아버리면 매달 1만5천 엔의 주차비와 주유비 그리고 중량세[19] 등의 세금과 보험료를 내지 않아도 되니 꽤 절약이 될 것이다. 차를 판다는 것은 아츠코 부부에게 인생의 매듭을 짓는 일과 매한가지라는 생각이 들었다. 아이들이 어렸을 때는 큰 자동차가 필요했었다. 그 무렵에는 주말이나 휴일에 산으로 바다로 놀러도 많이 다녔다. 이제

19　重量税. 신규 등록이나 검사 등을 할 때 자동차의 중량에 대해 매겨지는 세금 — 옮긴이

는 그랬던 한 시대가 저물고, 정말 노년기로 접어들고 있음을 실감했다.

13

봄은 말뿐이고, 아직도 겨울의 남은 기세가 매섭게 느껴지는 나날이었다.

하야토는 3월 하순부터 회사 기숙사로 옮겨 갔고, 남편은 3월 31일 자로 실업자가 되었다.

아츠코는 쓰레기를 버리러 맨션의 클린하우스로 향했다.

최근 들어 아무래도 쓰레기 양이 눈에 띄게 줄었다. 야채도 가급적 알뜰하게 다듬어 먹기 때문에 음식물쓰레기도 거의 없는 편이었다.

쓰레기통에 봉투를 던져 넣었다.

"저기, 남편이 어디 아파요?"

갑자기 뒤에서 누군가 말을 걸었다.

뒤돌아보니 같은 층에 사는 이웃 여성이었다. 친정어머니와 비슷한 연배다.

"아뇨. 별일 없는데요?"

"그런데 이번 주에 출근을 한 번도 하지 않아서 말이에요."

"네?"

말문이 막혀 잠시 머뭇거리고 있을 때, 안경을 쓴 또 한 명의 주부가 다가왔다. "어디가 안 좋아요?"

"안 좋기는요. 휴가 중인데요."

"명절도 아닌데 무슨 휴가?"

"무슨 휴가라니요? 장기근속 30주년을 맞아 회사에서 특별히 베풀어준 휴가죠."

순간적인 기지를 발휘해서 근사하게 둘러댔다.

"아하, 그런 거였군요."

"어머나, 좋겠어요."

서로 얼굴을 마주하며 웃고는 있지만 아무래도 의심의 눈초리를 다 거둔 것 같지는 않았다.

"오늘 남편분이 평상복을 입고 있었던 이유가 그래서였군요. 외출하실 때 보니까 평일인데도 열 시 넘어 나가시기에 뭔가 이상하다 생각했지 뭐예요."

"저도 걱정했어요."

남편은 실업보험 신청과 새로운 일자리를 알아보기 위해서 헬로워크[20]에 갔다.

"제 남편이 회사를 쉬고 있다는 것을 어떻게 아셨어요?"

"우리 집이 모퉁이에 있잖아요. 그러니까 우리 집 창밖으로 이 맨션의 출입구가 그대로 다 보이거든요."

20   Hello+Work, 공공직업안정소의 애칭 — 옮긴이

"아이고, 참. 이 사람, 매일 아침마다 맨션 사람들 출근 상황을 다 체크하고 있었네그려…."

"그런 말 하지 말아. 마치 남의 사생활을 엿보는 할머니 같아서 듣기 민망하네."

"말한 대로인 거 같은데?"

"아니야. 나는 말이야. 좀도둑이 오나 안 오나 그걸 지키는 것이라고."

"좀도둑이라고? 요즘에도 그런 게 있나?"

"요즘 빈집이 많다고 하니까, 유비무환이 최고지."

두 사람이 대화를 나누는 틈을 타, 아츠코는 가볍게 인사를 하고는 그 자리를 벗어났다.

오후가 되어 남편이 돌아왔다. 표정만으로도 일자리를 찾지 못했다는 것을 짐작할 수 있었다.

차를 준비하자 남편이 다가왔다.

"무슨 일 있었어? 표정이 왜 그래?"

"그래요? 내 표정이 이상해요?"

웃는 얼굴로 대해주고 싶었지만 마음대로 되지 않았다.

"실은 말이에요."

클린하우스에서 있었던 일을 솔직하게 말해주었다.

예전이라면 남편에게 이런 말을 옮기지 않았을 것이다. 금세 의기소침해질 것임을 잘 알기 때문이었다. 하지만 요즘은 혼자 이런저런 문제를 끌어안고 가는 것에 한계를 느꼈다. 미래가 불안해서 견딜 수 없었다. 게다가 말 많은 이웃들의 눈을 피하기 위해서라도 남편의 연극이 필요하다. 그래서 소소한 일이라도 감추지 말고 남편에게 모두 말해두는 것이 좋으리라고 생각했다.

"사람들 참 성가시구면."

이런 일은 좁은 시골에서나 일어날 법하지만, 도시에서 살아도 이웃과 서로 왕래를 하고 지내다 보면 어쩔 수 없이 같은 현상이 벌어진다. 그러니 부부가 동시에 실업을 했다는 사실이 만일 알려진다면, 매일처럼 새로운 화젯거리에 굶주려 있는 저 아줌마들의 좋은 먹잇감으로 떠오를 것이 분명하다. 이웃의 이름도 모르고 성격도 모른 채 살아가는 것이 박정한 도시생활처럼 보이겠지만, 이런 점에서 볼 때는 오히려 그런 익명성이 쾌적한 느낌을 줄 수도 있다는 생각이 들기도 했다.

"그건 그렇고 당신 안색이 더 어두워요."

"응…, 그렇지 뭐."

남편은 뜨거운 차를 한 모금 마셨다. "오늘 헬로워크에 갔는데, 고용보험 설명을 해주는 직원이 젊은 여자더라고. 그런 일은 되도록 나이 든 사람이 맡으면 좋을 텐데 말이야."

인생 경험이 많지 않은 사람이 마치 윗사람처럼 굴며 이런저런 지시를 한다면 어떤 민원인이든 기분이 좋지 않을 것이다.

헬로워크의 분위기도 많이 변했다. 아츠코도 30년 전, 그곳에 드나든 적이 있었다. 결혼 후 사야카를 임신하면서 그동안 다니던 회사를 그만두었던 때다. 그때도 지금처럼, 어떤 구직 활동을 했는지, 어디서 면접을 봤는지 등등을 보고해야만 했다. 취직 활동을 하고 있는 사람만이 실업보험을 받을 수 있는 시스템이기 때문이다. 하지만 그런 과정은 사실 형식적인 것에 불과했다. 그때는 정년퇴직이나 임신으로 회사를 그만두고, 당장 일할 생각이 없는 사람들이라도 아무렇지도 않게 실업급여를 받는 풍조가 만연했다.

하지만 지난번, 아주 오랜만에 헬로워크에 가보고는 예전과 많이 달라졌다는 것을 알게 되었다.

— 일자리를 가리는 사람은 실업자로 간주하지 않습니다.

담당 직원이 슬라이드를 보여주며 설명했다. 자존심 강한 지적인 여성의 그림 옆에는 잠옷을 입고 텔레비전을 보고 있는 남자의 모습이 그려져 있었다.

즉, 요즈음 헬로워크에서 말하는 실업자는 일자리를 가리지 않고 필사적으로 찾는 사람만을 지칭한다는 뜻이리라.

"헬로워크를 통해서 일자리를 구하는 사람들은 대부분 월수입 15만 엔 정도야. 아침부터 밤까지 한 달 동안 뼈 빠지게 일해서 들어오는 수입이 그 정도라면 누가 선뜻 나서겠느냐고. 그래서 조금 더 시간을 들여서라도 더 좋은 일자리를 찾으려 하지. 초조한 마음에 밀려 얻게 되는 일자리는 누구라도 피하게 마련 아닐까."

만일 이런 말을 헬로워크의 담당자 앞에서 한다면 '입에 맞는 떡이나 찾아다니는 것을 보니 그 속내는 일할 마음이 없는 것'이라고 단정 지을 것이라는 생각이 들었다.

그때 덴마 씨의 얼굴이 갑자기 떠올랐다.

그는 남편이 젊은 시절 일했던 직장의 동료다. 그 사람이라면 남편에게 적당한 일자리를 찾아줄 수 있지 않을까. 하지만 그런 말을 했다가는 남편이 노발대발할 것 같아 아츠코는 입을 다물고 만다.

14

벚꽃도 지고 날씨가 점점 따뜻해졌다.

그날, 남편은 예전 직장동료들과의 정보교환 모임에 부리나케 달려갔다.

신주쿠의 선술집에서 만난다는 것으로 보아, 술이나 한잔하면서 서로 넋두리하는 그런 분위기이리라. 모두가 재취업한다고 여러모로 고생하기는 하지만, 실업보험금이 나오기 때문에 아직은 심적으로 여유가 있을 것이다.

저녁 무렵 아츠코가 혼자 차를 마시고 있을 때, 우에다 스즈요로부터 전화가 걸려왔다. 그녀와의 통화라 해봐야 1년에 몇 번 정도일 뿐이지만, '라인'을 이용한 무료통화가 가능하면서부터는 한번 통화를 했다 하면 길어졌다.

"어, 오랜만이야."

오늘도 분명 길어질 것이다. 그렇게 생각하고 아츠코는 아예 핸드폰을 귀에 댄 채 침실로 갔다. 그리고 침대에서 다리를 쭉 뻗고 등을 기댄 채 편한 자세를 잡았다.

스즈요와는 초등학교부터 고등학교까지 줄곧 같이 다녔다. 고등학교를 졸업한 후 아츠코는 도쿄의 대학에, 스즈요는 고향에 있는 전문대에 들어갔다. 그 후로도 추석과 설날 명절을 쇠러 고향에 갈 때면 늘 스즈요를 만나 이야기를 나누곤 했지만, 아이가 생기고 나서는 서로 바빠 연락이 소원해졌다. 하지만 해마다 신년연하장 정도는 주고받았으며 오늘처럼 잊을 만하면 전화가 걸려와 그동안 못 다한 오랜 이야기를 수다로 풀곤 했다.

― 아츠코, 건강하지?

"그럼, 스즈요도?"

― 잘 지내고말고. 이번에 도쿄에 놀러 갈까 생각 중이야.

조심스럽게 말한다. 하지만 이게 도대체 몇 번째인가?

오고 싶으면 오면 되지 않나?

이런 말이 목구멍까지 치밀어 올랐다.

아니, 도쿄가 내 소유라서 허락받아야 하는 것도 아니고, 오고 싶으면 오면 되지….

이렇게 말해주고 싶었다. 하지만 그녀가 이 집에서 머물며 여기저기 구경시켜주기를 바란다는 것을 잘 안다. 비싼 돈 내고 신칸센을 타고 오는 것인 만큼 하루만 머물다 갈 요량은 아닐 것이다. 3박4일, 아니 이쪽 상황만 허락된다면 일주일이라도 머물고 싶어 할 것임에 틀림없다.

대학생 시절, 스즈요가 도쿄에 오면 아츠코가 살고 있는 아파트에서 먹여주고 재워주며 여기저기 구경도 시켜준 적이 있다. 이번에도 스즈요는 지난번과 같은 것을 원하고 있을 것이다.

그녀가 단도직입적으로 '너네 집에서 묵었으면 해' 하고 부탁해 오면 곤란하다.

그래서 얼른 화제를 바꾸었다.

"우리 딸이 시집갔어."

— 축하해. 올해 신년연하장에도 쓰여 있었지?

"그랬었지. 아자부고토부키엔에서 결혼식을 올리고 나서, 기후에서도 피로연을 열었어."

이 정도 무탈한 이야기는 고향 친구에게 얘기해도 관계가 없으리라 속으로 계산했다.

예로부터 시골에서는 아무리 시시콜콜한 이야기라도 금세 소문이 되어버리곤 하는데 요즘 들어 그런 현상이 더 심해진 것 같았다. 아마도 고령화 현상에 따라 한가한 사람들이 늘어났기 때문이 아닌가 싶다. 아츠코의 친정어머니만 하더라도, 젊어서는 그다지 사교적이지 않았는데 최근에는 친척이나 이웃의 모임에 자주 나가 차도 마시고 이야기를 나누신다. 젊은 사람들은 살림살이와 육아에 바빠 소문에 합세할 여유도 없지만, 고향에는 65세 이상이 마을 전체 인구의 3분의 1이 넘는다고 한다. 게다가 65세 이하에서도 50대가 상당한 비중을 차지하고 있다.

아츠코는 스즈요를 오랜 친구라고 생각하며 지내왔다. 하지만 언젠가부터는 그녀를 경계하게 되었다. 왜냐하면 그녀가 동급생들의 온갖 정보를 알려주었기 때문이다. 누구의 남편이 사업에 실패해서 먹고살기가 힘들어졌다든가, 누구네 딸은 가수가 되겠다고 도시로

갔다가 유흥업소에서 일한다는 등 부지기수였다.

아츠코로선 사실 여부를 알 수 없었다. 하지만 마치 자기 두 눈으로 똑똑히 본 것처럼 심각하게 전해주는 스즈요의 목소리가 몹시 귀에 거슬렸다.

서로 다른 환경에서 살다 보면 어린 시절, 10대의 그 순수했던 관계로는 다시 돌아갈 수 없는가 보다. 물론 이쪽 또한 변해버렸을지도 모른다. 그걸 도외시할 생각은 전혀 없지만, 스즈요가 천한 인간으로 변해간다는 느낌은 지울 수 없었다. 아니면 원래 그런 사람이었던 것일까.

스즈요를 우리 집에서 머물게 했다가는 고향에 가서 무슨 소리를 할지 모른다.

— 생각보다 아츠코의 집이 비좁더라. 나는 그런 집에서 살라 해도 못 살겠더라. 남편? 그렇게 능력 있어 보이지 않는 사람 같더라.

남편이 집에 있는 것에 대해 근속 30년을 맞아 회사에서 베풀어주는 재충전 휴가라고 거짓말하는 것도 마음이 편하지 못하고, 남편에게 면목도 없다. 이웃 아주머니들의 눈은 속일 수 있겠지만, 스즈요가 우리 집에서 며칠씩 묵게 된다면 단박에 그 사실을 알아챌 것이다. 그렇게 되면 고향에서 어떤 소문이 나돌지 불을 보듯 뻔했다.

어라?

그런 것을 정신없이 생각하게 되는 자신을 돌아보고 아츠코는 스스로도 놀랐다. 지금까지 확실하게 의식하지 않았지만, 어쩌면 스즈요를 친구로 생각하기는커녕 신용조차 하지 않고 있는 것 같다.

— 대단하구나. 아자부고토부키엔이라면 엄청 화려한 곳이잖아.

그래, 잡지에서 본 적 있어. 그러고 보니 아츠코, 너네 정말 부자구나.

"아니야, 나는 그렇게 화려한 곳에서 결혼식을 올리기 싫었는데, 사돈댁이 형식을 좀 따지는 집안이라서. 너도 알다시피 우리 집안이 허세를 부리지 않잖아. 그래서 그렇게 성대하게 결혼식을 올리는 것이 정말 부담스러웠어."

— 뭐라고? 네가 허세를 부리지 않는 집안에서 자랐다고? 너 정말 진심으로 하는 말이야?

전화기를 통해서 입김을 후욱 불 때와 같은 잡음이 들려왔다.

— 나는 지금도 기억하고 있는데. 성인식 때 일 말이야.

말투에 가시가 돋쳐 있었다. 평소 느긋하고 부드러운 말투의 그녀와는 사뭇 달랐다.

— 성인식 날 우리 마을에서 후리소데[21]를 입지 않은 애는 너하고 마메하타뿐이었어.

노기 어린 목소리로 들렸는데, 혹시 아츠코의 착각일까?

"응. 나도 기억하고 있는데? 양장 슈트를 입은 건 나하고 마메하타뿐이었지. 그게 왜?"

그때 아츠코는 후리소데는 필요 없다고 친정어머니에게 말씀드렸었다. 그건 입을 기회가 적기 때문에 큰돈을 들여 사기엔 아깝다는 생각이 들었기 때문이다. 어차피 사주시는 거라면, 입을 기회가 많은 양장 슈트를 사달라고 했다. 그런데 후리소데에 비해 슈트 값이 많이 쌌다. 그래서 그해 여름방학 때, 절약되는 옷값 대신 호주로 홈

---

21 성인식 등에 입는 젊은 여성의 전통복장 — 옮긴이

스테이 여행을 보내주는 조건으로 타협을 보았던 것이다.

— 아츠코가 커다란 저택에 사는 뼈대 있는 집안의 딸이라는 사실을 우리 마을에서 모르는 사람이 있다고 생각해?

대체 스즈요는 무슨 말을 하고 있는 거지? 갑자기 화제가 왜 이렇게 바뀌고 만 거지?

— 아츠코네 집이 가로[22] 출신의 집안이라는 걸 우리 동창생들 중에서 모르는 사람이 있다고 생각해?

"나는…, 모르는 사실인데…."

— 웃기지 마. 검은색 나무 벽으로 둘러싸인 너희 집은 누가 보더라도 위풍당당했다고. 유서 깊은 명문 집안이라는 것을 척 보면 알 수 있었다고.

그래서 뭐 어쩌라고? 스즈요가 도대체 무슨 말을 하고 싶어 하는 건지 전혀 감을 잡을 수 없었다.

— 아츠코, 마을 사람들은 물론이고 우리 동창들도 네가 좋은 집안의 딸이라는 것을 모두 알아. 그러니까 네가 일부러 허세를 부릴 필요조차 없었다는 얘기야.

"어떻게 그런…."

— 우리 같은 서민들이 무슨 말을 들을지 모르는 좁아터진 동네에서, 과연 허세를 부리면서 살 수 있겠어? 슈트 같은 걸 입고 성인식에 참가하는 건 후리소데조차 살 수 없는 집안 살림살이라고, 우

리집은 화차[23]상태입니다, 라고 세상에 폭로하는 거나 마찬가지지. 우리 동급생들 가운데 슈트를 입고도 당당하게 성인식에 나올 수 있었던 사람은 기껏해야 널 포함해서 두셋뿐이었지. 나는 그날 마침 사촌언니에게서 후리소데를 빌렸어. 그렇지만 마메하타는 친척이란 친척이 모두 가난해빠져서 후리소데를 빌려줄 사촌언니조차 없었지, 아니, 원래 마메하타한테는 친언니가 둘이나 있긴 했지. 어쨌든 마메하타는 너하고는 다르게 슈트를 입고 성인식에 참석하는 걸 지독하게 부끄러워했어. 그 슈트조차 빌린 것일 거야. 어깨가 나달나달한 게 애당초 싸구려였고. 그와 달리 네가 입은 것은 척 보기만 해도 고급 옷감으로 만든 걸 알 수 있었지. 여자들이 입는 슈트 중에 앙골라와 캐시미어가 들어간 건 찾아보기가 정말 드문 시대였잖아.

아츠코는 어떤 말로도 대꾸할 수 없었다.

— 아츠코, 그때 성인식 날, 네가 슈트를 입고 출석한 건 자만심이었지?

"그런 거 아니었는데…"

— 어중이떠중이 모두 후리소데를 입고 있지만, 나는 평범한 너희들하고는 달라, 라고 네 얼굴에 쓰여 있었어.

바로 이것이 스즈요가 하고 싶었던 말인가? 그녀의 속내가 핵심에 다다랐다.

— 그러니까 아츠코, 너는 말이야.

스즈요는 거기서 말을 끊었다. 핸드폰 너머로 크게 숨을 들이키

---

23 火車, 불교용어로 지옥으로 가는 불수레. 여기서는 심각한 경제 상태를 뜻함 — 옮긴이

는 기색이 전해져 왔다.

— 누구보다도 젠체하고 허세 부리는 스타일이야.

말문이 탁 막혔다.

그럴 리가 없다.

아니⋯, 듣고 보니 어쩐지 그럴지도 모르겠다.

방금 전만 하더라도 스즈요가 혹시 우리 집에 묵겠다고 하면 어쩌나 걱정했었다.

하지만 만약 내가 경제적인 여유가 있어서 땅값도 비싼 도심 한가운데 고급 맨션에서 산다면 어땠을까. 게다가 남편이 의사나 변호사로서 지적이고 성실해 보이며 누구에게나 친절하고 인기가 많은 사람이라면? 아마도 나는 스즈요에게 '부담 갖지 말고 우리 집에 머물러도 돼'라며 그녀를 초대했을 것이다. 그리고 며칠이든 그녀를 재워 줬을 것이다.

— 아츠코, 미안, 내가 말이 좀 심했는지도 모르겠다.

"그렇지 않아."

마음에도 없는 말이 쑥쑥 잘도 나온다.

젊은 시절과는 달리 나이가 들면서 임시방편으로 응급 처방하는 요령이 늘었다. 하지만 관용을 가장하는 말솜씨가 좋아졌을 뿐, 마음은 점점 더 좁아져 있다.

— 그렇기는 하지만 모두 옛날이야기지 뭐. 너희 친정도 지금은 집만 덩그러니 남아 있을 뿐이잖아.

전화기 너머로 비웃음을 흘리는 스즈요의 모습이 떠오른다. 오빠가 근무하던 회사는 리먼 브라더스 사태의 영향으로 도산했다. 그래서 오빠 부부는 도쿄를 떠나 고향으로 내려가 친정집에서 생활하고 있다. 스즈요는 이를 두고 빈정대는 것일까?

오빠는 국립 대학을 나왔지만 지금은 개인 소비자를 상대로 식재료를 배달하는 라이트밴의 운전사 노릇을 하고 있다. 오빠와 같은 대학을 나온 새언니는 기계부품 공장을 다니고 있다. 두 사람 모두 무엇보다 잔업이 없어서 좋다고 입을 모은다. 오빠는 젊어서부터 운전을 좋아했고, IT 분야의 기술자였던 새언니는 '머리를 쓰지 않고 일할 수 있어 즐겁다'며 웃었다. 저녁이 되면 두 사람이 함께 중학생을 가르치는 학원도 운영한다. 부모님은 두 분 모두 오빠 내외가 육체노동으로 생활하는 것을 눈곱만큼도 부끄러워하지 않으신다.

— 평생토록 열심히 일하는 것은 아름다운 일이지.

작년 설날, 친정에 갔을 때 아버님이 해주신 말씀이다.

역시 우리 집은 허세 부리고 젠체하는 집안이 아니다.

스즈요에게 이렇게 말해주고 싶었지만, 이심전심이 더 이상 되지 않는 친구에게는 말을 하면 할수록 필사적인 변명으로 받아들일 것 같았다. 또 오해를 풀답시고 구구절절 이야기하는 것도 귀찮았다.

그때, 현관문 열리는 소리가 들렸다.

핸드폰을 든 채, 방에서 현관을 내다보니, 하야토가 커다란 케이크 상자를 신발장 위에 올려놓고 구두를 벗고 있는 참이었다.

"오늘 밤 자고 갈게요. 첫 월급으로 아츠코 씨한테 주려고 과일 타르트를 사 왔어요."

이렇게 말하며 웃는다.

"스즈요, 미안. 지금 아들이 막 돌아와서 끊어야겠네. 전화 고마워."

전화를 끊었다.

"아버지는요?"

"친구들과 한잔하러 가셨어."

"누나는 그 뒤로 무슨 연락이라도 있어요?"

하야토가 이렇게 물으며 익숙한 솜씨로 홍차를 우려낸다.

"아니, 한 번도. 내가 몇 번 보러 간 적은 있지만."

딸이 사위에게 폭행을 당하며 살면 어쩌나…, 라는 생각이 들 때마다 아츠코는 안절부절못했다. 그래서 집에서 나와 딸이 사는 맨션에 몇 번이고 들렀지만 그때마다 사야카는 불편한 내색을 하며 아무 일도 없는 것처럼 행동했다.

완전히 세뇌당한 것 같았다. 어떻게 하면 딸을 구할 수 있을까? 생각하면 할수록 머릿속이 복잡해지기만 했다.

"누나는 분명 부모님에게 미안해서 이혼 이야기를 꺼내지 않는 걸 거예요."

부엌 식탁에 둘이 마주 앉아 과일 타르트를 자른다.

"왜 미안하다고 생각할까?"

"결혼식에 무리하게 큰돈을 대주셨기 때문이겠죠."

"돈이 무슨 문제라고."

"아버지나 아츠코 씨가 병에 걸렸다거나 혹은 사고가 나서 다 죽게 되었다고 둘러대서 집으로 불러들이면 어떨까요?"

"그러고 나서?"

"우리 가족 전원이 모여 누나를 설득하는 거죠. 누나의 세뇌가 풀릴 때까지 우리 집에 가둬두면서요."

"그게 좋을지도 모르겠다."

"그렇죠? 스케줄 좀 생각해보세요. 저도 도울게요."

"그래. 그럴게."

속이 편치 않았다. 위에서 묵지근한 통증이 느껴진다.

하지만 하야토가 첫 월급으로 사 온 과일 타르트인데 손도 안 댈 수는 없다. 하야토의 접시에 크게 자른 것을 하나 올리고, 자신의 접시에는 작게 자른 것을 올려놓았다.

남편과 아들이 깊은 잠에 빠진 것일까.

텔레비전을 끄니 온 집 안이 조용하다.

시계를 보니, 새벽 2시다. 요즘은 좀처럼 쉽게 잠이 들지 않는다. 그래서 깊은 밤까지 쓸데없이 텔레비전을 켜놓고 멀뚱히 바라보고 있을 때가 많다.

어떤 소리가 들리지 않으면 갑자기 불안해져서 견딜 수 없다.

다시 텔레비전을 켠다. 심야 토크 쇼에 패널로 나온 게스트는 아츠코와 나이가 같은 여배우였다. 중학교 시절, 그녀가 데뷔한 이래로 줄곧 지켜봐왔다. 세월이 흘러도 그녀는 여전히 젊어 보여 도저히 아츠코와 같은 나이로 보이지 않는다.

— 저는 매년 건강검진을 받아요.

여배우가 말한다.

— 암도 조기에 발견하면 고칠 수 있는 시대니까요.

여보세요. 그렇게도 오래 살고 싶어요?

마음속으로 여배우에게 묻는다.

아츠코는 그런 생각, 전혀 하지 않는다. 그러니까 돈이 없는 노후가 두렵다. 오래 살고 싶다는 생각은 경제적인 여유가 있는 사람들이나 하는 것이다.

하지만 어쩌면…, 그녀도 혹시 나와 형편이 같은 거 아닐까?

오래 살고 싶지 않아요. 최근에는 방송사나 영화사로부터도 연락이 없어 생활이 곤궁하거든요. 하지만 이런 대사는 텔레비전 방송에서는 적합하지 않겠죠.

— 그러니까 아츠코, 너는 말이야

갑자기 동창생 스즈요의 말이 귀에서 울려댔다.

— 누구보다도 젠체하고 허세 부리는 스타일이야.

"그래! 내가 젠체하고 허세 부리는 스타일이다. 왜? 나는 그러면 안 되냐?"

소리 내어 말해봤다.

"인간이란 모두 거기서 거기지. 저 여배우도 그럴 거야. 그렇게 해가며 어떻게든 자기를 지켜가며 살아가는 거지."

벽을 향해 말하고 나니 약간이나마 기분이 풀렸다.

15

아츠코는 실업보험금이 끊기기 전에 어떻게든 새로운 직업을 구해야 했다.

아침부터 밤까지 인터넷을 검색해보았지만 50대 여성의 일이라는 것이 모두 서서 하는 일뿐이었다. 현재의 체력을 감안한다면 하루 8시간 서서 일하는 건 무리다. 하지만 사무직의 경우 특별한 자격이 없는 한 눈을 접시만큼 크게 뜨고 찾아도 보이질 않았다.

다시금 사야카의 결혼식과 시아버지의 장례식에 목돈을 쓴 것이 후회막급이었다. 게다가 앞으로도 매달 9만 엔씩이나 시어머니의 생활비를 보내야 한다.

따라서…, 스즈요의 말처럼 내가 지금 젠체하며 허세 부릴 때가 아니었다. 체력이 떨어졌다는 등 엄살을 부릴 때가 아닌 것이다. 상황이 이쯤 되고 보면 이제는 어떤 일이라도 해야 할 판이다.

파견회사에 등록한 지가 언제인데 아직도 감감무소식이다. 그래서 아츠코는 직접 상점가를 돌며 구인모집 광고판을 찾아다녀보기로 했다. 가게 점원들이 까칠해 보이는 집은 일단 피하고자 했다. 화기애애까지는 아니더라도 자연스런 미소를 짓는 여성 점원이 한 사람이라도 있다면 안심할 수 있는 직장일 가능성이 높다. 이런 자신의 직감을 믿고, 스스로 찾아나서보고 싶었다.

간병인은 일손이 모자랄 정도라고 하니 일자리를 구하려 마음만 먹는다면 가능하겠지만 아직은 그 일을 하고 싶지 않았다. 시급도 낮고 일은 고되다. 어차피 머지않은 장래에 친정부모님 혹은 남편의 병수발을 해야 할지도 모르기 때문에 언젠가 그 일을 해야 한다는 각오는 되어 있지만, 아무튼 지금은 보류해두고 싶다.

상점가를 걷다 보니 통유리로 된 카페 안에서 여자들이 담소 나누는 모습이 눈에 들어온다. 모두 잘 차려입고 느긋하게 커피를 즐기는 모습을 보고 있자니, 이 세상에서 오직 아츠코 자신만 제외하고는 모두가 유복한 생활을 즐기는 듯 보였다.

돌아다니면서 '직원구함'이라는 종이가 붙은 가게 몇 군데를 메모하고는 집으로 돌아왔다.

식탁에 앉아 구인정보지를 펼쳐놓고 메모해 온 조건과 일일이 비교해보았다. 빨간 펜을 들고 하나도 빠짐없이 모두 체크했다.

그때 딸깍, 하고 현관문을 열쇠로 여는 소리가 났다.

당연히 남편이 도서관에서 돌아온 것이리라 여겼는데 "저예요"라는 사야카의 목소리가 들린다. 아츠코는 자리에서 벌떡 일어나 부리나케 현관으로 달려갔다.

"사야카, 어떻게 된 거야? 갑자기 집에 오다니, 무슨 일 있어?"

"가끔 얼굴 좀 내밀라고 말한 사람, 엄마였잖아요."

사야카는 신발을 벗으며 안으로 들어선다. 비록 시집을 갔지만 자신의 집이라 여기며 성큼 들어서는 사야카의 모습을 보고 내심 마음이 놓였다. 딸의 뒷모습에 대고 너에게는 돌아올 집이 있단다, 라고 말해주고 싶었다.

사야카는 거실에 들어서자마자 "뭘 좀 마실까"라며 부엌으로 향한다.

그때, 재빨리 사야카의 온몸을 훑어보았다.

건강하게는…, 보인다. 일단은.

하지만 옷과 가방이 모두 옛날 것 그대로, 시집가기 전부터 쓰던 것들이다.

설마, 사위로부터 생활비도 못 받고 사는 것일까?

그래서 옷 한 벌 새것으로 못 사 입는 것일까? 만일 그렇다면 용돈이라도 조금 쥐여주고 싶었다.

하지만…, 아츠코의 지갑 역시 텅텅 비어 있다.

"엄마, 왜 그렇게 쳐다봐요?"

사야카의 말투가 조금 날카로워졌다.

어릴 때부터 뺨에 물들어 있던 연약함이 어디론가 사라져버린 것처럼 보였다.

"사야카, 그 가방, 모서리가 닳아서 찢어진 것 같은데…"

"그래도 멀쩡해서 아직 쓸 만해요."

"새것으로 하나 사렴. 보기 그러네."

"엄마, 지금이 마치 버블 경제 시대인 것처럼 말하는 거…, 좀 듣기 그런데요."

역시 사야카는 변했다. 어딘가 모르게 예전과는 다르고 목소리도 커졌다.

"엄마, 나 배고파요. 뭐 좀 먹을 거 있어요?"

어리광부리는 듯한 말투에서 초등학교 시절 사야카의 모습이 떠올랐다.

그때는 공단주택의 3DK 작은 집에서 월세로 살았다. 되돌아보니 소박한 생활이었다.

그렇다. '소박한'이라는 말이 딱 맞는 것 같다. 어느 집에도 컴퓨터가 없었고, 당연히 핸드폰도 없었다. 따라서 통신비라고 해봐야 전화 요금뿐이었다. 수돗물을 마시며 살았고 아이들의 옷은 이웃들이 서로 대물려 입히는 경우가 많았다. 돈 들어갈 일이 별로 없는 오붓한 생활이었다.

그런데 언젠가부터 아무리 돈이 많아도 모자라게 느껴지는 삶이 되어버렸다. 일본의 경제력이 좋아져서 그렇다고들 말은 하지만 그것은 다시 말해 일에 치이고 생활에 쫓기며, 오로지 돈만을 추구하는 삶으로 전락되어버렸다는 말이기도 하다.

"엄마가 만들어주는 볶음밥이 먹고 싶네."

사야카가 다시 어리광부리듯 말한다. "엄마표 볶음밥이 나는 세상에서 제일 맛있더라."

이런 말을 들으니 행복감이 밀려왔다.

"그래그래, 만들어줄게."

그 당시 집에는 늘 자신과 사야카 그리고 하야토만 있었다. 남편은 일이 바빠서 귀가가 늦었는데 그것은 우리 집뿐 아니라 거의 어디나 그랬다.

남아 있는 재료로 재빨리 볶음밥을 만들고, 가는 국수로 간단한 중화수프도 만들었다.

"잘 먹겠습니다."

둘이서 식탁에 마주 앉아 식사를 했다.

언제 이렇게 밥 먹는 속도가 빨라진 것일까. 무엇을 하든 행동이 느린 아이였는데 어떻게 이렇게 변했지?

"아, 맛있게 잘 먹었다."

먼저 식사를 마친 사야카가 차를 두 잔 준비해 왔다.

사야카가 테이블 위에 있던 잡지를 무심코 획획 넘기며 보고 있을 때, 툭 하고 사진 한 장이 떨어졌다. 언젠가 꽃꽂이 전람회에 갔을 때 찍은 것이었다. 죠가사키 선생님이 상을 받는다 하여 꽃꽂이 회원 6명이 함께 갔었다. 유서 깊은 절이었는데 오래된 정원에서 기념사진을 찍었었다.

"사츠키 아줌마는 여전히 젊고 예뻐 보이네요." 사야카가 관심을 보이며 말했다.

"예뻐? 어디가?"

아츠코는 자신도 모르게 뚱한 목소리로 물었다. 그날 모두가 한껏 멋을 부리고 왔지만 사츠키만이 수수한 평상복을 입고 왔었기 때문이다.

"사츠키 아줌마의 옷차림이 스포티한 것이 아주 젊어 보이잖아. 그리고 다른 분들은 누가 아줌마 아니랄까 봐 모두 뚱뚱하고…."

"뭐? 나 들으라고 하는 말이야?"

"아니, 뭐 꼭 그렇다는 것은 아니지만 사츠키 아줌마 빼고는 모두…."

"뭐라는 거야? 확실하게 말해봐."

"뭐랄까, 다른 분들은 열심히 차려입기는 했지만 화장도 두껍고…, 그래서 산뜻해 보이지 않는다고 할까…. 아휴, 엄마 미안, 신경 쓰지 마요. 50대 아주머니들 모두가 그렇지, 뭐. 그래도 엄마는 아직 젊어 보이잖아."

뭔가 위로하는 말투다.

지금까지 살아오면서 멋을 내느라 돈을 허비한 적은 없다. 하지만 사츠키는 절대적이라 해도 좋을 정도로 외모를 가꾸는 데 돈을 쓰는 법이 없다.

아츠코는 생각한다. 내가 돈 쓰는 방법을 잘 모르는 것일까? 예전에도 이런 생각을 몇 번인가 한 적이 있긴 했다.

절약이라면 늘 신경을 곤두세우며 살아왔다. 다만 어디까지가 작은 사치를 누리는 기쁨인지를 잘 모르겠다. 그 기준을 잘 파악하지 못해서 비싼 코트를 충동구매한 후에야 팔뚝이 너무 꽉 끼이는 것을 알고는 후회막급에 땅을 친 적이 있었는가 하면 그 좋아하는 장어구이 한 번 사 먹는 결심을 하기까지 몇 년씩이나 참은 적도 있었다.

사야카가 차를 다 마시고 나서는 자리를 털고 일어선다. "이제 가볼게."

"벌써 가려구? 조금 더 있다 가지 않고서."

"다쿠마 올 시간이라서 저녁 준비해야 해요."

사야카는 언제부터인가 자기 남편의 이름에 경칭을 붙이지 않았다.

그것은 친밀감보다는 어쩌면 증오감 때문이 아닐까.

"이렇게 빨리 갈 줄 알았으면 진작 돈가스든 뭐든 만들어주었을 텐데."

"돈가스 정도는 나도 만들 줄 알아."

"그래도 아버지가 돌아오실 때까지는 좀 있다 가렴."

"엄마, 농담해? 아버지 오실 때까지 기다리라니, 그럼 나보고 한밤중까지 여기 있으라고?"

남편이 구조조정 당했다는 말은 아직 하지 않았다. 쓸데없이 걱정 끼치고 싶지 않았기 때문이다.

그때, 아츠코는 자기도 모르게 숨을 집어삼켰다.

사야카의 장딴지에 시퍼런 멍 자국이 크게 보였기 때문이다. 검은색 스타킹을 신어 숨길 수 있다고 생각했는지 모르지만 확실하게 보였다.

"사야카."

"응?"

현관문 손잡이를 잡은 채 사야카가 돌아보았다.

"있잖아…."

"응? 뭐?"

"만일에, 그러니까…, 혹시 무슨 문제라도 있으면 뭐든 나한테 말해."

"문제 같은 거 하나도 없는데…."

"그러니까…, 만일이라고 했잖아."

"엄마 이상해. 아무튼 신경써줘서 고마워. 그럼 갈게. 저녁 잘 먹었어."

쿵, 현관문이 닫혔다.

사야카의 모습이 사라지자 온 집 안이 텅 빈 것처럼 느껴졌다.

고요함이 마음을 짓눌렀다.

고독했다.

지난날 나는 한 시간이라도 좋으니 자유롭기를 얼마나 원했던가. 아이들과 남편을 돌보느라 자신을 돌볼 시간이 없는 세월을 얼마나 한탄했던가.

그런데 이유도 없는 이 허전함은 무엇인지.

― 너 혹시 남편에게 맞고 사는 거 아니니?

이렇게 단도직입적으로 묻고 싶었다. 하지만 이런 질문을 받는다면 사야카는 더욱 굳게 마음의 문을 닫아버릴 것임을 직감적으로 느꼈다.

역시 사야카의 문제를 남편과 의논해야 할까?

사야카가 아츠코만의 딸도 아니므로 남편도 아버지로서 역할이 있을 것이다. 그런데도 예전부터 아이들 일이라면 뭐든 엄마에게만 책임이 지워지는 것이 우스꽝스럽기도 하다. 하지만 지금은 남편이 직장을 잃고 정신적으로도 타격을 받고 있는데 이런 일을 의논하는 것이 과연 잘하는 걸까. 조금 더 두고 보는 것도 좋으리라 마음을 정했다.

그러자 한편으로 남편이 또 다른 자식 같다는 생각이 들기도 한다. 이러지도 못하고, 저러지도 못하고 늘 앞장서 신경을 써야 하는 자신이 아내가 아니라 그의 엄마 같다. 아무리 생각해도 이건 아니다. 부부니까 고민도 함께 나누며 해결책을 찾아야 할 것 아닌가. 하지만 만일 사야카의 가정폭력에 대해 남편이 알게 된다면 분명 큰 충격을 받을 것이다. 화가 머리끝까지 치밀어 올라, 당장 사야카의 맨션으로 달려가 사위를 내동댕이칠지도 모른다.

만일 그런 상황에서 사야카가 사위를 감싸고 나서면 어쩌나?

게다가 고집이라도 피우면?

딸의 세뇌가 더욱 더 깊어져, 회복기간이 더 길어질지도 모른다.

크게 심호흡을 하고 부엌으로 들어가 설거지를 했다. 그리고 욕실 청소를 하고 베란다에서 빨래를 걷어 들어왔다.

거실에서 빨래를 개키며 텔레비전을 보고는 있지만 머릿속은 온통 사야카 생각으로 가득해서 뉴스도 제대로 머릿속에 들어오지 않았다.

충동적으로 전화를 집어 들고는 어느새 번호를 누르고 있었다.

"여보세요. 사야카."

— 응 엄마, 왜? 나 지금 바쁜데.

"너 혹시 남편에게 맞고 사니?"

돌려 말할 셈이었지만 그냥 단도직입적으로 물었다.

— 엄마 무슨 말이야? 갑자기 이상한 소리를 하고 그래? 다쿠마가 그런 행동을 할 리 없잖아.

딱 잡아뗄 속셈인가 보다.

"내가 봤는데, 너 장딴지에 멍든 거."

— 엄마도 참, 바보같이 왜 이래? 자전거 타다가 넘어졌다고.

"거짓말 하지 마."

— 거짓말이라니? 정말이야. 그건 그렇고 엄마 무슨 일로 전화했어? 설마 그걸 물으려 전화한 건 아니지?

"이게 큰 일이 아니고 뭐야?"

— 정말, 바보 같아. 별일 없으면 바쁘니까 이만 끊을게.

일방적으로 전화가 끊겼다.

사야카를 제정신으로 돌려놓으려면 무얼 어떻게 해야 할까.

하야토도 걱정이 되었는지 나에게 자주 문자를 보내주곤 했다. 그럴 때마다 '엄마는 괜찮아. 곧 나름대로 해결책을 찾아볼게'라고 답 문자를 보내주곤 했다. 이제 막 사회인이 된 아들이 새로운 생활을 시작했는데, 이런 일로 걱정 끼치는 게 못내 미안했다.

만일 사야카가 집으로 돌아오게 된다면…, 하고 생각에 잠긴다.

만일 그러면 어떻게든 직장 생활을 할 수 있도록 도와주리라 마음먹는다. 그러기 위해서는 전문학교에라도 보낼 돈이 필요하다. 그러려면 실업보험금이 끊어지기 전에 일자리를 찾아야 한다. 하지만 그게 그리 쉬운 것만은 아니다.

또다시 악순환이 시작되었다.

이대로라면 오늘 밤도 분명 불면증으로 날을 새울 판이다.

그래서 아츠코는 그날 밤, 남편에게 맘먹고 말을 건넸다.

"있잖아요. 덴마 씨에게 당신 사정을 털어놓고 도움을 좀 받으면 어떨까?"

"덴마?"

남편은 마치 벌레라도 씹은 표정으로 아츠코에게 되물어왔다.

남편의 마음이 불편하리라는 예상은 했다. 하지만 이대로라면 생활할 방도가 없다.

덴마는 남편의 회사 동기로 현재 출세가도를 달리고 있었다. 그의 회사가 합병된 후 더욱더 일이 잘 풀려 본사의 총괄부장이 되었지만 몇 년 지나 퇴직한 뒤 회사를 하나 차렸다. 지금도 사업은 계속 번창하고 있으며 직원도 꽤 늘었다고 한다.

아츠코가 덴마를 본 것은 20년 전이었다. 당시에는 어느 회사에서든 가족들이 모두 함께 참가하는 이벤트가 1년에 한 번 있었다. 소프트볼 대회에서 그는 늘 주장을 맡았으며 멀리서 봐도 적극적으로 앞에 나서는 타입으로 보였다. 훤칠한 몸매에 모자부터 신발까지 그의 패션은 당시 유행하는 스포츠 브랜드 제품이어서 대단히 화려한 남자로 보였다.

남편은 전부터 덴마의 인간됨에 대하여 '상사에게 잘 보이기 위해 최선을 다하지만 동료나 부하직원에게는 미움을 받는 사람'이라며 싫어했다.

"내가 왜 그런 놈에게 머리를 숙여야 하는데?"

남편은 버럭 화를 내며 방으로 들어가 쾅 문을 닫았다.

괜한 말을 꺼냈는가 보다.

가만두어도 우울증에 걸릴 지경인 남편에게 가장 싫어하는 사람한테 가서 일자리를 부탁하라 했으니 아츠코는 자신이 아내로서 참 많이 모자라다는 반성을 했다.

하지만…, 지금은 그런 걸 신경 쓸 때가 아니라고요.

16

볼일이 있어 외출을 한다는 생각만으로도 기분전환이 된다.

그날 오후, 아츠코는 화장을 간단하게 하고 구민회관에 가기 위해 집을 나섰다. 구청에서 주최하는 '노후자금에 대하여'라는 강연을 듣기 위해서였다.

큰 거리로 나와, 구청으로 가는 버스를 탔다. 차창 밖으로 집집마다 걸려 있는 고이노보리[24]가 보인다. 버스의 흔들림에 박자를 맞추듯이 머릿속에서는 "9만 엔, 9만 엔"이라는 소리가 마치 노래처럼 곡조에 맞추어 계속 맴돌았다.

내일은 시어머니에게 돈을 보내야 하는 날이다.

어쩐다.

돈이 바닥난 것은 아니다. 아직은 남편과 아츠코 앞으로 실업보험금이 나온다. 하지만 앞을 내다볼 수 없는 이런 생활 속에서 더 이

---

24 鯉幟, 단오절에 올리는, 천 또는 종이로 만든 잉어 모양의 깃발 — 옮긴이

상은 시어머니의 생활비를 보내드릴 수 없다. 시어머니의 생활이 온 데간데없다면 동정의 여지가 있으므로 어떻게든 보내드려야 한다고 생각했을 것이다.

하지만 그 요양원 로비의 호화로운 샹들리에만 떠올리면 생각이 싹 달라졌다. 요양원 안에 있는 고급 레스토랑으로 식사를 하러 가시지만 소식가인 시어머니는 거의 반이 넘게 남긴다고 들었다.

이 무슨 쓸데없는 낭비인가. 시어머니의 그런 사치스런 생활을 어째서 가난한 우리가 떠받치며 살아야 한단 말인가.

머릿속에서 맴돌던 '9만 엔, 9만 엔'이 '가난, 가난'으로 바뀌어 있었다.

버스에서 내려 구민회관으로 향하는 언덕을 오르는데 목이 말랐다. 그래서 가방에 담아 온 물병을 찾았지만 보이지 않았다. 식탁 위에 준비해두고는 깜박 잊고 온 것이 분명하다. 작은 실수에 불과한데도 아츠코는 괜히 기분이 나빠졌다.

구민회관 로비에는 콘크리트를 그대로 드러낸 벽면 앞으로 음료 자동판매기가 나란히 놓여 있다. 찬찬히 살펴보고 난 후, 따뜻한 녹차를 한 병 샀다.

아. 150엔이 이렇게 쓸데없이 날아가는구나.

"아츠코 씨?"

뒤돌아보니 사츠키였다.

"어머, 아츠코 씨도 강연 들으러 오셨어요?"

"응, 혹시 참고가 될까 하고. 사츠키도?"

"네, 저도 참고가 될까 해서요." 사츠키가 방긋 웃는다.

함께 강연장 안으로 들어서자 아직 시작 전이라서 그런지 좌석에 여유가 있었다.

"저기 앉아 있는 사람, 혹시 미노루 아닌가요?" 하고 사츠키가 손으로 가리킨다.

"어디? 웅? 정말이네."

통로 쪽 자리에 미노루 혼자 앉아 있는 것이 보였다.

"사츠키, 눈썰미가 좋으네."

"저 블레이저코트 기억하고 있거든요."

사츠키가 사람들의 옷차림에 대해 기억하고 있다니 뜻밖이었다. 옷치장에는 전혀 관심이 없으리라고 생각했기 때문이다. 하지만 주부로서의 관찰력이 뛰어난 것을 보면 그녀다운 모습이라는 생각이 든다.

미노루는 한 달에 한 번 꼬박꼬박 교실에 나왔다. 하지만 애프터눈 티에서 가졌던 우리의 모임이 자신에게는 맞지 않는다고 생각해서였는지 아니면 나이가 맞지 않는다고 생각해서였는지, 수업이 끝나면 곧장 돌아갔다. 따라서 함께 차를 마신 것은 그때 딱 한 번이었다.

"미노루 씨가 왜 이 강연을 들으러 온 걸까? 노후 걱정하고는 담쌓고 사는 사람처럼 보이는데."

"아츠코 씨. 사람 일이란 겉보기와는 전혀 다른 경우가 많아요."

사츠키는 의미심장한 말을 하며 계단을 내려가고 아츠코가 그 뒤를 따라갔다.

"미노루, 오랜만이야. 옆자리 비어 있어?"

사츠키가 말을 건네자, 미노루가 깜짝 놀라 고개를 돌린다.

"그럼요…, 물론이죠. 여기 앉으세요."

미노루는 계면쩍어하는 표정이었다. 그래도 안쪽으로 들어가 앉아주어 세 사람이 나란히 앉았다.

사회자가 나와 인사를 하고 파이낸셜 플래너라고 소개받은 여성과 대학교수가 30분씩 강연을 했다. 아츠코는 메모를 하려고 가방에서 수첩과 볼펜을 꺼내 준비하고 있었지만 마지막까지 한 글자도 적지 않았다.

강연이 끝나자 사람들이 큰 박수를 보냈다.

뒷좌석에 앉았던 사람들이 "오길 잘했네"라거나 "정말 도움이 되겠어"라고 하는 말을 듣고 아츠코는 자기도 모르게 뒤를 돌아보았다. 그리고 70대로 보이는 여성들과 서로 눈이 마주쳤다. "그렇죠?"라며 그들이 미소 띤 얼굴로 쳐다본다.

하지만 아츠코는 어색한 미소를 지어 보일 뿐이었다.

세상 물정을 이렇게까지 모르는 사람들도 있구나.

괜히 왔네….

속으로 화가 치밀어 올랐다. 근래의 세상 돌아가는 일에 조금이라도 관심을 가진 사람이라면 어디서 한 번쯤은 들었을 법한 내용들뿐이었다.

정보가 여기저기 흘러 다녀서 그런가, 누구 이야기를 들어도 어떤 책을 읽어도 요즘은 새로운 발견을 하기가 어려웠다.

사회자가 마무리 인사를 하자, 사람들이 일제히 일어나 출구로 나서기 시작했다.

로비로 나오니 미노루가 "차 한 잔 같이 하실래요"라며 물어왔다.

그녀의 표정은 왠지 절실해보였다. "남편이 출장 중이라서 저녁 식사 준비 안 해도 되거든요. 두 분은…, 바쁘세요?"

"글쎄…." 아츠코는 말끝을 흐렸다. 애프터눈 티와 같은 모임은 이제 그만하고 싶었다.

"안 될까요?"

미노루의 표정이 굳어진다. "30분만이라도…."

아츠코는 자신도 모르게 사츠키와 눈이 마주쳤다.

사츠키도 미노루의 절박함을 느낀 듯 놀란 표정이었다.

하지만 미노루 씨, 지금 정말로 절박한 것은 그쪽이 아니라 바로 나라고요. 당장 내일까지 9만 엔을 송금해야 할 판이니.

"저는 괜찮은데." 사츠키가 대답한다. "아츠코 씨는 어떠세요?"

차 값이 부담스럽기는 하지만, 노후자금에 대한 두 사람의 생각은 어떤지 듣고 싶었다. 하지만 경제적인 여유가 있는 미노루 씨의 이야기를 들어봐야 자기 처지만 한심스럽고 득 될 것이 없다는 생각도 들었다.

"돌아가서는 곧 저녁 식사 준비를 해야 하나요? 남편 분…, 오늘 일찍 들어오세요?"

아츠코가 머뭇거리자 사츠키가 다그치듯 묻는다. 미노루가 예전과는 달라 보여 사츠키는 세 명이 함께 이야기를 나누었으면 싶은 눈치다.

"남편 때문은 아니지만…."

"그렇죠? 아츠코 씨의 남편은 늘 잔업 하느라 늦는다고 하셨잖아요."

"응…, 그랬지."

"잘 되었네요. 그럼 오늘은 우리 집에서 차 한잔해요."

"사츠키 씨네 집에서?"

그녀의 빵가게에서 몇 번 빵을 산 적은 있지만 바로 뒤에 있는 집으로 가본 적은 없었다.

"저도 같이 가도 돼요?" 미노루가 조심스럽게 물어 온다.

"물론이죠. 남편은 오늘 제빵조합에서 회의가 있어서 좀 늦는데요. 시어머니도 외출 중이시니 마침 잘 되었지 뭐예요."

구청에서 제공한 팸플릿에는 '대중교통을 이용해달라'고 크게 쓰여 있었지만 사츠키는 자동차를 가져왔다. 차는 구청의 주차장 대신 걸어서 몇 분 거리에 있는 마트 주차장에 세워두었다.

사츠키가 운전하는 작은 승합차의 뒷좌석에 미노루와 나란히 앉아 사츠키의 집으로 향했다.

빵집에는 "정기휴일"이라는 간판이 걸려 있었다.

빵집 바로 옆으로 작은 통로가 있고 그곳을 지나자 조촐하고 아담한 2층집이 보였다. 빵가게 바로 뒷집이다. 가게와 연결되어 있어서 집 안에서 가게로 곧장 들어갈 수도 있을 것 같았다.

"뭔가 아스라이 추억이 되살아나는 기분이에요."

미노루가 감상 어린 눈길로 집을 올려다보았다. 마치 쇼와 시대로 거슬러 온 것 같은 분위기가 느껴졌다.

"있잖아요, 사츠키 씨."

누군가 부르는 소리에 돌아보니 바로 옆집에서 할머니 한 분이 고개를 내밀고 사츠키를 새된 목소리로 불렀다. 80세쯤 되셨을까, 듬성 듬성한 백발에 머리 안이 훤히 내다보인다.

"네, 안녕하세요, 할머니."

"다케노 씨가 최근 안 보이던데 무슨 일 있수?"

"네…, 어머님은…."

사츠키가 잠시 말끝을 흐렸다. "…입원하셨어요."

이렇게 말하고 허둥지둥 현관 쪽으로 가서 격자창으로 된 현관에 열쇠를 꽂는다.

"입원? 그런 말 들은 적 없는데. 어디가 안 좋으셔? 병원이 어디예요?"

할머니가 다그치듯 묻는다.

"딱히 어디가 아픈 것이 아니라…, 나이가 많으시니 당연히…, 여기저기…."

"에구 그런 말 하지 말아요. 다케노 씨랑 나랑 동갑인데."

"네…, 그렇군요. 죄송합니다."

"농담이에요. 여든이 되었으면 나이가 많은 것도 사실이지. 그건 그렇고 어느 병원이유? 병문안이라도 가봐야지."

"아뇨. 괜찮아요. 병원도 멀고…."

"멀다니? 어디?"

두 사람의 대화가 좀처럼 끝나지 않아 현관 앞에서 우두커니 서있어야 했다.

이웃집 할머니도 끈질기지만, 사츠키는 왜 또 순순히 가르쳐주지 않는 것일까. 미노루도 같은 느낌이었는지 소리 나게 한숨을 내쉰다.

"앗, 기다리게 해서 미안해요."

사츠키는 부자연스러울 정도로 큰 소리로 말하고는 짤그락대며 열쇠로 현관문을 열었다. 반투명한 유리에 격자 창호를 댄 현관문을 여는데, 드르륵 소리가 났다.

"들어가세요."

사츠키는 두 사람을 떠밀다시피 하며 현관 안으로 밀어 넣었다.

"할머니 죄송합니다. 지금 좀 바빠서 이만 들어갈게요."

이렇게 말하고 소리 나게 현관문을 닫았다.

아츠코는 얼마 전, 집 앞 클린하우스에서 만난 이웃 아주머니들의 호기심 가득하던 눈초리가 떠올랐다. 왠지 지금 사츠키의 모습이 그때 자신의 모습과 오버랩되었다. 사츠키한테는 숨길 사연도 없을 텐데. 하지만 이 세상에는 아무것도 아닌 일로 이상한 소문을 만들어내는 사람이 있기 마련이다.

"어머님이 입원하셨어? 몰랐네"라며 소곤거리듯 물었다. 이웃집 할머니가 현관 밖에서 귀를 기울이고 있을지도 몰라서였다.

"어머님, 치매가 심해지셔서요."

사츠키가 엉뚱한 대답을 했다.

"자, 이리로 들어오세요."

두 사람은 사츠키가 이끄는 대로 따라가 거실에 들어섰다.

"방석이 있으니까 편하게 앉으세요."

"사츠키 씨, 혹시 미니멀 라이프 시작하셨어요?"

집 안을 둘러본 미노루가 감동했다는 듯이 눈이 휘둥그레지며 묻는다.

"그러게. 온 집 안이 정말 단출하네." 아츠코도 집 안을 둘러보며 맞장구쳤다.

"저는 미니멀 라이프가 왜 필요한지 잘 모르겠어요. 멀쩡히 쓸 수 있는 물건을 버리는 것도 이해하기 어렵고…. 녹차 어때요? 커피도 있고요."

사츠키는 이렇게 말하며 부엌으로 향했다.

옥 같은 구슬로 만들어진 노렌이 사츠키의 머리에 닿아 챙그랑 챙그랑 소리를 냈다.

"이 소리…, 정말 정겹네."

초등학교 시절, 친정집 부엌에도 이와 똑같은 노렌이 있었다. 그저 눈으로 보는 것만으로도 추억에 젖는다. 사츠키의 집은 마치 쇼와의 시대극 드라마를 위한 세트장으로 써도 되겠다는 생각이 들 정도다.

사츠키는 나무로 된 커다란 쟁반에 다기와 인스턴트 커피병 그리고 홍차 티백 등 여러 가지를 담아 왔다.

"집 안에 물건이 정말 없네요." 미노루는 방석 위에 앉으며 말한다.

미니멀 라이프를 하지 않아도 물건이 많지 않다는 것은 불필요한 것은 절대 사지 않았다는 말이다.

아츠코는 후회한다. 자신도 사츠키처럼 쓸데없는 물건들을 사지 않았다면 지금쯤 돈이 꽤 모아졌을 것이다. 취미로 그릇을 사 모으기도 하고 커튼이나 쿠션 커버를 샀던 나날들이 모두 허망하게 느껴졌다.

— 사츠키 아줌마는 여전히 젊고 예쁘네요.

사야카가 사진을 보고 한 말이 기억난다. 사츠키는 옷치장도 하지 않고 미장원에도 가지 않는데….

"이거 받은 거예요."

후쿠사야[25]의 카스텔라와 깊게 우려낸 녹차가 맛있었다.

"우리는 부부가 모두 단것을 싫어해서요. 많이 드세요."

날씬한 이유가 있지. 그래서 더 젊어 보이는 것이고. 아츠코는 단것이라면 자다가도 벌떡 일어나는 자신의 입맛이 원망스러웠다.

"미노루 씨, 오늘 같은 강연엘 다 오고, 무슨 바람이 불어서일까."

아츠코도 궁금했던 것을 사츠키는 단도직입적으로 묻는다.

"실은…."

미노루는 차를 한 모금 마시며 말끝을 흐린다.

"말하고 싶지 않으면 안 해도 돼요."

"아뇨. 두 분께 꼭 드리고 싶은 말씀이 있어요. 그래서 오늘도 차한잔하자고 말씀드린 것이고요."

심각한 표정으로 말하는 바람에 두 사람은 말없이 다음 말을 기다렸다.

"일이 이렇게 되고서야 처음으로 알게 되었어요. 지금까지는 무엇이든 친구들에게 털어놓는다고 생각했거든요…."

미노루는 다시 말을 끊고, 차를 한 모금 마신다. "대학동창들 앞에서 저는 허세를 부리고 있었어요. 그래서 정말 힘든 일이 닥쳤을 때, 누구에게도 의논할 수 없다는 것을 알게 되어서…."

---

25 福砂屋, 카스텔라로 유명한 나가사키 본산의 빵집 — 옮긴이

서론이 너무 길었지만 두 사람은 그녀가 정작 하고 싶은 말이 무엇인지 그녀를 주시하며 참고 기다렸다.

"두 분 모두 저보다 나이도 많고, 물론 그렇다고 나이차가 많은 것은 아니지만…, 또 그다지 친하지는 않지만, 그래도 마음을 털어놓기 편하기도 하고…. 우리들의 공통점이라고 해봐야 플라워 어레인지먼트 강좌의 죠가사키 선생님뿐이기는 하지만."

여기까지 말하고 미노루는 포크로 카스텔라를 작게 자르기 시작한다.

"혹시 생활이 어려워진 거야?"

기다리다 지쳤는지 사츠키가 다소 재촉하듯 말했다.

"지금은 그렇지 않아요, 하지만 앞으로는 분명 그렇게 될 것 같아서…."

"왜?" 사츠키가 다시 물었다. "남편이 샐러리맨이라면서? 그럼 연금도 넉넉하게 나올 텐데. 오늘 같은 강연이 필요한 것은 나 같은 장사꾼들, 즉 연금 보장이 안 되는 사람들을 위한 것이라 생각했거든."

"그건…, 사람에 따라 다르지…."

아츠코는 이렇게 말하며 차를 한 모금 마셨다. "장사하는 사람들은 정년이라는 것이 없잖아. 예를 들어 사츠키만 하더라도 부부가 앞으로 얼마든지 일할 수 있고…."

게다가 사츠키는 자신만의 기술을 확실하게 갖고 있다. 자신의 특기가 무엇인지 알고 살아가는 사람들은 모두 훌륭하다고 아츠코는 생각했다. 스스로 벌어먹고 살 수 있는 특정한 기술로 생활하는 사람이야말로 진정한 어른이다.

그에 비해 아츠코 부부는 어떤가?

돈을 쓸 줄 아는 것은 어려운 일이다. 허리띠를 졸라매느라 생활이 너무 곤궁해져도 안 된다. 대체 그 적당한 선을 어디에 맞추어야 하는 것일까. 나이 50을 넘긴 지금까지도 모르겠다. 사츠키처럼 확고한 자신만의 기준이 필요하다.

"샐러리맨이 훨씬 나아요. 장사는 정말 어렵거든요. 1년쯤 전부터 근처에 빵집이 우후죽순처럼 많아졌어요. 바로 얼마 전부터 서로 가격 경쟁이 심해졌는데 이런 현상은 꿈에서조차 상상하지 못했던 현실이죠. 그렇잖아요. 싸구려 빵을 원한다면 마트에서 사면 돼요. 하지만 일부러 빵집에서 사는 이유는 그래도 돈에 여유로운 사람들이 질도 좋고 맛도 좋은 빵을 먹고 싶어서 아닐까요?"

"혹시 근처에 빵을 싸게 파는 집이 생긴 거예요?" 사츠키의 말이 끝나자마자 미노루가 물었다.

"응. 마트에서 파는 빵값이랑 같은 가격으로…, 게다가 맛도 좋다고들 하더라고."

"장사하는 사람끼리 그러면 안 되지." 아츠코가 말했다.

"게다가!" 사츠키는 이렇게 말하고는 차를 한 모금 마신다. "대로에 높은 빌딩이 들어섰잖아요? 거기도 빵집이 하나 들어설 예정이래요. 이러니 주변은 온통 경쟁하는 가게로 가득하고. 또 그쪽은 상권도 우리보다는 더 나은 곳이에요."

사츠키는 단숨에 이렇게 말하고는 한숨을 푹 내쉰다.

지금까지 이렇게도 어두운 표정의 사츠키를 본 적이 없었다. 경영 상태가 그렇게나 나빠진 걸까?

"그러니까 샐러리맨은 안정적이고 좋잖아요. 우리 집은 이대로라면 정말 위험해요."

사츠키의 표정이 너무 어두워져서 무슨 말로 위로를 해야 할까 아츠코는 이리저리 머리를 굴려본다.

"우리도 큰일이야."

"왜요?" 사츠키가 놀란 듯이 대꾸한다.

"정말 큰일이라니까…."

사츠키가 물끄러미 쳐다본다. 서툰 위로는 사양한다는 눈빛이다. 그래서 말해버리고 말았다.

"우리 부부 둘 다 구조조정 당했거든. 하하하."

밝은 목소리로 말하면서 웃었지만, 내용이 내용인 만큼 두 사람다 따라 웃질 않았다.

"그런 얼굴하지 말아. 지금은 괜찮으니까. 실업보험금도 아직은 나오고 있고."

하지만 그마저 끊기면 정말 우린 빈털터리가 되는 거지, 라며 속으로는 중얼거렸다.

"몰랐네요."

사츠키는 그렇게 말하고는 "차를 좀 더 내올게요" 하고 벌떡 일어섰다.

"실은 저도…." 미노루가 고개를 숙인 채 입을 열었다.

사츠키의 뒤를 이어 아츠코까지 솔직하게 자신의 형편을 털어놓았기 때문일까, 마치 순서대로 자신의 이야기를 하는 분위기가 되어버렸다.

"우리 부부에게는 아이가 없어요."

"알고 있는데."

"나도 들었는데."

두 사람이 이렇게 말하자 미노루는 마치 어금니를 꽉 깨문 듯 입을 일자로 굳게 다문다.

자세히 보니 눈물이 가득 고여 있다.

"그래서…, 언젠가는 이런 날이 올까 봐 늘 두려웠어요. 하지만 정말 그렇게 될 줄은…."

여기까지 말하면서 눈물을 뚝 떨궜다.

"우리…, 술 한잔할까? 소주도 있고 탄산 매실주도 있어. 미노루, 술 할 줄 알지?"

"네, 한잔하죠. 소주 미즈와리26로." 미노루가 코를 훌쩍이며 말했다.

"그래, 그래. 우리 오늘 한잔하자."

사츠키가 이렇게 말하며 일어섰다.

그러자 아츠코도 "사츠키, 내가 좀 도울게"라며 따라 일어났다.

"그럼, 좀 부탁드릴까요?"

사츠키가 부엌으로 들어서며 말했다.

가스레인지 위에 법랑 주전자 하나 달랑 있는 것을 보고 아츠코는 자신의 집 부엌에는 쓸데없는 것이 너무 많다고 생각했다. 부엌이 깔끔하게 정돈되어 있을 뿐 아니라 싱크대도 물기 하나 없이 반짝였

26 위스키에 얼음과 미네랄워터를 섞어 희석해 먹는 일본의 대중적인 음주 문화 — 옮긴이

다. 꽤 낡아 보였지만 잘만 쓰면 이렇게 오래 쓸 수 있구나 하는 생각이 들자, 10년 전 싱크대를 새로 들여놓은 자신이 너무도 바보 같았다.

"사츠키, 정말 깔끔한 걸 좋아하는가 봐."

"그냥 습관일 뿐이에요. 빵가게를 하면서 주방을 정리할 때 물 한 방울 남기지 않고 깨끗하게 하거든요. 그러다 보니 어느샌가 우리 집 부엌도 그렇게 되더라고요."

"아…."

식탁에는 타이완 바나나가 놓여 있었다. 필리핀 바나나와는 달리 땅딸막한 모양이라서 한눈에 알아볼 수 있었다.

"사츠키, 타이완 바나나를 좋아해?"

언제이던가. 사츠키에게 빌려 온 단행본 『결혼식의 매너와 상식』이라는 책을 훑어보다가 책갈피용으로 쓰인 마트 영수증을 발견했던 것이 기억났다.

"우리 부부가 누리는 유일한 사치예요. 바나나는 절대적으로 타이완 것만 사 먹죠."

사츠키가 이렇게 말하며 웃는다.

술과 안주거리를 간단하게 마련해 거실로 들어서자 미노루가 눈이 충혈된 채 물끄러미 허공을 바라보고 있었다.

"남편이 회사의 젊은 여직원을 임신시키고 말았어요."

미노루는 손수건에 얼굴을 파묻으며 말했다. "벌써 8개월째래요."

사츠키가 아무 말도 하지 않고 있기에 아츠코는 침묵을 깨고 입을 열었다.

"그동안…, 힘들었겠네."

"정말 보통 힘든 일이 아니에요."

미노루가 고개를 들고서는 눈을 흡뜬 채 두 사람을 노려보듯 했다.

자신의 기분을 제대로 알기나 하겠느냐는 눈빛이었다.

"남편은 외동아들이에요. 그래서 시어머니가 엄청 기뻐해요. 드디어 손주가 생겼다고요…."

"마음이 아팠겠다."

간신히 사츠키가 위로의 말을 건넸다.

"제 모든 인격이 부정당했다는 생각이 들었어요. 며느리로서 실격이라는 딱지도 붙은 거고요."

"시어머니의 생각이 낡은 거야."

사츠키가 이렇게 말하자 미노루는 비로소 자기 뜻을 바로 알아들어주었다는 듯이 고개를 끄덕인다. "아이들이 있는 두 분이 이렇게 이해해주시니 마음이 한결 놓여요."

심각한 이야기를 그다지 친하지도 않은 우리에게 털어놓는 것을 보면, 미노루에게는 정말 친한 사람이 없는 것일지도 모른다. 그동안 혼자서 얼마나 애를 태웠을까 생각하니 가엾다는 생각이 들었다.

"다른 사람에게 의논하지 않았어?"라고 물었다.

"친정어머니에게는 의논드렸어요. 처음에는 어머니도 역정을 내셨지만 요즘에는 별 수 없다고 그냥 헤어지라고 하셔요."

"정말 속상하겠다." 사츠키가 가만히 말했다.

"태어날 아이를 생각하면, 내가 이쯤에서 물러나는 게 가장 좋겠다고 생각은 해요. 그래야 아이가 정상적인 부모 밑에서 자랄 수 있으니까요."

"그래서 그쪽 여자는 만나보았어?"

"네, 만났어요."

"어떤 여자야?"

"화장도 하지 않은 맨 얼굴에 긴 생머리는 뒤로 질끈 묶고, 코듀로이[27]에서 산 싸구려 임산복을 입고 있어서 수수해 보였죠. 하지만 나중에 남편 핸드폰에 저장된 그녀의 사진을 몰래 보았는데 거기에서는 전혀 다른 모습이었어요. 풀 메이크업을 한 얼굴에 머리를 길게 늘어뜨리고 옷차림도 요즘 유행하는 패션이었죠."

"어, 정말?" 아츠코가 물었다.

"저를 만날 때만 일부러 그렇게 수수하게 차려입고 온 거예요. 저를 내쫓기 위해 연극을 한 거죠. 예쁘고 잘 차려입은 모습을 보이면 제가 질투심에 사로잡혀 문제가 복잡해질 수 있다는 계산을 한 것이죠."

"그게 사실이라면 정말 대단하네."

"완전히 닳고 닳은 여자 같잖아."

"게다가 시어머니는 저보고 아이가 없길 잘했다, 있었으면 문제가 복잡해질 뻔했다는 말을 아무렇지도 않게 하고요."

"이혼하는 것이 당연하다는 말투잖아. 진짜 열 받네."

사츠키는 주름 하나 없이 깨끗한 이마에 핏대를 세우며 말했다.

27 서민들을 위한 패션 쇼핑몰 ― 옮긴이

미노루는 아이가 없기에 그만큼 상처도 깊었을 것이다. 하지만 만일 아이가 있었다면 시어머니 입장에서 볼 때 다른 여자를 임신시킨 자기 아들이 나쁜 놈이 된다. 어쩌면 그래서 미노루가 하루빨리 이혼을 결심했는지도 모른다. 얼핏 모순된 것 같지만 아츠코가 만일 그런 상황에 놓였다면 아마도 그렇게 했을 것이다.

"이혼 후 어떻게 먹고살아야 하나 생각하면 두려워져요. 알량한 위자료를 받긴 하겠지만 먹고살다 보면 금방 바닥날 거고…, 그래서 오늘 강연을 들으러 갔던 거예요."

"무슨 말이야? 어떤 상황에서도 먹고살 수 있도록 친정에서 유산을 물려주었다면서?"

사츠키는 미노루의 빈 잔에 소주를 따라주며 물었다.

"그게…, 알아보니까, 결혼할 때 받았던 주식과 땅의 시세가 형편없이 떨어져서…, 게다가 친정아버지의 회사에는 언니 부부가 함께 일하고 있어서 그럴 수도 없게 됐어요. 그래서 앞으로 어떻게 살아야 할지…."

미노루는 소주 미즈와리를 단숨에 들이킨다. "그리고 지금까지 집에서 살림만 했지 변변한 재주도 없고, 더 이상 젊지도 않고…."

미노루의 주량은 꽤 되는 듯 아직까지 얼굴색 하나 변하지 않았다.

"최대한 절약해서 남편이 주는 생활비를 어떻게든 저금하려고 필사적으로 노력하고 있어요."

"예를 들면 어떻게 절약하는데?" 사츠키가 묻는다.

"오전에는 짐(Gym)에서 보내요. 근육운동도 하면서 거기서 신문도 보고 샤워도 마치고 집으로 돌아오죠. 이렇게 하면 전기세와 수도세 그리고 신문대금이 절약돼요."

미노루의 표정에 다소 자신감이 내비친다.

"정말 절약할 생각이라면 짐을 그만두는 게 먼저 아닐까?"

아츠코가 묻자 옆에서 사츠키도 고개를 끄덕인다.

"그것도 생각해보았는데, 너무 궁색하게 사는 인생도 괴로울 것 같아서요. 내가 즐기는 것을 포기하게 되면, 지금의 나 자신, 분명 중심을 잡지 못할지도 모르고. 게다가 앞날을 생각하면 건강도 챙겨야 할 것 같고."

겉으로는 표가 나진 않았지만 미노루는 약간 취기가 도는지 혀가 꼬이는 말투를 냈다. 눈물도 말랐고, 표정도 한결 밝아졌다. 어쩌면 남편과의 문제를 조금씩 잊기 시작한 것일 수도 있고, 아니면 단순한 정서 불안일 수도 있었다.

"화장실도 가능하면 도서관이나 외출한 곳에서 해결하곤 해요."

그녀의 말투에 점점 자신감이 차오른다. "어떤 사람은 공원의 물을 이용한다는 말도 들었어요. 그래서 저도 조만간 어떻게 하는 것인지 가서 보고 배우려고요."

"혹시 그런 행동…, 치사하다는 생각 안 들어?"

사츠키가 이렇게 말하는 바람에 분위기가 갑자기 싸해졌다. "찬물을 뿌리는 것 같아 미안하지만, 그래도 공공의 물건을 그렇게 개인적으로 사용해선 안 된다는 생각이 들어서 그래."

"그럼 사츠키는 어떻게 절약하는데?"

아츠코는 일부러 밝은 목소리로 물었다. 미노루의 표정이 또다시

어두워졌기 때문이다.

"예를 들면 아침 일찍 마트에 가서 전날의 할인상품을 사는 거죠. 그리고 한 푼이라도 더 벌기 위해 우리 집 빵가게 모퉁이에 자동판매기를 한 대 더 놓을 계획이고요."

"그런 거 보면 단독주택이 부럽기는 하네. 그래서 한 달에 얼마 정도 들어와?"

"장소에 따라 차이는 있지만 우리의 경우 자동판매기의 수입으로 전기세 정도는 낼 수 있죠. 그리고 정원 손질도 제가 직접 해요. 그래봐야 쥐꼬리만큼 절약하는 것이기는 하지만. 그냥 톱으로 쓰윽 정리하죠. 근처에 노인들이 많이 살아서 제가 도와드리면 모두들 좋아라 하세요. 얼마 전에는 바로 앞집에 사는 할아버지의 낡은 가구를 톱으로 잘라드렸더니 고맙다며 사과를 잔뜩 주시더라고요."

"사츠키 씨, 저한테도 가르쳐주세요. 올바른 절약 방법을요."

"알았어. 미노루는 그동안 유복하게만 살아와서 이상한 절약을 했을 뿐이고, 나에게 맡겨. 다 알려줄 테니."

사츠키가 조심스럽게 말하자 미노루가 부끄럽다는 듯이 얼굴을 붉히며 웃었다.

11

오늘은 기필코 남편에게 우리 집 살림살이에 대해 진지하게 의논해야 한다.

내일은 시어머니의 구좌로 9만 엔을 송금해야 하는 날이니, 남편이 구조조정 당해서 위축되어 있다고 더 이상 봐줄 여유가 없다.

강변의 산책로를 걸으며 석양으로 붉게 물든 하늘을 바라본다.

사츠키가 근검절약하는 모습을 보고 사무치게 느껴졌던 마음의 동요가 다시 시작된다.

지금까지 아무리 일을 하고 또 해도 생활형편이 좋아지지 않았던 이유는 어느 정도 사치스런 생활을 해왔기 때문이 아닐까? 즉 자기가 자기를 괴롭게 만들어왔던 것일까?

하지만 정말… 그럴까?

아니, 내가 언제 사치를 부렸지?

물건 하나 사더라도 몇 번을 생각하고 생각했다. 충동구매란 아츠코의 사전에 없다. 하지만 결혼 생활 30년 동안, 사놓기는 했지만 별로 마음에 들지 않아 소매에 팔 한 번 넣어보지 않은 옷가지도 좀 있었고, 냉장고에서 상해버린 음식물도 꽤 있었다. 하지만 이 세상에는 믿기지 않을 정도로 무계획적으로 낭비하는 주부들 또한 존재한다. 그에 비하면 자신은 나은 편이라고 생각한다. 그러나… 사츠키가 생활하는 모습에서는 단아함과 지혜로움과 지성까지 느껴져 자신의 안이함이 고스란히 드러난다.

집으로 돌아오니 남편이 방에 틀어박혀 있었다.

노크를 해도 대답이 없어 문을 열고 들여다보니, 침대에 대자로 누워 자고 있다. 앞날이 캄캄한 이런 불안한 판국에 잘도 잔다. 구조조정 당한 후 남편은 마치 오랜 세월의 피로를 모두 풀어버리려는 듯, 헬로워크와 도서관에 가는 날을 제외하고는 집에서 잠만 잤다.

"저기요, 일어나봐요."

이렇게 말하자 곧 눈을 떴다.

어쩌면 자는 척을 하고 있었는지도 모른다. 현실과 마누라에게서 벗어나고 싶어서.

"내일 9만 엔 보내는 날이에요."

이렇게 말하며 하야토가 쓰던 의자에 앉았다. 하야토가 취직해서 회사 기숙사로 들어간 후, 책상과 의자를 남편 방으로 옮겨다 놓았다.

"그래? 내일이었어?" 남편은 혼잣말하듯 대답했다.

"어쩔 생각이에요?"

"어쩔 생각이라니?"

풀이 죽은 표정으로 얼굴을 천장으로 향한 채 아츠코 쪽으로는 눈길도 주지 않으면서 물었다.

"잘 들어봐요. 더 이상은 생활비를 보낼 수 없어요. 그렇게 으리으리한 요양원에서 호의호식하며 살고 있는데."

남편 앞에서 시어머니의 흉을 보는 것은 아마 결혼 후 처음인 듯싶었다. 하지만 더 이상은 참을 수 없었다. "어머님 혹시 머리가 어떻게 되신 거 아니에요? 우리는 이렇게 고생고생하면서 살고 있는데, 당신께선 그렇게 풍요롭게 살면서 우리에게 생활비를 대라니…, 너무 뻔뻔해요."

자기 어머니를 이렇게 말하면 당연히 화를 내려니 예상했지만 남편은 "그렇기는 하지"라며 넋두리하듯 답했다.

"9만 엔이 지금 우리 형편에 얼마나 큰돈인데…, 이젠 송금할 수 없어요. 듣고 있어요? 어떻게 해야 하냐고요?"

"글쎄…, 어떻게 해야 할까."

남편은 아츠코의 말에 힘없이 응대한다.

"아무튼 전화해서, 앞으로는 보낼 수 없다고 확실하게 말해두세요."

"전화라니? 내가? 누구한테?"

남편이 비로소 아츠코를 바라보며 물었다.

"누구긴 누구에요? 당신 여동생 시지코죠. 전화하지 않으면 분명 독촉 전화가 걸려올 거고요. 나는 감당할 수 없어요."

"아무리 그래도 그렇지."

우유부단한 남편의 모습을 보고 있자니 또다시 속에서 뜨거운 것이 치밀어 오른다.

"재산은 바닥을 보이고 있는데 저런 고급 시설에서 얼마나 더 버틸 수 있겠어요?"

"어머님은 평생을 귀한 집 외동딸로 자라서 낙후된 요양원에 보내드리는 것이 너무 안쓰러워서…"

남편의 목소리가 점점 명료해진다.

"그럼 앞으로 매달 9만 엔씩 무슨 돈으로 낼 건데요? 대답 해 봐요."

"그건…"

목소리가 다시 움츠러든다.

시어머니의 집은 시누이네 집에서 다섯 번째 집이라서 엎어지면 코 닿을 정도로 가깝다. 게다가 시어머니는 치매에 걸린 것도 아니고 허리와 다리가 모두 멀쩡해서 잘 걸어 다니신다. 할 마음만 있다면 당신 혼자 생활하시는 건 문제가 없다. 게다가 음식도 하실 수 있는데 요양원으로 보낸 것은 애초에 잘못된 판단이 아닌가?

"당신 여동생에게 어머님을 좀 돌봐드리라고 하면 안 돼요?"

"내가 그런 말 할 수 있다고 생각해? 요전에 걔가 서슬이 시퍼렇던 거 벌써 잊었어? 게다가 사쿠라도까지 옆에서 인상 쓰는 거 보고 내가 얼마나 기분이 안 좋았는데."

"큰일을 처리하기 위해선 다른 일엔 신경 쓰지 말아야 해요."

"그건 그렇지만…, 어떻게 당신이 시지코에게 부탁해보면 안 될까?"

"네에? 그걸 말이라고 해요? 내가 말하면 분명 싸움으로 번질 텐데요? 아무튼 당신이 현재 우리 집 경제 사정을 솔직하게 털어놓는 것이 제일 좋아요."

"어떤 식으로?"

한심한 소리나 하는 남편에게 부아가 치밀었다.

화를 참으라 보란 듯이 크게 심호흡을 했다.

"부부가 한꺼번에 회사에서 잘렸고, 게다가 저축해둔 돈도 모두 써버려 지금 경제적으로 많이 힘들다고 솔직하게 말하면 되잖아요. 피를 나눈 오누이니까 분명 이해해줄 거예요. 만일 시지코가 어머니를 돌보는 것이 싫어서 어떻게든 지금처럼 요양원에 모시고 싶다면 경제적인 부담은 전액 알아서 처리하라고 하세요. 그 집 남편의 연봉이 1천5백만 엔이나 되잖아요."

"그 녀석 연봉 좀 많이 받는다고 내 앞에서 젠체하는 꼬락서니라니."

"그 사람이 무슨 잘난 척을 했다고 그래요? 그건 당신이 오버하는 거예요."

"당신도 그 녀석 편이야? 키도 크고 그러고 보니 여자들에게 인기 꽤나 있을 얼굴이네."

이 사람이 내 남편인가? 마음마저 이렇게 가난해지고 만 건가?

"허튼소리 말고, 전화나 하라니까요."

"알았어. 할게."

"언제요?"

"다음에 할게."

"다음은 안 돼요."

"아니, 그럼 지금 당장 하라고?"

"당연하죠. 내일이 생활비 보내는 날인데."

"그래도…, 지난번에 보니 시지코에게는 어떤 트라우마 같은 것이 있는 것 같아서….'

길게 말꼬리를 흐린다.

"됐어요. 당신한테 부탁하는 내가 바보지."

갑자기 또 부아가 치밀어 이렇게 말하고 말았다.

하지만 금세 후회됐다.

안 그래도 풀이 죽어 있는 남편에게 상처를 준 것 같아 미안한 마음에 방을 나오며 뒤돌아 안색을 살폈다. 하지만 그새 마음이 놓인 듯한 느긋한 표정을 보고는 그만 화가 머리까지 치솟아 있는 힘껏 문을 닫아버리고 말았다.

쾅 하는 소리가 온 집 안을 흔들었다.

아츠코는 자기 방으로 들어가 책상에 앉았다.

볼펜을 들고 하얀색 종이를 뚫어지게 바라보았다.

시지코는 머리가 좋으니까 어떻게든 그녀를 설득할 만한 근거를 대야 한다. 그러기 위해서는 우선 하고 싶은 말을 간단하게 조목조목 적어둘 필요가 있다.

- 부부가 한꺼번에 구조조정 당한 것.
- 사야카의 결혼식 비용과 시아버지의 장례식 비용, 그리고 묘소를 조성하느라 큰돈을 써버린 사정.
- 현재 가계 형편이 몹시도 절박하다는 점을 거듭 강조.
- 어머님 요양원을 해약해야 한다는 뜻을 강하게 피력.
- 현재 비어 있는 집으로 어머니를 모시고 가서 시지코가 가끔씩 들여다보며 돌봐주면 고맙겠다는 말을 조심스럽게 말할 것. 그리고 '정말 미안하다'는 말을 여러 차례 하며 공손하게 굴 것.

이번에는 절대 시지코에게 져선 안 된다.

싸우러 가자, 파이팅!

스스로에게 격려의 말을 건네고 크게 심호흡을 한 뒤 핸드폰을 집어 들었다.

하지만 다음 순간, 갑자기 손길을 멈췄다.

아니, 내가 왜 이 방에서 혼자 전화를 걸지?

남편에게 상처를 주지 않기 위해 배려한다는 게 이상하지 않나?

마치 돈이 없어 절박한 것은 자기뿐이고 남편은 아무 관계도 없는 것 같다.

또다시 자기가 아내가 아니라, 아들을 지켜주는 어머니 같지 않은가.

통화 요지를 정리해둔 종이를 손에 쥔 채 방을 나오자 거실에서 소리가 들렸다.

남편은 어느새 방에서 나와 소파에 앉아 텔레비전에서 하는 테니스 경기를 보고 있었다.

"텔레비전 꺼요. 지금부터 시지코에게 전화할 거니까."

남편도 대화 내용을 들어둬야 한다.

"알았어."

남편은 이렇게 말하며 볼륨을 줄인다.

"끄라니까요."

"이 정도는 괜찮잖아."

"이 정도라니 지금 그런 문제가 아니잖아요. 시지코는 당신 여동생이에요. 원래대로라면…"

남편은 내 말을 끊으며 알았다고 대답하고는 텔레비전을 껐다.

그리고 등을 돌린 채, 소파에 몸을 묻고는 시커먼 텔레비전 화면에 시선을 두었다.

아츠코가 집전화의 무선폰을 손에 들자, 남편이 벌떡 몸을 일으키며 "내가 구조조정 당했다는 말 만큼은 하지 않았으면 하는데"라고 했다.

"왜요?"

"시지코에게 말하면 어머님 귀에도 들어가잖아, 나이 드신 어머님께 걱정 끼치는 것 같아서."

"그럴 수 없다는 거 잘 알잖아요. 구조조정을 당하지도 않는데 매달 9만 엔을 낼 수 없다고 하면 시지코가 납득하겠어요?"

"그러니까 어떻게 잘 좀 넘어가달라고."

이런 판국에서도 여동생 앞에서 체면을 차리려는 남편을 째려보았다.

"어떻게 잘… 이라니, 어떻게요?"

"당신이라면 잘 할 수 있잖아."

이렇게 궁지에 몰린 상황에서나 아내를 추켜세운다.

"부탁할게." 남편은 두 손을 앞으로 가지런히 모으며 고개를 숙였다.

아츠코는 한숨을 내쉬며 전화를 걸었다.

"여보세요. 아츠코예요. 별 일 없죠?"

남편도 시지코가 하는 말을 들으라고 스피커폰으로 해놓았다.

— 이런 대낮에 전화를 하다니 별일이네요.

"실은 부탁이 있어서 전화했어요."

— 무슨 일, 이렇게 정색을 하고.

"어머님 생활비 건요."

순간, 말이 오가지 않았다. 예민하기 짝이 없는 시지코다. 벌써 무언가 냄새를 맡았는지도 모른다.

— 생활비가 왜?

갑자기 목소리가 거칠어졌다.

"매달 9만 엔씩 부담하는 것은 이제 우리 집 형편으로는 무리라서요. 지금도 얼마 남지 않은 예금으로 겨우 먹고사는 형편이거든요."

— 부부가 맞벌이를 하면서 무슨 소리예요? 잘 알아듣지 못하겠네.

남편이 구조조정 당한 것을 말해선 안 된다는 생각에 초조감이 일었다.

— 이보라구. 우리라고 돈이 남아도는 게 아니라고.

"우리는요, 지금 사라킨[28]이라도 써야 할 상황이라고요."

평판이 나쁜 사라킨이라는 말까지 등장하자, 남편이 아츠코를 돌아보면서 얼굴을 찡그렸다.

— 사라킨? 왜 그런 융자를 받아야 하는데요? 사야카는 부자집 며느리고, 아들 하야토는 일류기업에 다니잖아.

"그러니까…, 그게…."

---

28 サラ金. 샐러리맨 대상으로 높은 이자를 받는 소비자 금융 — 옮긴이

― 혹시 도박에 빠졌어요?

"아니에요."

― 그럼 왜 사라킨에서 융자를 받느냐고?

남편은 절대 말하지 말라고 했지만 도저히 그럴 경황이 아니었다.

"실은 우리 부부 모두 구조조정 당했어요."

남편의 얼굴이 일그러졌다.

― 나는 그런 말 들은 적 없는데.

당연하지. 남편이 그토록 비밀로 해달라고 애걸복걸했으니.

"조금 기다려봐요."

이렇게 말하고 남편에게 전화기를 들이댔다. "그렇게 벌레 씹은 얼굴 하고 있을 거면 당신이 직접 말해요."

"아냐, 됐어."

"그럼 그런 표정 짓지 말아요."

화가 나서 참을 수가 없었다.

이 오누이는 정말 좋아하려야 도저히 좋아할 수 없다.

― 그래서 나보고 어쩌라고요?

시지코의 언성은 마치 싸우자는 식이었다.

"그러니까 요양원을 해약했으면 해요."

― 뭐라고요? 해약? 그러면 어머니는 어떻게 살라고? 조금 더 싼 요양원 시설이라도 알아놓은 건가요? 미리 말해두지만 공립 요양원에는 못 가셔요. 어머닌 정부에서 발행하는 돌봄이 필요하다는 인증서도 못 받으셨고 게다가 현재 기다리는 사람만 해도 몇 만 명이라고.

"알고 있어요. 텔레비전 방송에 나온 걸 보았어요. 그러니까 어머님을 자택으로 모셨으면 해요."

— 그 집에 혼자 사실 수 있다고 생각하는 거예요?

"아뇨…. 한 달에 몇 번 정도 도우미를 부르면 되지 않을까 싶어요."

— 아니, 그 연세에 혼자 사시는 게 가능하다고 생각해요?

"데이 서비스 같은 걸 받으면 된다고 생각해요."

대답이 없다.

"여보세요? 시지코 씨?"

— 그렇게 크게 부르지 않아도 다 들리거든요.

꽤나 화가 난 목소리다.

"요양원에서 나오면 한 달에 22만 엔뿐만 아니라, 또 일류 셰프가 만든다는 비싼 식대도 절약할 수 있죠"

— 그럼 어머니 식사는 어떡하고?

"택배 도시락 같은 걸 이용하면 식비가 엄청 줄어들 거예요. 그러면 어머님도 매달 나오는 6만 엔으로 그럭저럭 생활하실 수 있는 것 아니겠어요?"

— 바보 아냐? 한 달에 6만 엔으로 살 수 있는 사람이 이 세상에 어디 있어?

"예? 정말 그럴까요…? 어쨌든 집으로 들어가시면 집세도 안 들어갈 거고요."

— 어떻게 식비만 든다고 생각해요? 전기료며 난방비며 병원비는 어쩌고?

"후기고령자[29]의 경우 의료비는 자기부담금이 얼마 되지 않아요. 게다가 어머님 혼자 사시는데 전기료나 난방비가 그리 많이 나올 것도 아니고…, 하지만 말씀하신 대로 6만 엔으로 모자란다면 우리도 조금은 분담할게요. 3만 엔 정도라면 어떻게든 보내드릴 수 있겠네요."

사실은 그 3만 엔도 마음이 쓰리다. 하지만 9만 엔에 비할 바는 아니다. 오누이가 9만 엔씩, 도합 18만 엔이라니…, 한 달 생활비치고는 너무 많다.

— 아츠코 씨, 그만 좀 하지?

마그마가 부글부글 분노의 에너지를 잔뜩 끌어 모으고 있다. 언젠가 텔레비전에서 그런 영상을 본 적이 있다. 지금 당장이라도 폭발할 것만 같은 예감이 들었다.

— 무슨 말을 하려는지 이제 알겠어. 그러니까 가까이 살고 있는 내가 어머님 집을 오가며 돌보라…, 이 말이 하고 싶은 거죠?

그렇게 하면 뭐가 문제인가? 그렇게 생각하는 게 뭐가 나쁘단 말인가?

— 내가 한가한 사람이라고 생각하는가 본데, 그러면 곤란해요. 아들 둘은 모두 독립해서 나가 살고 부부 둘이 오붓하게 유유자적하며 살고 있다고 생각하면 그건 오산이야.

네, 그렇게 생각하는데요? 그렇지 않나요?

— 있잖아. 나도 이제 노후를 걱정하며 살 때라고요. 옛날 같으면

29   75세 이상의 노인 — 옮긴이

50대 후반은 은거할 나이예요. 나라고 편한 노후가 보장된 것도 아니고. 일본인이 장수하는 편이긴 하지만, 건강수명은 그리 길지 않다고 텔레비전에서도 그러잖아요. 나보고 어머니를 모시라고? 지금 농담해요? 게다가 드러누우시기라도 하면 나보고 어쩌라고? 그건 그렇고 오빠는 뭐라고 해요? 치사하지 않아요? 이런 전화를 아내에게 떠맡기고 말야. 왜 자기가 직접 전화하지 않는 거야?

"그건….."

— 아니, 혹시 오빠 모르게 당신 혼자 생각으로 이렇게 전화하는 거 아녜요?

"그건 아니에요."

나도 모르게 목소리가 커지고 말았다. "오빠랑 의논하고 전화하는 거예요. 정말 미안하지만 우리는 더 이상 돈이 없어요."

— 내가 알 게 뭐야?

수화기 너머로 코웃음 치는 기색이 느껴졌다.

— 오빠에게 전하세요. 어릴 때부터 부모님 귀여움은 혼자 다 독차지하더니 부모님이 나이 드시고 나니까 이렇게 버리려 드느냐고.

그 말에 어떻게 대답할 수가 없었다.

남편과 시누이는 보모 손에서 자랐기 때문에 어머니에게 친밀감을 느끼지 못한다고 한 남편의 말과는 다르다. 그러나 아츠코는 당시의 상황이 어땠는지 알 도리가 없고, 사람이란 원래 저마다 느끼는 게 다르기 마련이다.

"버린다니요…, 아무튼 우리는 더 이상 돈이…."

— 온통 오빠만 귀여워하며 키우더니, 정작 나이 드시니까 딸네

집 근처로 이사를 오셨어. 그 자체도 사실은 용서할 수 없는 일이었어. 그때 우리 집 근처가 아니라 오빠네 집 근처로 이사를 갔어야 한다고.

"혹시 며느리인 내가 어머님을 돌봐야 한다는 말을 하는 건가요?"

— 설마. 농담해요? 당신이 우리 어머니를 돌볼 필요는 없지. 오빠가 하면 되는 거지. 부모 돌보는 데 아들이건 딸이건 상관없는 거 아닌가?

말은 잘한다. 지적인 전업주부의 특징이다. 사회에 나와 굴욕감을 견뎌가며 일한 경험이 한 번도 없을 것이다. 그런 주제에 자존심만 높다.

— 이봐요, 아츠코 씨.

이렇게 말하며 시지코는 들으란 듯이 크게 한숨을 내쉬었다.

— 아츠코 씨의 생각 자체가 이상해. 돈 있는 사람이 내면 된다는 생각이 얼마나 뻔뻔한 건지는 알죠? 돈 없는 게 무슨 자랑도 아니고.

"가난해서 무척이나 죄송하군요."

무의식중에 비꼬는 말투가 되고 말았다.

시지코가 수화기 너머로 침을 꼴깍 삼키는 것을 알 수 있었다.

이런 말투를 쓰면 안 된다는 것 정도는 알고 있지만 더 이상 참을 수 없었다.

"지금까지 한 말은 잘 알겠고요. 이만 됐어요. 그럼 우리가 어머님을 모시죠."

— 뭐라고요? 지금 무슨 말을 하는 거야? 어머니가 그 좁아터진

집에서 사실 수 있겠어요?

"살 수 있어요, 하야토가 회사 기숙사에 들어갔으니까 그 방을 쓰시면 돼요."

— 그건 어머니가 거절하실 게 뻔해요. 정말 무슨 생각으로 사는 사람인지 모르겠네.

"그러니까 몇 번이나 말해야 알아들어요? 우리는요! 이제 돈이 없다구욧!"

이렇게 소리치고는 자기도 모르게 전화를 끊어버리고 말았다.

너무도 화가 나서 손이 부들부들 떨렸다.

"당신 그렇게 말해버리면…."

남편이 몸을 일으켜 아츠코를 바라봤다. 곤혹스러워 하는 것도 같고, 화가 난 것도 같은 복잡한 표정이었다.

"당신은 어머님이랑 사는 게 싫어요?"

"싫은 건 아니지만…, 지금까지처럼 편하게 살 수는 없잖아. 그보다 당신이 제일 괴롭잖아. 정말 괜찮겠어?"

"좋고 자시고가 어디 있어요, 지금? 더 이상 보내줄 생활비도 없는 판에…."

아츠코는 결코 자진해서 떠맡은 것이 아니라는 점을 여기서 확실히 해두고자 했다.

"그런가? 미안해."

다시 남편의 표정이 어두워졌다. 그 모습을 보니 분노가 동정으로 바뀐다.

남편은 구조조정 당해 집안의 기둥으로서의 역할을 잃어버려 괴로운 입장인 것이다.

"괜찮아요. 어떻게든 잘 해나가자고요."

"고마워."

남편이 이렇게 솔직한 감사의 말을 하다니, 평소답지 않은 일이었다. 이렇게까지 기운이 빠졌나 싶어 안쓰럽다는 생각이 들었다.

"하지만 정작 어머님은 어떻게 생각하실지…."

요양원의 화려한 로비가 뇌리에 떠올랐다. 외국 기업이 지어 올린 일류 호텔처럼 보이는 곳. 푹신푹신한 붉은 빛의 카펫과 화려한 샹들리에. 그리고 주방에서 일하는 일류 셰프들. 아츠코가 싸구려 식재료로 만든 음식이 입에 맞을 리 없다는 걱정이 앞선다.

"내가 요양원에 가서 어머님을 설득해볼게."

혼자 갔다가 그 자리에서 타박만 당하고 터덜터덜 돌아오는 모습이 눈에 선했다.

"저도 같이 가요."

이왕 이렇게 됐으니 어떻게든 힘을 내서 한 달에 9만 엔씩 내지 않도록 잘 처리해야 한다.

18

며칠 후 남편과 둘이서 요양원으로 향했다.

시어머님은 단정하게 화장을 하고 원피스 위에 재킷을 입고 로비에서 기다리고 계셨다.

옷차림새 때문일까? 평소처럼 멍한 인상은 간 곳이 없다.

"시지코에게 대강은 들어서 알고 있다."

이렇게 생생한 목소리를 들은 것도 참 오랜만이었다.

평소 찾아가면 담화실에서 뵙게 되지만, 다른 사람들이 이야길 듣는 게 싫으신지 곧장 당신 방으로 불러들이셨다.

"둘 다 실업자가 되었다고?"

미니키친(mini kitchen)에서 차를 끓이며 어머니가 물었다.

우리를 돌아보는 시어머님의 표정이 즐거워하시는 듯한데, 혹시 잘못 본 건가?

"어머니, 우리 집은 좁고 여기처럼 근사한 곳이 아니라서 죄송하지만…."

"말도 안 되는 소리 하지 마."

시어머니는 아들의 말을 잘랐다. "아츠코, 미안하지만 앞으로 잘 부탁해."

이렇게 말하며 머리를 깊이 숙인다. "아키라, 가는 길에 사무실에 들러서 이번 달 말로 퇴거할 수 있게 수속을 좀 밟아주겠니?"

시어머니는 뜻밖에 모든 것을 이미 결심하신 모습이었다.

어떻게든 설득해야 한다는 생각으로 머릿속이 복잡하던 터였는데 갑자기 힘이 탁 풀리고 말았다. 시지코는 쓸데없는 짓이라며 보나 마나 퇴짜를 맞을 거라고 장담했지만, 그녀의 예상은 보란 듯이 빗나가고 말았다.

"저…, 시지코가 뭐라고 하던가요? 화내지 않았어요?"

"그냥 넘어갔겠니? 펄쩍펄쩍 뛰었지." 어머니는 고소하다는 듯이 웃으셨다.

"역시…."

"하지만 난 결심했다. 오늘부터 조금씩 짐 정리를 해두마."

"어머니, 무리하지 마세요. 그러다 다치기라도 하면 큰일이니까 제가 짬짬이 와서 도울게요."

차를 마시고 셋은 로비로 내려와 퇴거 수속을 마쳤다.

시어머니의 전송을 받으며 남편과 둘이서 역까지 걸어왔다.

"날씨 좋네."

남편이 오랜만에 미소를 지어 보였다.

"그러게요. 기분 좋은데요."

흠뻑 들숨을 쉬자 바다 냄새가 훅 끼쳐 왔다.

"하야토 방은 비워놨어?"

"아뇨. 짐이 가득해요."

"서둘러 치워야겠군."

"그러게요. 오늘 밤이라도 하야토한테 전화해서 물건들 정리하라고 할게요."

역 앞의 커피숍에 들어가 정말 오랜만에 둘이 마주앉아 커피를 마셨다.

다음 주 토요일, 하야토가 집으로 왔다.

사회인이 되어서도 여전히 쾌활한 모습은 변함이 없어, 오랜만에 집안 분위기가 밝아졌다.

남편이 구조조정 당했다는 말은 아직 하지 않았다. 서로 의논한 것은 아니지만 남편도 말하지 않은 듯했다. 이제 막 사회에 발을 내디딘 아들에게 쓸데없는 걱정을 끼치고 싶지 않은 부모의 한결같은 마음이리라.

소매를 활짝 걷어붙인 하야토가 벽장 정리를 하며 불필요한 것을 한구석에 쌓아두었다. 그 옆에서 아츠코가 쓰레기를 분리하면, 남편이 현관으로 옮겼다.

"아버지, 많이 변하셨네요. 전에는 집안일이라면 손끝 하나 대지 않으셨는데요."

"그렇지 않아." 쓰레기봉투를 묶고 있던 남편이 고개를 들면서 반박했다.

"그렇지요. 그렇고말고요."

하야토가 웃으며 말하자 순간 남편의 얼굴이 굳는 듯했으나 이내 풀리며 미소를 지어 보였다.

"필요 없는 물건은 이게 다야?"

"기념품은 박스에 넣어서 현관 옆에 있는 수납장에 넣어두렴."

"알았어요."

"정리 마치면 조금 쉬자. 차를 좀 끓일게."

하야토가 오랜만에 집에 온 터라서 회사와 기숙사 이야기도 듣고 싶었다. 하지만 남편이 실직 상태라는 것을 들키면 안 된다. 하야토가 알게 되면 분명 생활비를 내겠다고 나설 것이고 아직은 아들에게 그런 걱정을 끼치고 싶지 않은, 그리고 부모로서의 위엄을 지키고 싶다는 그런 마음이 있었다.

부엌에 들어가 애플 티를 만들며 아침에 만들어두었던 건포도 머핀을 곁들여 냈다. 조금이라도 절약하려고 냉장고 구석에 처박아 놓았던 건포도를 썼다. 언제 샀는지 생각도 나지 않을 정도로 오래되어서 바짝 말라 비틀어져 있었다. 그것을, 또 언제 샀는지도 가물가물한 오래된 럼주에 넣어 하룻밤 재웠더니 퍽 부드러워졌다. 그래서 제대로 만들어지려나 걱정했는데 예상외로 맛있는 건포도 머핀이 완성되었다.

"앗, 이거 맛있는데?"

남편이 한입 먹어보더니 만족스러운 듯 미소 짓는다.

"정말이네요. 시나몬이 풍미를 더해서 맛있는데요." 하야토도 웃는다.

바로 며칠 전, 방 정리를 하러 오라고 전화했을 때 하야토가 이렇게 말했다.

"엄마, 할머니랑 함께 사는 거 정말 괜찮겠어요?"

하야토 역시 시어머니와는 그다지 친밀감을 느끼지 못하는 듯했다. 시어머니 입장에서 보면 시지코의 큰아들이 첫 손자였다. 그래서 그 당시 첫 손주를 보겠다고 시지코의 집에는 뻔질나게 드나들었지만 아츠코의 아이들은 명절 때 말고는 별로 접하지 못했다.

"할머니 말이에요. 생각해봤는데 어떤 분인지 잘 모르겠어요."

하야토마저 이런 생각을 하고 있으리라고는 예상을 못 했기 때문에 함께 살기로 한 것이 잘한 결정인가 갑자기 불안이 엄습했다.

하지만 이제 와 돌이킬 수도 없는 일이다.

"이 머핀도 최고의 맛이고, 엄마도 요리 잘하시니까 할머니도 분명 좋아하실 거예요."

나의 불안을 눈치챘는지 하야토가 갑자기 나를 추켜세운다.

그때 남편이 끼어든다. "이러면 어떨까?"

남편의 콧구멍이 벌렁거린다.

뭔가 자신 있는 말을 할 때 흔히 보이는 남편의 표정이다.

"어머니는 옛날부터 빵이라면 메종 카이저, 양갱은 토라야, 그리고 차는 가고시마의 치란차만 드시니까 이 점을 참고로 하면 어떨까?"

아츠코는 자신의 귀를 의심하며 남편의 옆얼굴을 물끄러미 쳐다보았다.

이게 무슨 귀신 씨나락 까먹는 말? 돈이 없어서 할 수 없이 어머니를 모시고 오는 판에 뭐? 메종 카이저? 토라야? 치란차?

아츠코의 눈에서 불이 타오르는 것을 남편도 눈치챘는지 재빨리 말을 바꿨다. "아니…, 어머니가 워낙 귀하게 자라오신 분이라서 그렇지 뭐…. 하지만 그렇게까지 신경 쓸 필요는…, 없겠지?"

시어머니와 함께 살기도 전에 이렇게 벌써부터 신경이 날카로워지는 자신과 마주하며 아츠코는 불안을 느꼈다.

시어머니를 모시는 일은 생각도 못 했던 일이다. 하지만 어쩌면 9만 엔보다 더 많은 돈이 들어갈지도 모를 일이다.

자신이 세상 물정에 너무 어두웠던 것일까?

시어머니는 사치스런 생활을 하며 살아와 절약하고는 거리가 먼 분이다. 하지만 우리 집이 경제적으로 힘들다는 것은 알고 계신다. 게다가 일본이 저지른 전쟁 속에서 가난도 경험하신 분이다. 고도성장기를 거쳐오기는 했지만 지금만큼 물건들이 흥청망청할 정도는 아니었다.

그래서 괜찮을 것이라 생각했는데 내가 너무 안이했던 걸까.

"우리 집은 부자인 것 같아요." 갑자기 하야토가 말했다.

"어째서 그렇게 생각해?"

"기숙사에서 함께 지내는 동료들을 보면서 그런 생각이 들었어요. 다들 어찌나 짠돌이들인지…, 모두 저축왕이라 해도 좋을 정도라니까요. 할머니처럼 빵은 이 제품만 먹어야 하고 차는 저 제품만 마셔야 한다는 등의 생각을 가진 사람은 제 주변에는 거의 없거든요."

"그렇지? 그런 사람들을 보면 어디 사는 부자야, 이런 생각이 들겠네?"

아츠코는 일부러 남편 들으라는 듯 비꼬는 말투로 답했다.

"아키라 씨, 어머님께 싸구려로 대접해드리기가 좀 뭣하네요. 나는 도저히…."

남편은 갑자기 말을 끊으며 "아냐, 아냐, 당신 하는 대로 맡길게"라며 빠르게 말했다.

"할머니는 연금도 받으시니까. 그런 비싼 물건들은 할머니 연금으로 사서 드시면 되지 않을까요?"

하야토가 아무 생각 없이 하는 말에 아츠코는 새삼 깨달았다.

지금까지는 매달 9만 엔을 보내지 않고 해결하려는 생각만으로 가득해서 시어머니가 받는 연금에 대해서는 까맣게 잊고 있었던 것이다.

"역시 우리 아들 하야토가 좋은 말을 해주었네. 그러네. 할머니가 좋아하시는 건 그 연금으로 사서 드시면 되겠네."

비로소 마음이 놓여서인지 이렇게 말하는 아츠코의 입꼬리가 귀에 걸리도록 올라갔다.

19

2주 후면 시어머니가 집으로 들어오신다.

그런 월요일, 아츠코가 편의점에서 일하기 시작했다.

오래 일할 수 있는 사무직을 바랐지만 포기했다. 헬로워크에도 가고 인터넷 구인광고를 찾아다닌 게 벌써 몇 달째인가. 특별한 자격이 없는 한 50대의 아줌마가 사무직을 구하기란 불가능하다는 사실을 깨달았다. 이젠 서서 하는 일은 힘들다는 등의 입맛에 맞는 일자리를 구할 처지가 아니라는 현실을 받아들일 수밖에 없었다.

하지만 근무지 선택만은 신중을 기했다. 너무 멀어도 피곤하고 너무 가까워도 이웃으로부터 성가시게 간섭당할 우려가 있다. 같은 동네에 사는 할 일 없고 말 옮기기 좋아하는 아줌마들의 뭔가 수상하다는 식의 질문 공세를 받는 것도 이제 넌더리가 났다.

그래서 일부러 자전거로 10분 정도 거리에 떨어진 곳에서 일자리를 구했다. 상점가에 자리한 오래된 가게보다는 편의점 쪽이 인간관계를 고려할 때 더 깔끔하겠다는 생각이 들었다.

시급은 천 엔이다. 저녁 10시 이후에는 1천2백 엔으로 오른다. 돈만 생각한다면 야간근무가 더 나을 것이다. 번화한 곳이고 야간에는 늘 두 명 이상의 점원이 있어서 안전 면에서도 문제가 없었다. 하지만 밤낮이 바뀌면 건강에 이상이 생길 우려가 있었다. 무엇보다 그로 인해 갱년기 우울증에라도 걸리면 어쩌나 두려웠다. 안 그래도 요즈음은 우울한 날들의 연속이라 해도 과언이 아니다.

그래서 심사숙고한 결과 오전 7시에서 오후 3시까지 근무하기로 했다. 그렇게 하면 일찍 귀가할 수 있을 뿐 아니라 실제 일하는 시간은 정확히 7시간이다. 많이 피곤한 날은 일찍 잠자리에 들면 될 것이라는 점까지 고려해두었다. 일이 익숙해지면 저녁 때, 몇 시간짜리라도 또 다른 일을 찾아봐야겠다는 목표도 세워두었다.

편의점에서는 생각보다 잡일이 많았다. 우표와 대형 쓰레기 처리권도 팔았다. 공공요금도 처리해주고, 인터넷 주문도 받으며, 보험 가입, 공연티켓 발권, 선물 예약, 세탁물을 전해주는 등 헤아릴 수 없을 만큼 많았다. 복사기와 현금인출기의 사용법도 손님에게 설명해줘야 하는 경우가 있으므로 확실하게 숙지해야 했다. 하루에도 몇 번씩 상품을 진열하는데 그럴 때는 허리가 빠질 정도로 힘들었다. 어묵과 튀김도 만들고, 청소 또한 게을리할 수 없다. 하지만 의외로 모든 일을 빨리 배워가는 자기 자신을 보고 다소 대견하다는 마음도 들었다.

하지만 손님을 대하다 보면 욱할 때가 많았다. 사람들이 줄을 서서 기다리는데 새치기하고 들어와선 담배 한 갑만 달라는 사람이 있는가 하면, 동전을 계산대 위에 던지고 '잔돈은 가져요'라며 신문을 가져가버리는 사람, 그리고 소리가 너무 작아 무슨 말인지 알아들을 수 없어 다시 물어보면 버럭 화를 내는 노인 등 참으로 세상에는 가지가지의 사람들이 있다는 생각을 다시금 해보게 됐다.

그중에서도 가장 기분 나빴던 것은 19금 잡지를 사는 인간이 의외로 너무도 많다는 사실이었다. 그들은 한결같이 계산대 위에 책을 뒤집어 올려놓는다. 지구의 환경문제 혹은 아이들의 미래에 대해 생각해도 모자랄 판에 나잇살이나 먹어 그리도 할 일이 없는지…. 책을 사려면 당당하게 사지 그래요, 라고 한마디 해주고 싶은 것을 꾹 참고 웃는 얼굴로 계산을 해주자니 스트레스가 쌓였다. 하지만 가장 힘든 것은 애초 예상했던 대로 하루 종일 서 있어야 한다는 점이었다.

남편은 아직도 일자리를 구하지 못해서 매일 집에 있었다.

아츠코는 점심 시간이 되면 자전거를 타고 집으로 돌아와 간단한 식사를 준비해서 남편과 함께 먹었다. 그리고 다시 자전거를 타고 서둘러 편의점으로 돌아갔다. 하지만 겨우 3일 만에 그만두고 말았다.

자기는 이른 아침부터 저녁까지 하루 종일 일하는데 남편은 하는 일도 없이 종일토록 책을 읽고 텔레비전을 본다. 날이 갈수록 실업보험금은 줄어드는데 이렇게 빈둥거리는 남편을 보고 있자니 속에서 천불이 올라왔다. 그래서 4일째 되는 날부터는 편의점에서 점심을 주먹밥으로 해결했다. 그리고 닷새째 되는 날부터는 이른 아침부터 일어나 남편의 점심 식사를 챙겨놓는 것마저 생략해버렸다.

어쩌면 이러는 과정 속에서 부부의 마음이 더 멀어질지도 모른다. 하지만 서서 하는 일이 너무 힘들기도 하고 무엇보다 남편에 대한 동정이 경멸로 변해가는 것을 어쩔 수 없었다.

　시어머니의 짐은 생각보다 너무 많았다.

　요양원에서는 별반 짐도 없어 보였다. 작은 옷장 하나와 미니키친에는 커피잔이 마치 미술품처럼 나열되어 있었을 뿐이다. 방에서 음식을 하지 않기 때문에 식기도 그다지 많지 않았다.

　하지만 이번에는 달랐다. 짐이 하야토의 방에 모두 들어갈 수 없어 거실에 온통 어머니의 박스가 산더미처럼 쌓이게 되니, 집 안에 발 디딜 틈조차 없을 지경이었다.

　"어머니, 이 많은 짐을 그동안 어디에 쌓아두셨어요?"

　남편이 놀라 물었다.

　"전에도 얘기했던 걸로 기억하는데…? 임시 창고를 빌려 쓰고 있었어."

　처음 듣는 말이다. 설마 매달 보내는 9만 엔 중에는 임시 창고 비용까지 포함되어 있었던 걸까?

　"집이 비어 있었는데 거기에 갖다 놓으면 되는데요."

　"그런데 처음 요양원에 들어갈 때는 그 집을 팔기로 했었거든."

　이것도 처음 듣는 말이다.

　"아… 그랬었지요."

　남편은 알고 있었던 듯하다.

　"그래서 이번에는 아예 임시 창고를 해약하고 모든 짐을 가져온 거야."

　"아이쿠, 이러면 우리도 곤란한데요. 왜 해약을 하셨어요?"

"경제적으로 힘들다며? 임시 창고 두 개 빌리는 데 매달 2만8천 엔을 내야 하는데 그걸 니들에게 부담시키고 싶지 않아서 그랬지."

"아…, 그렇군요."

그렇다니 뭐가 그렇다는 건가?

"하지만 이대로는 살기가 좀 그러네요."

"여기가 이렇게도 비좁을 줄은 몰랐어."

"무슨 소리에요? 몇 번 와보셨잖아요."

"그러긴 했는데 이렇게 좁았는가 싶기도 하고…."

"어머니, 호텔처럼 근사한 요양원에만 계시다 보니 기억도 혼동스러우셨나 봐요."

아츠코는 차를 우려내며 모자간의 이야기를 듣고만 있었다.

"차가 정말 맛있구나. 아츠코 차 솜씨가 좋네."

어머니에게 칭찬을 들었지만 꼭 기쁘지만은 않았다.

무리해서 가고시마의 치란차를, 그것도 금딱지가 붙은 것으로 샀기 때문이다. 나이 드신 분들은 차에 민감하기도 하고 또 갑자기 이렇게 서먹서먹한 환경에서 살게 되었으므로 차 정도는 좋아하는 것으로 준비해드리고 싶었다.

하지만 어쩌면 이것도 자충수일지 모르겠다는 생각이 들었다. 칭찬을 들었으니 앞으로도 계속 이렇게 비싼 차를 준비해야 하는 거 아닌가.

처음이 중요하다 했는데.

이건 실패다. 값싼 현미차를 준비할 걸….

왠지 예감이 좋지 않다.

설마 우리 집이 이런 일로 더욱 더 쪼들리게 되지는 않겠지.

그날 밤 남편이 욕실로 들어간 후, 어머니는 아츠코에게 통장과 카드를 건네주셨다.

"연금이 들어오는 통장이란다. 매달 6만 엔이지만 네가 편하게 써 주면 좋겠어."

"아뇨, 괜찮아요. 어머니도 매달 용돈이 필요하실 거예요."

"돌아가신 네 시아버지 앞으로 매달 들어오는 군인연금 4만 엔이 있으니 나는 그걸로 충분해."

"군인연금…이요?"

"네 시아버지가 전쟁 통에 군인으로 나갔었잖니?"

군인연금에 대해서 아츠코는 금시초문이었다. 하지만 시지코는 알고 있었을 것 아닌가.

혹시 그날 가계부 노트를 절대 보여주지 않으려 했던 이유가 이것 때문이었을지도 모른다.

己ㅇ

시어머니가 집으로 들어오신 날부터 아츠코는 평소보다 훨씬 일찍 일어나야 했다.

남편은 커피와 치즈 토스트, 그리고 아츠코는 인삼과 바나나와 두유로 만든 스무디 한 잔이면 아침을 때울 수 있었다. 하지만 시어머니를 위해 이젠 밥과 된장국을 준비해야 했다. 그리고 점심 식사까지 준비해두어야 하기 때문에 무척 바빠졌다. 게다가 남편의 점심까지 함께 준비해두려니 속에서 울화가 치밀지만 별 수 없었다.

편의점에서 일을 마치고 집으로 돌아오면 시어머니는 마치 기다리고 있었다는 듯 방에서 나오신다. 하루 종일 혼자 지내서 외로우셨던 것일까. 남편은 집에서 빈둥거리는 모습을 시어머니에게 보이고 싶지 않았는지 매일 외출해 헬로워크나 도서관 등지에서 시간을 죽이는 것 같았다.

시어머니의 짐을 모두 구주쿠리의 집으로 보내버리고 나니 집 안이 좀 훤해졌다. 택배비는 모두 시어머니가 지불했는데 주먹구구식이라 할 정도로 대범한 금전 감각에 놀라서 할 말을 잊을 정도였다.

"아츠코, 미안하지만 차 한 잔 다시 우려내줄래?"

아츠코의 귀가를 기다렸다는 듯이 매일 이렇게 말하는 시어머니를 보고 정말 이상하다고 느꼈다.

차 우리는 것 정도는 스스로 해주셨으면 좋겠는데.

일 끝나고 집에 들어오면 얼마나 피곤한지 아세요?

이렇게 말하고 싶었지만 입 밖으로 꺼내지는 않았다.

"네네. 지금 곧 준비할게요."

마음에도 없는 상냥한 대답을 하고 만다.

아마 이대로 계속된다면 스트레스 때문에 위장에 구멍이 날지도 모르겠다.

시어머니와 함께 지내게 되면서 단 한 시간도 편할 때가 없어 스트레스가 쌓여만 갔다.

사야카에 대한 문제도 신경 쓰였다. 가끔 전화는 해보았지만 늘 그렇듯 귀찮다는 듯이 툭 끊어버리곤 했다. 걱정이 되어 참을 수 없는 한편으로 혹시라도 이혼해서 집으로 들어오게 되는 장면을 상상하면 이전과는 달리 한숨이 절로 나왔다. 시어머니가 하야토의 방을 쓰고 있으니 아츠코의 방을 사야카에게 줘야 할 것이다. 그것은 다시 말해 남편과 또다시 같은 방을 써야 한다는 이야기다. 아츠코는 추위에 약하고 남편은 더위에 약하다. 그래서 에어컨 하나만 하더라도 방을 함께 쓰는 것은 쾌적함과는 거리가 먼 불편한 생활로 돌아가고 만다.

혼자만의 공간을 잃어버릴지 모른다는 생각만으로도 짜증이

났다.

"어머니 포트에 뜨거운 물 있는데요."

자신도 모르는 사이에 이런 말이 툭 튀어나왔다. "그러니까 차 정도는 혼자서 만들어 드셔요."

시어머니가 놀란 듯 아츠코를 쳐다본다.

"주전자에 들어 있는 차 잎을 다시 갈고 싶은데. 아침에 넣은 그대로라서…"

"그럼 어머님이 새로 넣으셔요."

퉁명스런 말투가 튀어나온다.

"내가 정말? 내가 부엌에 들어가도 되니?"

"무슨 말이세요?"

"예로부터 부엌은 여자의 성역이라고 하잖니? 너의 부엌살림을 내가 이것저것 만지면 혹시라도 기분 나빠할 것 같아서."

"아니, 지금이 어느 때인데 아직도 그런 생각을…"

순간 이런 말이 튀어나오고 말았다. "저는요, 부엌을 저의 성역이라고 생각해본 적 없으니까 어머님 마음대로 쓰셔도 아무 상관없어요. 어머님 드시고 싶은 것은 직접 만들어 드시면 더 고맙고요."

"아이쿠. 그렇구나. 그런 건 좀 더 일찍 말해주었더라면 좋았을 것을."

속이 끓어오른다.

남편의 성격이 무른 것은 분명 어머니를 닮아서일 것이다.

애당초 함께 살기로 한 것이 잘못된 것이다. 후회가 밀려온다.

하지만 매달 9만 엔을 보내지 않아도 되니 그것만 해도 어디냐?

게다가 연금 6만 엔을 보태주고 있으니….

"아츠코, 내가 부엌을 마음대로 써도 된다면 내일부터 아침 식사 준비는 하지 않아도 될 거야."

"정말요?"

너무 좋아서 부지불식간에 큰 소리로 되물었다.

"네가 정성들여 만들어놓았기에 지금까지 아무 말 않고 먹기는 했지만 사실 나는 아침에 사과 하나면 되거든. 그래야 위가 편해. 점심도 내가 좋아하는 메뉴로 알아서 해 먹고 싶네."

시어머니는 주전자를 들고 재빨리 부엌으로 향한다. 다 우린 찻잎을 버리고 새로운 차를 넣는 뒷모습이 개수기 너머로 보인다.

"아츠코도 마실래?"

"네. 그러죠."

그때 윗 주머니에 넣어두었던 휴대폰이 울렸다.

화면을 보자 사츠키다.

— 여보세요, 아츠코 씨. 바쁘실 텐데 죄송해요. 너무 급한 부탁이 있어서요.

꽤 서두르는 모습이다.

"무슨 일 있어?"

— 실은 우리 어머님이 행방불명이 되셔서….

"응? 행방불명?"

이렇게 되묻자 시어머니도 놀라셨는지 주전자에 물을 붓다 말고 이쪽을 쳐다본다.

"어머님 입원하신 거 아니었어?"

― 그게….

"벌써 퇴원하신 거야?"

― 그렇다고…도 할 수 있고….

"집을 나가신 것이 몇 시쯤인데?"

― 그게….

"혹시 이른 아침에 나가셔서 아직도 안 들어오신 건가?"

― 좀… 더… 전…이에요.

"설마 엊저녁부터?"

― 그게… 그러니까 한 달… 전부터….

"뭐라고?"

구청의 강연회를 마치고 사츠키 집에서 차를 마신 것이 한 달 전이다. 그때 이웃 할머니가 시어머니에 대해 묻자 사츠키는 입원하셨다고 했었다. 그런데 그게 거짓말이었단 말인가? 그러면서 병원 이름도, 그리고 어디가 아픈지도 얼버무리며 알려주지 않았더랬다.

"그래서…, 나에게 부탁할 게 뭔데?"

갑자기 내 목소리가 가라앉아서일까, 나를 바라보던 어머니는 별일 아니라는 듯 다시 식탁으로 돌아가 홀짝홀짝 차를 마시며 책을 읽으신다.

― 실은 구청에서 연락이 와서 가정 방문을 한다고….

"아니 구청이 그렇게까지 해? 친절하네."

― 아니에요. 제가 곤란하게 됐어요.

대체 무슨 말을 하고 싶은 것인지 모르겠지만 빠른 말투와 절박한 분위기만으로도 사츠키가 어떤 상황에 놓였는지 짐작이 갔다.

"사츠키, 나에게 부탁할 게 뭔지 정확히 말해봐."

— 죄송해요. 아츠코 씨의 시어머니를 하루만 빌려주세요.

"빌려달라고? 우리 어머님을?"

이 말을 들은 어머니는 읽던 책을 덮고 소리 나지 않게 입모양만 으로 '무슨 일?'이냐고 물으신다.

— 최근 연금 사기가 사회적인 문제가 되었잖아요.

"연금 사기라면 부모님이 돌아가신 사실을 숨기고 계속 연금을 타는 거 그거 말이야? 아니…, 그렇다면?"

— 네…, 맞아요. 그거예요. 구청에서 연금 사기를 의심하고 있어 요. 그래서 나이 드신 분이 정말 살아 계신지 확인하기 위해서 정기 적으로 가정방문을 하기로 한 건가 봐요.

"그건 잘하는 짓이네."

— 그게 아니라…, 아츠코 씨. 구청에서 우리 집을 방문하게 되면 제가 곤란해져요….

"왜? 어머님이 행방불명이라고 솔직하게 말하면 되잖아. 그러면 경찰에서도 수색에 나서 줄 거고…."

— 그게….

이렇게 말꼬리를 흐리다니 평소의 사츠키답지 않다.

그렇다면 혹시 행방불명이 아니라 돌아가신 사실을 숨기고 있는 것일까?

집 마루 어딘가에 시체를 묻어두고 있는 것일까?

그러고 보니 사츠키의 집은 나이 드신 분이 살고 계신다는 생각 이 들지 않았다. 노인들은 뭐든 버리기 아까워해 온 집 안에 물건들을 잔뜩 쌓아두고 그러면서도 또 계속 사두는 습성이 있지 않은가. 그래서 집 안이 물건들로 가득하기 마련이다.

하지만 미노루가 미니멀 라이프를 시작했냐고 물었을 정도로 사츠키의 집에는 잡스런 물건들이 없었다.

어딘가 수상하다.

— 아츠코 씨에게만 부탁할 수 있을 것 같아요. 제발 시어머니를 빌려주세요. 부탁이에요.

점점 목소리가 움츠러든다. 전화기를 든 채 고개를 깊이 숙이고 있는 것일까.

"하지만…"

머릿속에서 비상등이 깜박인다. 순식간에 오만 가지 생각에 휩싸였다.

확실하게 거절해야 한다.

아츠코, 어서 거절하라고.

사츠키는 오랜 세월 함께 해온 사이 아닌가. 시체를 집 안에 숨겨둘 인간은 아니다.

하지만 형편에 따라 인간은 변하기 십상이다.

돈에 쪼들리면 인격도 바뀐다. 살기 위해 어떤 짓이든 하게 된다.

상황에 따라서 동정의 여지도 있다. 나쁜 일이라고 단정할 수만은 없다.

그렇다고 도와줄 수도 없다.

그러다 들키기라도 하면 어쩌려고?

자신도 공범자가 되는 것 아닌가.

"사츠키…, 있잖아…."

거절하려는 순간 묘안이 떠올랐다.

아츠코가 아니라도 시어머니가 거절하게 하면 된다.

어머니도 당연히 그래주실 것이라는 생각이 들자 마음이 한결 편해졌다.

"일단 어머니에게 말씀드려볼게."

— 지금 여쭈어보면 안될까요? 구청에서 바로 내일 오거든요. 갑작스런 방문에 대해 주민들의 반대가 너무 심해서 궁여지책이기는 하지만, 하루 전날 미리 알려주기로 했다나 봐요.

"구청에서도 고민 꽤나 했는가보네."

— 만일 어머님이 도와주신다면 사전 연습이 필요해요. 구청에서는 분명히 이름과 나이 생년월일뿐 아니라 이런저런 주변 생활도 물어볼 거니까요.

"어머님이 지금 외출 중이라서 돌아오시면 물어볼게."

거짓말을 하자 어머니가 놀란 듯 눈을 크게 뜨고 쳐다보신다.

— 언제쯤 들어오실까요?

"글쎄, 한 30분쯤 뒤면 들어오실 거야."

— 알았어요. 돌아오시면 바로 전화주세요. 부탁이에요.

전화를 끊었다.

"무슨 전화니?"

시어머니가 궁금하다는 듯 묻는다.

"실은…."

시어머니와 마주 앉아 지금까지의 대화 내용을 전해드렸다.

"어딘가 좀 이상하구나."

"그렇죠? 누가 들어도 이상하다 할 거예요. 하지만 신경 쓰지 마세요. 제가 거절할게요."

외출했다고 했으니 금세 전화하는 것도 이상할 것이다.

조금 시간을 두며 시어머니가 준비한 차를 마시자 생기가 돌아온다.

"하지만 재미있는 구석도 있구나"라며 시어머니가 말씀하신다.

"네? 재미있다니…, 어떤 점이요?"

시어머니는 대답 대신 의미심장한 미소를 지어 보인다.

지금까지 본 적이 없는 표정이었다.

어쩌면 아츠코는 시어머니에 대해 아는 것이 아무것도 없을지 모른다는 생각이 들었다.

결혼 후 오랜 시간이 흘렀지만 자주 만나 뵌 것도 아니고, 크게 부딪친 적도 없다.

"그래서, 어느 정도라니?" 시어머니가 묻는다.

"85세라고 들었어요."

"나이가 아니라 어느 정도 들어오냐고?"

"들어오다니, 뭐가요?"

"설마 거저 해줄 생각이니? 부탁을 들어주면 얼마를 줄 것인지 전화로 물어보렴."

어이가 없어 시어머니를 쳐다본다. 역시 시어머니에 대해 아는 게 아무것도 없다는 사실을 실감하면서….

시어머니는 어서 전화를 하라는 듯 아츠코의 손에 들려 있는 핸드폰을 쳐다보았다.

"그쪽에서도 서두르고 있는 것 같던데…?"

"그렇기는 하지만…."

설마 지금 농담하시는 것은 아니겠지?

"자, 잠깐 기다려봐."

아츠코가 당황해서 핸드폰을 주머니에 넣으려는 것을 아마도 전화를 걸려는 행동으로 착각하셨는가보다.

"조금 더 의논해보는 편이 좋을 듯하구나. 사츠키 씨의 시어머니가 정말 행방불명인지, 아니면 어째서 집에 없는지, 왜 경찰에는 신고하지 않았는지에 대해서는 우리가 모르는 편이 더 나을 것 같아서 말야."

신중한 표정으로 하나하나 확인하듯 말하는 모습이 마치 여형사 같았다.

"아츠코, 네 생각도 그렇지 않니? 안 그러면 우리가 공범자가 될 가능성이 있으니까 말야."

어안이 벙벙해져 있을 때, 시어머니는 차를 한 모금 마시고 아츠코를 한 번 쳐다본 다음 말을 이었다. "구청에서 나오는 가정방문이 1년에 한 번이려나?"

"글쎄요…."

"바로 그 점이 중요하거든. 그러니까 사츠키 씨에게 반드시 물어보렴."

"네에? 하지만 그 점이 왜 중요한데요?"

이렇게 묻자 시어머니는 노골적으로 얼굴을 찌푸린다.

— 너, 바보 아냐?'

시어머니의 눈은 분명 그렇게 묻고 있는 듯했다.

"사츠키 씨의 어머니가 매달 꼬박꼬박 국민연금 보험료를 냈다고 치면 지금은 매년 약 70만 엔의 연금이 들어올 거야. 그러니까 구청에서 만일 1년에 한 번 조사를 나온다고 치면…"

시어머니는 손으로 턱을 괸 채 허공을 바라본다. "십만 엔 정도면 과하지 않을 거야."

"십만 엔…이요?"

"그래. 십만 엔. 한 번 도와주면 1년치 연금이 무사히 들어오게 되는 거잖아. 게다가 공범자의 리스크도 있고 하니… 아무튼 금액 잊지 말고…"

청산유수처럼 말씀하시는데, 아츠코로선 도저히 생각지도 못할 발상이었다.

"하지만 어머니…, 아무리 그래도…"

"그게 싫으면 거절하렴."

당연히 거절해야죠.

사츠키가 구청 직원에게 사실대로 말하면 끝날 일이다.

거절의 전화는 빠를수록 좋다. 사츠키가 서두르는 모습이었으니까.

어머니 앞에서 전화를 걸기로 했다. 벨소리가 울리자마자 사츠키가 전화를 받는다.

— 여보세요. 시어머님께 말씀드렸나요? 뭐라셔요?

쏜살같이 물어온다.

"미안하지만 도와줄 수 없을 것 같아."

— 왜요? 왜요? 그렇게 간단하게 대답하면 나보고 어쩌라구?

평소 같으면 존댓말을 쓰는데 지금은 절대 안 된다는 식으로 막 무가내였다. 예상보다 상황이 절박해 보였다.

사츠키, 실은 어머니가 십만 엔 정도 받겠다고 하시거든?

이런 비상식적인 말은 자신으로선 절대 할 수 없었다.

— 아츠코 씨 부탁이에요. 정말 부탁이에요.

머리를 숙이며 전화하는 모습이 눈에 선하다.

— 그냥 침대에 누워만 계시면 돼요. 달리 부탁할 데도 없어요. 이웃 할머니들에게는 절대 부탁할 수 없고요. 모두 입이 가벼워서 온 동네에 소문이 파다해질 테니까요.

"미노루에게도 전화해봤어?"

스스로도 비겁하다는 생각이 든다. 자신이 싫으면 다른 사람도 분명 싫어할 일을 떠넘기다니. 하지만 이렇게 끈질기게 부탁하는 사츠키로부터 헤어나오고 싶어서 생각도 없는 말이 툭 튀어나온 것이다.

— 미노루 씨의 어머니는 보기에도 분명 부잣집 마나님으로 보일 텐데요. 우리 시어머니처럼 아침부터 밤까지 크로켓을 튀기는 분이랑은 분명 분위기가 다를 거예요. 하지만 아츠코 씨 어머님은 일본 과자점에서 자라셨잖아요. 물론 우리 어머니랑은 비교도 되지 않다는 것은 알지만 그래도 장사를 하셨다는 점에서는 통하는 부분이 있을 거 같아서요.

그때 앞에 앉아 있던 시어머니가 갑자기 손을 내민다.

왜요? 라고 아츠코가 눈으로 묻는다.

"전화기 이리 줘봐. 내가 말해볼게."

"네에? 그건 좀…."

하지만 이미 전화기는 시어머니의 손으로 넘어간 후였다.

"여보세요, 처음 봬요. 나는 고토 요시코라고 해요."

아츠코는 당황해서 벌떡 일어나 사츠키의 목소리를 듣기 위해 시어머니의 몸에 찰싹 달라붙듯이 귀를 가까이 갖다 댔다.

— 어머님이세요? 안녕하세요. 처음 뵙겠습니다. 저는 간다 사츠키라고 해요.

"전해 들으니 꽤나 곤경에 처한 듯해서요."

— 네…, 그래요.

"구청에서 오는 가정방문은 1년에 한 번인가요?"

— 이번이 처음이라서 어떻게 될지는 모르겠어요. 하지만 구청 직원들도 바빠서 일단 노인들의 생사 여부만 확인하면 당분간은 오지 않을 거라는 생각은 들고요."

"그렇겠군요. 저는 도와줄 생각이 있어요."

"무슨 말씀하시는 거예요, 어머님" 아츠코가 소리 질렀다.

— 정말이세요? 어머니 정말 감사합니다. 신세 좀 지겠습니다."

아츠코에게도 들릴 정도로 사츠키는 눈물 먹은 소리를 냈다.

"한 번에 십만 엔 어떠세요?"

사츠키가 잠시 말을 잇지 못한다. 순간 말문이 막혀버린 것일까?

— 그러니까… 십만 엔…이요?

"네에. 십만 엔."

"어머니, 그만두시라니까요."

— 네…, 그러면… 십만 엔 드릴게요. 잘 부탁드립니다.

아츠코의 말을 자르며 사츠키는 쥐어짜는 듯한 목소리로 답했다.

"그리 마음먹으셨다면 바로 협의하는 게 좋겠군요."

— 제가 차로 모시러 갈게요. 이웃들 눈도 있고 하니 가능하면 늦은 저녁에 갈까 하는데 어떠세요?

"그래요. 기다리지요."

— 그럼. 나중에 뵙겠습니다.

전화가 끊겼다.

아츠코가 끼어들 여지가 없었다.

시어머니와 사츠키 두 사람이 서로 척척 호흡을 맞춰 이야기를 끝내버린 것이다.

"어머니, 진심이세요?"

"물론이지, 십만 엔 받으면 생활비로 보태 쓰렴. 내가 비록 나이는 들었지만 나도 아직 이렇게 쓸 만한 구석이 있구나."

"그런 방법으로 번 돈을… 저는…"

"곤경에 처한 사람을 보면 구해주는 것이 당연지사 아니냐? 보아하니 사츠키라는 사람은 너의 친한 친구인 듯한데…. 설마 오랜 친구를 의심하는 것은 아니겠지? 그 친구가 나쁜 일을 할 사람으로 생각하는 거냐?"

"아뇨…, 사츠키는 정말 좋은 사람이에요."

"그렇지? 그럼 믿어주렴. 살다 보면 차마 말하지 못할 사정도 있는 법이란다. 어린아이도 아니고 그 정도도 모를 리 없을 텐데…"

"그렇게 생각하신다면서 돈은 왜 받으세요?"

"너도 참, 나이를 헛먹은 거 아니냐?"

시어머니는 숨을 내쉬며 말을 잇는다. "그쪽에서도 이런 일에는 돈을 내는 편이 서로 마음 편한 거야."

"그럴까요? 사츠키의 목소리로 미루어 짐작하건대 전혀 그렇게 보이지 않던데요?"

"아무튼 이 건은 나와 사츠키의 거래니까, 너와는 관계가 없을 듯하구나. 더 이상 참견하지 말아주었으면 한다."

시어머니는 이렇게 말하고는, 노안경을 쓰고 읽다만 책을 다시 펼친다.

아츠코는 방으로 돌아와 혼자 앉아 컴퓨터를 물끄러미 바라본다.

눈앞에는 구인정보가 줄줄이 펼쳐져 있다. 사무직이 있을까 해서 아직도 매일같이 인터넷 검색을 하고 있다. 편의점에서 일하는 것이 점점 더 힘들어졌기 때문이다. 요통이 다시 시작되었다. 적어도 하루 근무시간을 줄이든가 아니면 주 3회 정도로 조정해야 할 것 같다.

하지만 그렇게 하면, 급여가 줄어든다.

십만 엔…

돈은 욕심난다.

이대로 남편이 직장을 구하지 못한다면 우리는 앞으로 어떻게 되나?

사야카가 이혼한 후의 생활도 미리미리 생각해둬야 하는데…, 사야카의 얼굴을 떠올리자 다시 가슴이 저려 온다.

연금이 나오려면 앞으로 몇 년을 더 기다려야 한다. 그동안 연금 수령액이 줄어들 가능성도 높다. 자기부담 의료비도 분명 오를 것이다. 빠르게 고령화시대로 접어드는 사회 현상을 생각해보면 누구라도 짐작해볼 수 있는 미래의 모습이다.

생각하면 할수록 불안감이 엄습한다.

사츠키의 전화를 받으며 연금 사기의 공범자가 된다는 것은 말도 되지 않는다고 생각했었다. 하지만 그녀의 절박한 목소리가 신경 쓰이기는 했다. 시어머니의 말씀처럼 사람에게는 말할 수 없는 사정이 있을 수도 있다.

이전의 사츠키라면 믿을 수 있지만 지금은 어떤가.

가난뱅이가 되면 인격도 변한다…. 정말 그런 것일까. 모두가 이렇게 변하고 마는 것일까.

지금까지 사츠키의 성격으로 보아 누군가에게 민폐를 끼칠 만한 사람은 아니다. 이번 일도 어쩌면 먼 훗날 웃으며 이야기할 수 있는 그런 것이겠지.

이유를 알 수 없는 묘한 어머니의 표정이 그 근거라고 할 수 있겠다. 확실하게 말하지는 않지만 사츠키의 사정에 대해 뭔가 나름대로 짐작이 간다는 말투였다. 그렇다는 것은 이번 일에 가담해도 괜찮지 않을까.

이런저런 생각에 잠겨 있을 때, 어느덧 사츠키네 집으로 갈 시간이 다가왔다.

21

사츠키의 집은 여전히 깔끔하게 정리가 잘 되어 있었다.

"우리 시어머님 성함은 간다 다케노라고 해요."

사츠키는 이렇게 말하며 사진 한 장을 보여준다.

허리가 굽고 주름이 깊게 잡힌, 힘들게 살아온 노인의 모습이 담겨 있다.

"아무리 봐도 나랑은 전혀 닮지 않았군요."

시어머니는 80이 넘은 지금까지도 젊은 시절 가게를 빛내던 안주인의 아름다운 모습이 남아 있다.

"그러게요. 누가 봐도 같은 사람으로는 보이지 않네요."

사츠키는 양미간을 찌푸리며 곤란하다는 표정을 지으면서 조심스럽게 시어머니의 얼굴을 살핀다. "우리 어머니랑은 달리 너무 미인이세요."

근심스러운 표정의 사츠키와는 달리 '너무 미인'이라는 말이 듣기 좋은 듯 시어머니의 표정이 밝아진다. 그리고 이렇게 말한다. "마스크를 하면 알아보지 못할 거 같은데."

"마스크…요? 하지만 그렇게 하면 더 이상해 보일지도…."

"그렇기는 하군요. 그렇다면 안경을 써보면 어떨까요?"

"그거 좋겠네요. 머리도 조금 부스스하게 흐트러트리고 화장도 지우고…."

"싫어요. 사람들 앞에서 맨 얼굴을 보이다니, 난 그렇게 못 해요."

"하지만 저희 어머님은 평소 화장을 하지 않는 분이라서…."

"아무리 그래도 저는 좀…." 시어머니의 고집도 만만치 않았다.

"어머니, 몸이 아파 누워 있는 노인이 화장을 하는 것은 아무래도 이상해 보여요."

"듣고 보니 그러네…. 그럼… 할 수 없지."

"어머니, 그것 말고도 지금 외워두셔야 할 것들이 너무 많아요."

"그렇죠? 구청 직원이 이런저런 것을 물어볼 테니까."

"저희 시어머니의 생년월일은 1930년 2월 27일이고요, 말띠셔요. 고향은 이시카와현이고요…."

"잠깐만요."

시어머니는 인상을 찌푸리며 "갑자기 그렇게 말로 다 하면 내가 못 외우지요"라고 말한다.

"그러실 것 같아서 제가 이렇게 모두 적어놓았어요."

사츠키가 종이를 건네자 안경을 쓰고 읽기 시작한다.

"2장이나 돼요? 큰일이네…."

혼잣말처럼 중얼거리더니 한숨을 내쉰다.

"어디 보자, 부친의 이름은 겐지로, 모친의 이름은 치요. 8형제로서 위로부터 순서대로, 장남 지로, 에츠코, 다케노, 유우지로, 유키코, 히로시, 스스무, 교코. 이런…, 이름이 서로 달라 외우기 힘들겠어요. 그냥 편하게 이치로(一郎), 지로(二郎), 사부로(三郎) 이렇게 했다면 외우기 쉬웠을 텐데…"

시어머니는 입에서 나오는 대로 말해버린다.

"평범한 초등학교를 졸업하고, 고용살이를 하다가, 18살에 선을 보고 결혼하셨네요. 이후 자식 셋을 낳았는데 순서대로 하자면, 도모코, 세츠야, 히데키. 그리고 손자가 모두 8명…, 이름이…"

시어머니가 한숨을 폭 내쉰다.

"이쪽이 시아버님의 이력인데요."

그게 다가 아니라는 듯 다시금 사츠키가 다른 종이를 내민다.

곁눈질로 보니 이것 역시 빽빽하게 메모되어 있다.

"이런… 이것도 외워야 해요? 하긴…" 시어머니는 혼잣말을 했다. "남편의 경력과 형제간의 이름도 모르는 아내는 없을 테니…, 하지만…"

시어머니는 잠시 말을 끊고 사츠키가 따라주는 홍차를 한 모금 마셨다. "이걸 하룻밤 사이에 다 외운다는 건 아무래도 무리 같네요."

"그런 말 하지 마시고 어떻게든 도와주세요. 실은 여기 한 장 더 있는데…"

사츠키가 어물어물 또 한 장을 내민다. "우리 집안의 간단한 대소사, 그리고 자랑거리와 즐거웠던 추억 등등을 나름대로 적어보았어요."

"그렇겠지요. 80세까지 살았으면 그 오랜 세월 참 다사다난했겠지요."

역시 이쯤에서 털고 일어나야 할 듯했다. 이건 도저히 시어머니가 할 수 있는 일이 아니었다.

이 모든 걸 하룻밤 사이에 다 외워야 한다니 이건 젊은이도 할 수 없는 일이다. 그걸 더구나 팔십 세 노인이? 그건 도저히 무리다.

"이건 뭐 도저히 외울 수 없겠네요." 시어머니는 고개를 절레절레 흔들었다.

"그러지 마시고요. 이건 꼭 외워두셔야 해요."

평소의 겸손한 태도는 어디로 간 것일까. 사츠키는 염치 불고하고 시어머니에게 애원했다. "어머니, 이건 말이죠. 일종의 비즈니스예요. 제가 십만 엔을 지불하는 거니까 어머니도 어떻게든 연기를 해주셔야 해요."

사츠키는 필사적으로 매달렸다.

이런 모습을 보자 아츠코는 상상도 하기 싫지만 마루 밑에서 부패해가는 시체의 모습을 떨칠 수가 없었다.

"미안해요. 내가 바보처럼 너무 경솔하게 판단했나 봐요. 미안하지만 다른 방법을 찾아보시겠수?"

시어머니는 이렇게 말하며 자리를 털고 일어섰다. "더 이상 여기 있어봐야 폐만 끼치는 것이니 아츠코, 일어나자. 사츠키 씨도 서둘러 다른 사람을 찾아야 할 것 같으니까."

"어머니, 잠깐만요. 전 달리 방도가 없어요. 어떻게 좀 도와주세요."

사츠키는 아츠코를 바라보며 도와달라는 눈빛을 보낸다.

"무리예요. 구청 직원이 뭔가를 물어오면 금세 들통 날 텐데요. 그렇게 되면 그냥 농담으로 끝날 상황이 아닐 거예요."

"그렇다면…."

갑자기 사츠키의 표정이 밝아진다. "어머님이 치매에 걸렸다고 하면 어떨까요?"

아츠코는 한시라도 빨리 집으로 돌아가고 싶었다.

"치매? 역시 사츠키 씨는 머리가 좋군요. 굿 아이디어입니다. 그렇다면 내가 아무리 엉뚱한 대답을 해도 구청 직원이 의심하지 않겠군요."

"그렇죠? 형제 이름이나 남편 이름도 잊어버렸다고 하면 그만일 테고요."

두 사람은 다시 의기투합하였다.

아츠코는 불안한 예감이 들었지만 어쩔 수 없었다.

하지만 사츠키도 확실한 사람이고 시어머니 역시 경솔한 분은 아니다. 어쩌면 자기 혼자 너무 안절부절못하는 것인지도 모른다는 생각이 스쳐 지나갔다.

22

다음 날, 아침 일찍부터 사츠키의 집으로 가서 대기했다.

마침 평일이기는 했지만 빵집은 정기휴일이었다. 사츠키의 남편은 친척집에 다녀오느라 외출 중이었다.

시어머니는 약간 긴장한 표정으로 사츠키 시어머니의 잠옷을 입고 침대에 누웠다. 얼굴은 닮지 않았지만 작은 키와 체구가 비슷하다. 얼굴에 마스크를 하고 안경을 쓰고는 구청 직원을 기다렸다.

아츠코는 맹장지로 칸막이를 한 옆방에서 대기하기로 했다. 두꺼운 커튼을 치니 한밤중처럼 어두컴컴했다.

안쪽에서 문틈으로 어머니가 계신 방을 엿보아도 구청 직원은 아츠코의 존재를 눈치채지 못할 것이다.

현관에서 벨이 울린다.

갑자기 온 집 안에 차가운 공기가 맴돈다.

너무 긴장해서 입안이 바짝 마른다.

"실례합니다. 저는 주민과에서 나온 야나기다라고 합니다."

틈새로 훔쳐보니 단정하게 넥타이를 맨 젊은 남자가 들어오는 것이 보인다. 훤칠한 모습이 보기 좋다. 20대 중반쯤 되었으려나.

"어머님이세요."

사츠키가 침대를 가리킨다.

"간다 다케노 씨 되시죠?"

침대에 누워 있는 어머니를 한 번 쓱 보고 직원은 서류에 눈길을 돌린다. 그리고 펜으로 뭔가를 간단하게 적는다.

"죄송하지만 여기에 도장을 찍어주세요. 막도장도 괜찮아요."

"아… 네, 잠깐 기다리세요."

사츠키가 아츠코가 있는 쪽으로 오는 것이 보였다.

아츠코는 당황해서 발소리를 죽이며 얼른 한쪽 구석으로 몸을 숨겼다. 사츠키가 겨우 몸 하나 지나칠 정도로 방문을 최소한으로 열며 들어섰다. 그리고 아츠코가 있는 곳을 흘끔 쳐다보는 그녀의 표정이 굳어 있다.

사츠키는 장롱 서랍에서 인감을 꺼내 서둘러 옆방으로 다시 갔다.

직원이 건넨 서류에 사츠키가 도장을 찍는 모습이 틈 사이로 보였다.

"자, 그럼 이것으로 확인 수속을 마치겠습니다. 실례 많았습니다."

젊은 직원은 이렇게 말하며 고개 숙여 인사하고는 현관으로 향했다.

"할머니의 존재를 확인한다고 이렇게 가정방문을 해서 민폐를 끼치는 사람으로 생각하셨죠?"

젊은 직원이 씩씩하게 말하는 소리가 현관 밖에서 들린다.

"아니요…, 그럴 리가…."

사츠키도 현관 밖까지 따라 나갔는데 목소리가 멀게 들린다.

"너무 기분 나빠하지 마시고요. 저도 이게 일이라 어쩔 수 없거든요."

"아니에요. 수고하셨습니다." 사츠키도 조신한 태도로 대답한다.

"연금 사기가 사회적인 문제가 되었잖아요. 그래서 구청에서도 발칵 뒤집혔어요. 저도 사실은 이런 일이 괴로워요. 갑자기 화를 벌컥 내는 할아버지도 계시고…."

젊은 직원은 의외로 말하는 걸 좋아하는 것 같다.

"갑자기 화를 내다니…, 왜요?"

"안 그러겠어요? 죽었나, 살았나 확인하러 온 것처럼 보일 테니까요."

"듣고 보니 그렇군요." 사츠키도 힘없는 소리로 맞장구를 쳐준다.

"그래도 의외로 마음 편한 일이라는 생각도 들어요. 사모님처럼 이렇게 이해해주시는 분들도 많거든요."

신발 신는 소리가 들린다.

"힘든 일이라는 거…, 저도 알아요."

"그렇게 말씀해주시니 저도 기쁘네요. 자, 그럼 이만 물러가겠습니다."

드르륵 미닫이문 소리가 났다.

크게 숨을 들이쉰 다음 아츠코는 방에서 살짝 나와봤다. 사츠키는 현관 밖까지 따라 나갔는지 보이지 않았다. 시어머니가 침대에서 일어나 활짝 웃으며 나를 바라본다.

"아무것도 물어보지 않다니…, 이거 맥 빠지네…."

"정말 간단하네요."

"저렇게 일을 설렁설렁하는 젊은이 덕을 내가 보았네. 내 얼굴은 쳐다보지도 않았어. 하긴 젊은이 눈에는 늙은이가 다 거기서 거기로 비슷해 보일 테지."

그때 현관 쪽에서 큰 소리가 났다.

"사츠키 씨, 지금 다녀간 사람 구청 직원 맞아요?"

"네, 맞아요."

목소리로 보아 사츠키는 아직도 경계하는 눈치였다.

"아니, 그 젊은이가 와서 도대체 무슨 일을 한 거래요?"

새된 목소리…, 들은 기억이 있다. 미노루와 함께 사츠키네 집에 왔을 때 사츠키네 시어머니의 안부를 묻던 옆집 할머니임에 틀림없다.

"네… 세금 문제로요."

사츠키가 거짓말을 한다.

"세금이라니? 무슨?"

의심쩍은 말투다.

"혹시 어머님이 계신가 안 계신가 알아보러 온 거 아니구?"

"네에? 아니에요."

아츠코가 조심스럽게 현관 쪽으로 다가가 귀를 기울인다.

오래된 유리창 너머로 두 사람의 모습이 흐릿하게 보인다.

"그 집 어머니가 오래전부터 보이지 않던데…."

"계속 누워 계셔서요."

"입원했다며?"

"퇴원하셨어요."

"그래? 잘되었네. 오늘 저녁에 병문안이라도 갈까?"

"어머님이 사람 만나기를 꺼려하셔서요. 또 언제 입원할지도 모르고…."

"어느 병원?"

"아직… 정해진 곳은 없지만."

"아직? 왜?"

"병원이 모두 꽉 차 있어서요. 죄송합니다. 제가 볼일이 있어서… 이만…."

거실로 들어선 사츠키의 얼굴이 창백하다.

이웃들이 의심하는 눈초리를 보여 오늘 일을 후회하고 있는 것일까? 침울한 표정을 보고 있자니, 공연히 안쓰러워진다.

"어머니, 그리고 아츠코 씨. 정말 고마워요. 덕분에 살았네요. 차를 준비할게요."

"차는 내오지 않아도 돼요. 금방 갈 거니까."

시어머니는 서둘러 옷을 갈아입으며 말한다.

"지금 나가시면 곤란해요. 이웃 할머니가 의심의 눈초리로 여길 보고 있거든요."

시어머니의 미간이 찌푸려지자, 사츠키는 "맛있는 만두가 있어요. 얼른 준비할게요"라며 부엌으로 들어선다.

"그건 그렇고, 요즈음에도 이렇게 앉은뱅이 소반을 쓰는 집이 있다니…, 옛날 생각나네요."

시어머니는 이렇게 말하며 소반을 쓰다듬듯 어루만진다.

"잊기 전에 드릴게요."

사츠키는 차와 과자를 소반 위에 놓으며 하얀 봉투를 꺼내 와 두 손으로 공손하게 내민다. "확인해주세요."

시어머니는 체면불구하고 사츠키 앞에서 봉투를 열고 돈을 꺼내 어 세기 시작한다.

"네, 정확하게 십만 엔 받았습니다."

그리고 봉투를 핸드백에 넣고는 차를 마시고 만두를 개인 접시에 담아 맛있게 드신다.

"차도 맛있었고, 만두도 맛있었어요. 고마워요."

시어머니가 일어나 집으로 갈 채비를 차렸다.

"아츠코, 이제 가자."

"죄송하지만 아직 이웃 할머니가 여기를 기웃거리고 있으니까 우 리 빵집 문으로 나가서 세탁소 앞에서 기다려주시겠어요? 지금 빵 집 셔터 문을 열어놓을게요."

사츠키가 말하는 대로 두 채로 연결된 복도를 지나 빵가게의 주 방으로 들어가 전기불도 켜지 않은 어두컴컴한 가게 안으로 더듬더 듬 들어섰다. 저쪽으로 셔터가 1미터쯤 올라가 있다. 두 사람 모두 허 리를 굽혀 그곳을 빠져나왔다.

거리에 나서자마자 주위를 살펴보았다. 마치 스파이가 된 듯한 기 분이다. 시어머니 역시 긴장한 표정으로 어깨를 웅크리고 있었다. 잰 걸음으로 곧장 걸어나가 모퉁이를 돌자 사츠키의 말대로 세탁소가 보였다. 그리고 잠시 후 승합차가 미끄러지듯 다가왔다.

집에 들어서자 시어머님이 회심의 미소를 지었다.

"이거 생활비에 보태 쓰렴."

십만 엔이 들어 있는 봉투를 식탁에 올려놓으신다.

"받아도 돼요?"

"물론이지. 생활에 조금이라도 도움이 되고 싶구나."

그리고 생기 있는 표정으로 이렇게 말했다. "일본에서 행방불명이 된 할머니의 역할을 모두 한다면 부자 되는 것은 시간문제겠네…."

금방이라도 큰 웃음이 터져나올 것처럼 즐거운 표정이다.

저녁 식사 준비를 해야겠다고 마음먹는 참에 남편이 헬로워크에서 돌아왔다.

"어머니, 표정을 보니 뭔가 좋은 일이 있으셨나 보네요?"

"좋은 일은 무슨… 별일 아니다."

시어머니의 한마디로 오늘 일은 비밀이 되었다.

아무리 가족이라도 이런 일은 떠벌리지 않는 것이 좋으리라. 만에 하나 경찰에 발각이라도 되는 날에는 아는 사람이 적을수록 좋다. 이 일에 대해서는 앞으로도 계속 남편에게는 비밀로 해두자.

아츠코는 저녁 식사를 준비하며 몇 번이고 오늘 있었던 일을 되새겨보았다.

실수는 없었나?

의심받을 행동은 없었나?

오늘 왔던 태만해 보이는 젊은 공무원의 모습을 떠올리자 그다지 걱정할 일은 없을 것 같기도 하다.

조금씩 마음이 가라앉기 시작했다.

결국 걱정도 팔자인 셈인가?

23

시어머니는 스스로의 일은 알아서 하게 되었다.

그뿐인가, 아츠코가 일하고 돌아오면 된장국과 간단한 나물무침을 만들어놓기도 했다. 된장국은 아츠코가 만든 것보다 훨씬 맛있었고, 자잘한 집안일에서 도움 받는 것도 적지 않았다.

그날 저녁 무렵 사츠키에게 전화가 걸려왔다.

시어머니는 방금 전에 미장원에서 돌아와 소파에서 차를 마시며 느긋하게 앉아 계셨다.

— 아츠코 씨, 미안하지만 한 번만 더 어머니를 빌려주시겠어요?

"설마, 구청 직원이 또 온대? 혹시 대역을 썼다고 의심받았어?"

시어머니는 이제 막 켜놓은 텔레비전을 끄며 자리에서 벌떡 일어나 굳은 표정으로 아츠코를 바라보고 있었다.

— 아니에요. 이번에는 다른 곳이에요.

"휴…, 다행이다."

아츠코의 말에 시어머니도 안심했는지 소파에 털썩 주저앉으셨다.

— 제 사촌여동생의 어머니도 행방불명이신데요. 그쪽에도 구청에서 나온다나 봐요.

"경찰에 연락해서 찾아달라고 하면 되잖아."

이야기하고 보니 전에도 이렇게 말했었다.

— 그렇게는 할 수 없어요.

지난번에도 그랬듯이 이번에도 무슨 말인지 알아들을 수 없다.

그렇게 할 수 없다니 뭘 그렇게 할 수 없다는 말인가.

하지만 더 이상 캐묻지 않기로 했다. 모르는 편이 안전하다. 순간 빳빳한 만 엔짜리 열 장을 세던 그때의 감촉이 다시 되살아났다.

"사촌여동생의 집이 어딘데?"

— 우리 집에서 차로 15분 거리요. 아츠코 씨. 어머님에게 한 번 더 부탁드려봐주세요. 괜찮으시다면 지금 모시러 갈게요.

"지금? 그렇게 급해?"

— 구청에서 오는 것은 다음 주 초라고 하는데요, 좋은 일일수록 서두르라는 말도 있듯이….

좋은 일? 아니 이게 무슨 좋은 일이라고?

하지만 사람을 돕는 것이니 좋은 일이라고도 할 수는 있겠다는 생각이 들자 마음이 한결 편해지기는 했다.

"사츠키? 무슨 일이래?"

궁금해서 견딜 수 없다는 듯이 시어머니가 아츠코에게 다가왔다.

"사츠키의 사촌여동생 어머니가 행방불명이라서 구청에서 사람이 나온다고…"

"그래? 한다고 해. 아니 전화 이리 줘봐."

어머니가 손을 내밀자 아츠코는 스피커폰을 눌러 건네드렸다.

"여보세요. 사츠키 씨? 지난번에는 고마웠어요. 그건 그렇고 이번에는 몇 살이시래요?"

— 일흔여덟이요.

사츠키의 목소리가 확실하게 들린다.

"나보다 열 살이나 아래네요."

— 괜찮아요. 어머님이 훨씬 젊고 아름다우시니까요.

"이런. 그런 농담하지 말고요."

시어머니는 그래도 기분이 좋으신 듯 웃으며 말한다.

— 입에 발린 소리가 아니고요. 정말 그래요.

"고마워요. 그건 그렇고 행방불명되신 분의 남편은 살아 계신가요?"

— 아뇨, 2년 전에 돌아가셨어요.

"아…, 그렇군요. 그럼 남편 분은 살아생전 어떤 일을 하셨나요?"

— 네에? 저기…, 고등학교 교사셨는데요. 물리를 가르치셨어요.

"흠…, 훌륭한 분이셨네요."

— 네네, 그러셨죠. 머리도 좋으시고….

사츠키가 자랑스러운 듯 말한다.

"공립 학교였나요?"

— 네. 진학반에 계셨으니까 상당히 인정받는 교사였던 것 같아요….

"그렇다면." 시어머니는 사츠키의 득의양양한 말을 끊으며 이렇게 말했다. "공무원이었으니까, 후생연금이 아니라 공제연금이겠네요. 그 시대 분이시라면 아내가 받는 유족연금도 상당할 테고요."

사츠키가 당황했는지 아무 말도 없다.

설마 연금액을 알아내기 위한 질문이었다고는 생각하지 못했던 것이다.

지금까지 순조롭던 두 사람의 대화가 잠시 중단된다.

— 네에… 그러니까… 일반인보다는 더 받아야 할지도 모르겠네요.

잠시 후 사츠키가 이렇게 이야기해왔다.

"아시다시피 저도 꽤 위험한 일을 해주는 것이라서…"

— 네, 알다마다요.

"유족연금이 1년에 3백만 엔 이상이라 치면… 그러네요… 오십만 엔은 받아야 될 것 같아요."

— 네에? 오…십…만 엔이요?

"그렇게 안 된다면 이번 일은 없던 걸로 하고요."

— 잠시만 기다려주세요. 사촌여동생에게 전화해보고 곧 다시 연락드릴게요.

전화가 끊겼다.

50만 엔이라는 소리에 아츠코는 등줄기가 서늘해진다.

"어머니, 왠지 무서워지는데요."

"괜찮다. 저번에도 잘 해냈잖니? 구청 직원들이라 해봐야 다 거기서 거기지."

하지만 혹시라도 발각되면….

시어머니는 이제 살날이 얼마 남지 않아서 괜찮을지 모르지만 저는 이 나이에 몇 년씩이나 감옥에 가야 한다면 정말 싫어요, 이런 말이 목구멍까지 치밀어 올랐지만 결코 입 밖에 낼 수 없었다.

사츠키의 승합차를 타고 향한 곳은 새로 지어진 고급 맨션이 즐비한 곳이었다.

역에서도 가깝고 단지 내에는 어린이 놀이터도 있는 고급 맨션이었다.

"5천만 엔도 넘겠네."

차에서 내리자, 어머니는 맨션을 올려다보며 가격을 어림짐작한다.

"여기는 UR임대[30] 맨션이에요." 사츠키가 설명한다.

"의외네요. 과거의 공단주택만 생각했다간 알기 힘들겠어요."

"방이 3개고요. 월세가 30만 엔이라네요."

"매달 그 돈을 내느니 차라리 맨션을 분양받는 것이 더 나을 텐데."

"그럴 수는 없을 거예요."

드디어 나왔다. 사츠키가 잘 쓰는 말. 그럴 수는 없을 거예요….

"무슨 말이에요?" 어머니가 묻는다.

"맨션을 분양받기 위해서는 제대로 된 직업이 있어야 해요. 그래야 은행에서 돈을 빌려주거든요."

---

30 UR賃貸. 일본 최대의 공적 임대주택으로 중소득자 및 고소득자 대상 — 옮긴이

이 말은, 사츠키의 사촌여동생은 제대로 된 직업이 없다는 뜻 아닌가. 그럼에도 매달 30만 엔이나 월세를 내며 산다니 도대체 어찌된 일일까.

"그렇군."

시어머니는 뭔가 알겠다는 표정으로 혼자 중얼거린다. "그러니까 결국은 할머니가 받아온 유족연금으로 가족 모두가 잘 먹고 잘살고 있다는 거 아닌가요?"

사츠키는 대답 대신 "이 동 17층이에요"라며 화제를 바꾸었다.

잠시 후면, 50만 엔이 손에 들어올 것이라는 생각이 들자 남편이 해직당하고 지금까지 가슴 졸이며 살아왔던 세월이 조금이나마 위로받는다는 느낌이 들었다. 하늘이 무너져도 솟아날 구멍이 있다는 말은 이런 상황을 두고 생긴 것일까. 하지만 마음 한구석에서는 발각되면 어쩌나 하는 걱정 또한 떠나지 않았다.

"어서 오세요."

거의 죽어가는 표정으로 중년여성이 세 사람을 맞았다.

건강이 나빠 보일 정도로 디룩디룩 살이 쪄 있었다. 사츠키와는 전혀 닮지 않았다.

"카즈미, 메모는 해두었지?" 사츠키가 사촌여동생에게 물었다.

"네. 해두기는 했어요."

슬리퍼를 내주었지만 발에 걸치기 부담스러울 정도로 더러웠다. 하지만 신지 않으면 어색해질 것이다. 슬쩍 옆을 보니 깔끔하기로 둘째가라면 서러워할 시어머니가 불편한 기색으로 겨우겨우 슬리퍼에 발을 밀어 넣었다. 그 모습을 보며 아츠코도 50만 엔을 위해 이 정도는 참자는 마음으로 슬리퍼를 걸쳐 신었다.

사촌여동생의 뒤를 따라 안으로 들어섰다.

"카즈미, 오늘 남편은 외출했나 보네"라고 말하자 그녀가 뒤돌아보며 "아니요, 집에 있어요" 하며 뭔가 마음에 안 든다는 듯 얼굴을 찡그렸다.

거실에 들어서자, 50대가량의 뚱뚱한 남자가 가죽 소파에 앉아 책상다리를 하고 여고생처럼 쿠션을 끌어안고 있었다.

남자는 우리를 보자 앉은 채 고개만 까닥이며 인사를 했다.

집 안은 온통 난장판이었다. 사람이 온다는 것을 분명 알고 있었을 텐데도 청소조차 하지 않은 것 같다. 아니면 청소를 한 게 이 정도인 것인지도 모른다.

사츠키는 남자에게는 눈길도 주지 않은 채 "할머니 침대는 어디에 있어?"라며 사촌여동생에게 묻는다.

"이쪽이에요." 그녀가 구석 방문을 열어 보여준다.

방 안을 들여다보자 시어머니가 잠시 멍하니 멈춰선다. 무리도 아니었다.

몇 년째 방치된 듯, 방안은 어지러웠고 먼지가 가득 쌓여 있었으며 퀴퀴한 냄새가 진동했다.

"당신들 참 대단한 사람들이구면."

갑자기 뒤에서 굵직한 목소리가 들려와 일제히 뒤를 돌아보자 바로 뒤에 사촌여동생의 남편이 서 있었다.

"대단하다니? 뭐가요?"

사촌여동생이 묻자 남자가 빙긋이 웃었다. "그렇잖아? 60만 엔을 받아 처먹다니 대단한 거 아냐? 어떤 상스러운 노인네인가 했더니 의외로 보통 사람이네."

분명 50만 엔이라 했는데 어느새 가격이 오른 것일까?

"60만 엔이라니? 무슨 소리예요?"

시어머니가 고개를 갸웃거리며 거대한 체구의 남자를 올려다봤다.

"뭐야? 60만 엔 아니었어? 이봐 가츠미? 얼마 주기로 한 거야? 설마…, 너?"

남자가 말하는 사이 시어머니는 그 옆을 지나 거실로 들어서며 한쪽 구석에 두었던 가방과 코트를 집어 들었다.

"어머니, 왜요?"라며 아츠코가 다가서자 시어머니는 재빨리 눈을 찡긋해 보였다.

"뭐야? 당신 분명히 엊저녁에 60만 엔이라고 했잖아?"

"그래요. 맞아요."

"아니 그럼 뭐야? 저 노인네 망령 든 거 아냐?"

"그만해요."

옆방에서 부부의 말싸움 소리가 들려왔다.

그때 어머니는 아츠코를 바라보며 입을 벙긋거리며 소리 없이 말했다.

― 그만, 가자.

"네?"

갑작스런 결정에 잠시 놀랐지만 속으로는 잘되었다는 생각이 들었다.

"그럼 저희는 이만 가보겠습니다."

이렇게 말하고는 현관으로 향했다.

1초라도 빨리 더러운 슬리퍼를 벗어버리고 싶었다. 밖의 신선한 공기를 마시고 싶었다.

"네에? 벌써 가신다고요? 아직 이야기도 하지 않았는데요?"

사촌여동생이 놀라 현관까지 쫓아나왔다. "그럼 아버님의 경력을 메모해둔 종이만 건네드릴게요. 읽어보시고 모르는 부분이 있으면 전화주세요."

"무슨 말씀이세요?" 시어머니는 딱 잡아떼며 말했다. "사츠키 씨가 잘 아는 할머니가 아프다고 해서 병문안 온 건데요. 집에 계시지도 않네요."

"네에?"

사촌여동생이 이상하다는 듯 사츠키를 쳐다본다.

"실례했습니다."

어머니는 재빨리 신을 신고 집을 나섰다. 아츠코도 가볍게 고개 숙여 인사를 하고는 시어머니 뒤를 따랐다.

시어머니는 뒤도 돌아보지 않고 곧장 엘리베이터를 향해 총총걸음으로 다가갔다.

두 사람이 엘리베이터를 타자마자 사츠키가 숨을 헐떡이며 뒤따라왔다.

"어머니 왜 그러세요?"

사츠키가 묻자, 어머니가 날카로운 눈매로 말한다. "있잖아요, 사츠키 씨. 저런 인간은 앞으로 나에게 소개하지 말아주세요."

"그렇게 말씀하시다니…, 아무리 그래도 저희 친척인데요."

"내 말투가 거칠었다면 미안하군요. 사과할게요."

시어머니는 아츠코를 바라보며 묻는다. "너는 어떻게 생각하니?"

"사츠키에게는 미안하지만…, 어머님 판단이 옳은 것 같아요."

저런 인간들하고는 얽히지 않는 것이 좋다. 도저히 믿을 수 없는 사람들이다.

겨우 50만 엔 때문에 인생을 망칠 뻔했다. 만약에 대역이라는 것이 탄로 난다면, 저 부부 역시 무사하지 못할 것이므로, 시어머니나 아츠코를 위협하지는 않으리라는 생각이 들었다. 하지만 그냥 보기에도 분명 경박한 사람들이었기 때문에 입이 쌀 것 같다는 느낌은 지울 수 없었다.

"사츠키 씨의 친척이라 해서 안심하고 온 거예요. 사츠키 씨는 똑 부러지고, 집도 깔끔하기 짝이 없었으니까요."

"죄송합니다. 저도 사촌여동생을 30년 만에 처음 만나는 거라서…, 설마 이렇게까지 변했을 줄은 상상도 하지 못하고…."

"그건 그렇고 사츠키 씨, 수수료를 붙였나요?"

시어머니가 단도직입적으로 묻자 사츠키는 눈길을 숙였다. 인정한다는 뜻이었다.

"다음에는 확실한 사람만 소개하도록 해요. 안 그러면 사츠키 씨도 공범으로 감옥 가야 하니까."

"네…, 알겠습니다."

집으로 돌아오는 길에 세 명 모두 말이 없었다.

* * *

집에 돌아오자 시어머니는 "오늘은 내가 먼저 목욕하고 나올게" 라고 했다.

"그 집 정말 지저분했어요. 겉으로는 고급 맨션처럼 보였는데요."

"아츠코, 그 방 침대 봤지?"

"봤어요. 정말 말도 아니었죠."

"내가 말야, 그 이불 속으로 들어갈 생각을 하니까 머리끝이 쭈뼛하더라고. 그래도 조금만 참으면 50만 엔이 손에 들어온다 생각하고 참아보려 했는데…."

"50만 엔이면 정말 큰돈이죠. 생활비로도 큰 도움이 되고…."

"이번에는 실패했지만 그렇다고 포기하면 안 돼. 다음번에는 더 열심히 해서…."

"어머니…, 저는 더 이상…."

"잘 생각해봐. 하루에 50만 엔씩 30번을 한다. 이렇게 일하면 한 달에 1천5백만 엔을 벌 수 있다고."

"한 달에 1천5백만 엔…, 정말 그렇게 된다면 꿈같은 일이지만…."

"다시 말해 1천5백만 엔 곱하기 열두 달 하면 우리의 연봉은 1억8천만 엔이 된다고."

시어머니의 눈이 반짝였다.

마치 삶의 의미를 찾은 듯한 모습이다.

"그렇게 생각해볼 때, 복권을 사는 것이 얼마나 바보 같은 행동이냐고?"

"그러네요. 복권을 사는 것보다 훨씬 좋아 보여요."

"지금 우리의 대화를 누군가 듣는다면 얼마나 어이없어 할까?"

이렇게 말하면서 두 사람은 서로를 쳐다보며 동시에 웃음을 터뜨렸다.

다시 현실로 돌아와 한 달에 한 건만 해도 생활비 마련에 도움이 된다. 아직 갚아야 할 장기주택융자금도 남아 있고….

사츠키가 일을 계속 물고 오면 어떻게 될까.

사츠키도 수수료가 계속 쌓여 돈이 모일 것이다.

설마 지금 이 생각, 나의 본심일까.

만일 들통이라도 난다면, 하야토와 사야카에게 무슨 민폐란 말인가.

"오늘은 안 좋은 경우였지만, 새로운 발견을 하게 되었네."

시어머니가 밝은 목소리로 말을 이었다. "오늘 갔던 그런 맨션은 이웃의 눈이 별로 없을 거야."

"그러고 보니, 그 넓은 단지에서 많은 사람이 스쳐 지나갔지만 우리에게 관심을 보인 사람은 한 사람도 없었네요."

"그렇지? 그 집으로 가는 복도에서도 사람들을 만났지만 누구 하나 우리에게 눈길을 주지 않았지?"

"그랬네요."

"다음번에는 가능하면 임대맨션이 좋을 것 같아. 그렇지?"

"그럴지도 모르겠지만…."

아츠코는 애매하게 대답하면서 빨래를 가지러 베란다로 나갔다.

임대맨션이든 분양맨션이든 오늘 만난 부부는 좀처럼 가까이 지내는 이웃이 없는 것 아닐까요? 이렇게 말하고 싶었지만 웬일인지 그런 말이 그냥 귀찮다는 생각이 들었다.

바깥 공기를 흠씬 들이마셨다.

그리고 길게 숨을 내뱉는 순간, 퍼뜩 제정신으로 돌아오는 느낌이다.

역시 그만두는 게 좋을 것이다. 이렇게 위험한 외줄 타기는….

하지만 만일 사츠키가 또 일거리를 가져온다면 어떻게 해야 하나?

사츠키와 시어머니가 어떻게 나오든 간에 혼자라도 마음을 다잡아야 할 것이다.

아츠코는 크게 숨을 들이마시며 하늘을 우러러보았다.

24

그 이후로 사츠키에게는 연락이 없었다.

사츠키의 사촌여동생 일이 마음에 걸려, 일을 마치고 집으로 돌아오는 길에 빵집에 들러보았다.

"어서 오세요."

계산대 앞에 사츠키가 우두커니 혼자 앉아 있었다.

"어머나 아츠코 씨 아니세요?"

"오랜만이야."

저녁 무렵이었지만 손님은 아무도 없었다.

"보시다시피 개미새끼 한 마리 없어요."

사츠키가 쓴웃음을 지으며 말한다.

"매일같이 재고가 너무 많이 남아요. 재료비를 생각하면 큰 적자인 셈이죠."

"남은 빵은 어떻게 처리하는데?"

"역 뒤에 있는 아동보호시설에 기부하죠."

"좋은 생각이네."

일반적으로는 폐점 시간이 되면 반액세일이라도 해서 어떻게든 팔아치우려 할 텐데 그것을 마다하고 기부를 한다니…, 이런 지경에서도 그런 판단을 하는 사츠키 부부가 훌륭해 보였다.

"처음에는 폐점 직전에 반액세일을 했었는데요."

마치 아츠코의 마음을 읽었다는 듯이 사츠키는 설명을 한다.

"그런데 왜 그만두었지? 반값이라도 팔리기만 한다면 어쨌든 돈이 될 텐데."

"그랬더니 약아빠진 사람들이 그 시간만 기다렸다가 빵을 사는 거예요. 마치 정상적인 값을 치르고 빵을 사는 게 어리석다는 것처럼…."

"그렇구나… 장사란 것이…, 참 힘드네…."

"맥 빠지죠. 남편은 자기가 만든 빵이 맛있어서 사람들이 사는 것이라 믿고 지금까지 일해왔는데 결국 싼 맛에 사 가는 것이라 생각하니 허탈해지기도 하고…."

아츠코는 괴로운 표정의 사츠키를 쳐다볼 엄두조차 내지 못했다. 사츠키 어머니의 대역으로 10만 엔이나 받았다는 사실에 후회가 밀려왔다.

아무튼 오늘은 빵이라도 잔뜩 사 가자고 마음먹었다.

아츠코는 쟁반을 집어 들고는 산더미처럼 빵을 올려놓았다.

"그렇게나 많이 사시려구요? 기쁘기는 하지만 너무 그렇게 신경 쓰지 마세요."

"신경쓰는 거 아니거든? 이 집 빵이 맛있어서 우리 식구 모두 좋아해."

"고마워요."

계산대에 쟁반을 올려놓자 봉투에 척척 담기 시작했다.

"참, 아츠코 씨, 안 그래도 오늘 밤 전화 드리려던 참이었어요."

지난번 사촌여동생 건 때문일까? 약속 위반이라고 쓴소리라도 들은 것일까?

"사촌여동생, 화났을 거야."

"그 사람들 화를 내건 말건 상관없어요. 저야말로 그때 정말 죄송했죠. 그렇게까지 너저분하게 해놓고 사는 줄은 꿈에도 모르고…."

"그 후, 어떻게 되었대?"

"다른 사람에게 부탁했는가 보더라고요."

아는 할머니에게 대역을 부탁했다고 한다. 사례금으로 과자 값 3천 엔 주고 끝냈다며 좋아라 했다고….

"그 부부…, 혹시 우리에 대해 쓸데없는 말 하고 다니지는 않겠지?"

"신경 쓰지 말아요. 그렇게 하면 자기들 목을 졸라매게 될 것이 뻔하잖아요. 그 사람들 보기는 그래도 그런 일에는 제법 머리가 돌아가는 편이라서요."

"그렇지? 그렇겠지? 마음 놓아도 되겠지?"

"그건 그렇고요, 아츠코 씨. 혹시 주위에 할아버지 대역을 해줄 분 없어요?"

"뭐라고? 이번에는 할아버지가 행방불명이야?"

"네… 내가 잘 아는 사람인데요, 혹시 소개해줄 만한 사람이 있냐고 물어 와서요."

"글쎄. 너무 갑작스러운 일이라서… 우리 아버님은 이미 돌아가셨고…."

친정아버지가 살아 계시기는 하지만 입이 찢어져도 말할 수 없다. 아버지가 제일로 경멸하는 일이기 때문이다.

"물론 사례는 할 거고요."

두 번 다시 이런 일은 하지 않을 거라 마음먹었지만 사츠키의 말에 마음이 흔들렸다.

"사실…, 이런 일은 내가…."

"이런 일이 뭐 어떻다구요? 그냥 사람 하나 구한다 생각하고 도와주세요."

사츠키는 기도하듯 두 손을 모은다. "행방불명된 할아버지는 지방회의 의원을 지내셨다고 하니 분명 훌륭한 분이셨을 거예요."

지방회의 의원이라고 해서 훌륭한 사람이라는 생각은 한 번도 해 본 적이 없었다. 사츠키 역시 마찬가지이리라.

대답을 머뭇거리자, 사츠키가 다시 운을 뗐다.

"오키나와의 아마미 시 출신이고요, 고학해서 재산을 일군 사람이라고 해요."

그렇게 훌륭한 사람이라면 왜 구청 직원의 눈속임을 한단 말인가?

이렇게 되묻고 싶은 충동을 꾹 참으며 '재산을 일구었다'는 말에 괜히 자신에게 큰돈이 굴러들어 올 것 같은 예감이 들었다.

"일단, 어머님께 여쭤보기는 하겠지만…, 큰 기대는 하지 마."

"고마워요."

사츠키는 크루아상을 하나 덤으로 넣어주었다.

집으로 돌아와 신발을 벗고 있을 때, 시어머니가 방에서 나오셨다.

"어떻든? 화나지는 않았든?"

혹시 늦어지면 걱정하실지 몰라 편의점에서 일을 마치고 시어머니께 미리 전화를 드려놓았던 터라 시어머니는 아츠코가 사츠키네 빵가게에 들른 것을 알고 계셨다. 시어머니와 함께 살기 전까지는 일을 마치고 어디에 들르든 아츠코 마음대로였다. 일일이 미리 연락해둬야 할 그 누군가가 없었다. 하지만 지금은 아츠코의 일거수일투족을 시어머니에게 알려야 했다. 물론 알려지면 난처해지는 그런 꺼림칙한 일 따위는 전혀 없다. 엄살처럼 들릴지 모르겠으나 가끔 이런 익숙하지 않은 상황이 꽤나 당황스러웠는데, 요즘에 와선 꼭 닫힌 공간에 갇힌 듯한 갑갑함까지 더해져 참을 수 없는 지경에 이르고 말았다.

"괜찮았어요. 사츠키도 그런 사람을 소개해서 미안했다고 하더라고요."

"그래… 다행이다. 그런 사람이 우리에게 앙심이라도 품으면 어쩌나 하는 생각이 드니까 무서워지기도 했거든."

"빵 사 왔어요. 입맛에 맞는 거 골라 드세요."

"고맙다. 그건 그렇고 혹시 새로운 물건은 없다니?"

새로운 물건이라는 말은 행방불명된 할머니의 대역을 일컫는 말로 시어머니가 생각해낸 말이다. 남편이나 아이들에게 들키지 않도록 암호를 쓰는 게 좋겠다고 하면서. 새로운 물건이라고 표현하면 생선이나 야채를 이르는 말이겠거니 여길 것이라는 말도 덧붙였었다.

순간, 내가 잠시 망설이는 것을 시어머니는 금세 눈치챘다.

"있었구나? 새로운 물건이. 사츠키가 부탁하든?"

"하지만…, 이번에는 할아버지예요."

"할아버지라면 예전에 알던 사람은 많은데…."

시어머니는 미간을 찌푸리며 허공을 바라보았다. 알고 지내던 할아버지 몇몇을 생각해내고 있을 것이다.

"도지로 씨는 어떨까? 이런 안 되겠네. 진즉에 저세상 사람이 되었고…, 그렇다면 도자기집의 마모루 씨는 어떨까? 안 되겠다. 그 집 마누라는 나랑 앙숙이고."

"저…, 어머니…, 저는 이제 이런 일은 그만두고…."

"할아버지 대역…, 내가 하마"라며 시어머니가 의기양양하게 말했다.

"어머니…, 가요?"

"그래."

"할아버지는요…, 할머니와는 달리 남자인데요."

"그러니까, 아츠코, 사츠키 씨네 집에 왔던 공무원의 태도 기억나지? 침대에 다가오지도 않았잖니. 마루에 선 채 침대에 누워 있는 나를 겨우 한 번 쓱 보고 말았잖아. 흠…, 그것도 봤는지 안 봤는지도 잘 모르는 거고. 그러니까 털모자든 뭐든 뒤집어쓰고 안경을 걸치고 있으면 남자인지 여자인지 알 게 뭐야."

"어머니, 아무리 그래도 위험이 너무 큰…."

"적어도 100만 엔은 받을 수 있을 거야."

"네에? 그렇게나요?"

"그 사람 지방의회 의원이었다며? 그러니 연금도 엄청 많을 거 아니냐?"

아직 남편의 실업보험금이 나오고 있기는 하지만 그것마저 끊기고 날 것을 생각하면 불안이 엄습한다. 게다가 장기주택융자금도 아직 남아 있고 사야카의 장래도 생각하면….

딱 한 번만 더 할까.

정말 이번이 마지막이다.

시어머니 말대로 그날 구청 공무원은 노인을 제대로 확인조차 하지 않았다.

도장만 찍으면 일이 끝나는 것처럼 말하지 않았던가.

그러니 괜찮을 거야. 겁내지 말자, 아츠코.

25

사츠키가 운전하는 승합차의 뒷자리에 시어머니와 나란히 앉았다.

"어머니, 정말 괜찮을까요?"

"아츠코는 정말 걱정도 팔자구나."

"하지만…."

"당연히 괜찮고말고. 침대에 누워 있는 사람이 할머니인지 할아버지인지 그 구청 공무원이 한 번 보고 어떻게 알겠어? 노인이 다 거기서 거기라고 생각할 텐데."

시어머니는 말을 하는 도중에 점점 화가 난 모양이었다. 흥분한 기색으로 말을 이었다. "정말 예의 없는 것들이야. 젊은이들은 노인들을 보면 그저 주름투성이의 찌든 물건이 굴러다닌다는 정도로밖에 여기지 않아. 마치 자기는 절대로 나이 들지 않을 것처럼 생각하는 인간이라니…, 정말 멍텅구리가 따로 없지."

할머니라는 것을 들키지 않기 위해서는 목소리를 내지 않아야 한다. 그래서 잠들어 있는 치매환자처럼 절대로 입을 열지 않기로 설정했다. 말을 하지 않기로 한 이상, 경력이나 이름 따위를 외울 필요도 없다.

그렇게 생각하니 참 쉬운 일인 것 같았다. 사츠키의 집에서 그리 멀지는 않았지만 소속된 구가 다르므로 지난번과 같은 직원이 방문할 리는 없었다.

분양맨션으로 들어가 엘리베이터를 타고 8층으로 향했다. 도중에 함께 탄 사람이 아무도 없어서, 징조가 좋아 보였다. 엘리베이터에서 나와 복도를 따라 걸어가자 저쪽에서 70대로 보이는 할머니가 걸어왔다. 세 사람 모두 미리 짜놓기라도 한 듯 일제히 고개를 숙였다. 하지만 서로 지나칠 때 그쪽에서 가볍게 인사를 건네 오는 바람에 세 사람 모두 답례 인사를 해주었다.

고개를 들어 복도의 천장을 바라보는 순간, 심장이 얼어붙는 것만 같았다.

요즘은 어디를 가더라도 방범 카메라가 있다는 사실을 까맣게 잊고 있었던 것이다.

"사츠키, 혹시 우리 셋 모두 방범 카메라에 찍힌 건 아니겠지?"

너무 무서워서 그만 그 자리에서 움직일 수 없을 지경이었다.

"그래서 어쨌다고?"

의외로 시어머니는 침착해 보였다.

"요즘은 어디에나 있죠." 사츠키도 아무렇지도 않은 듯 대답했다. "경찰에서 방범 카메라를 체크하는 것은 살인사건이 일어났을 때뿐일걸요."

"아츠코…, 너는 뭐든 너무 안 좋은 쪽으로만 생각하는 그 버릇 좀 어떻게 안 될까?"

시어머니에게 그만 잔소리를 듣고 말았다.

내가 정말 괜한 걱정에 시달리는 타입일까.

그러고 보니 아츠코가 보기에 세상 사람들이 너무 둔감하다고 느낄 때가 많았다.

현관으로 마중 나온 사람은 아츠코와 비슷한 나이의 주부로 옷차림과 행동거지가 모두 고상해 보였다.

"오늘, 갑작스럽게 무리한 부탁을 드려 정말 죄송합니다."

말투 역시 예의바르다.

안내받은 할아버지의 방은 햇빛이 잘 드는 곳이었다. 청소도 깔끔하게 잘 되어 있다. 베개 커버와 침대 시트가 깨끗하게 정리된 것으로 보아 할아버지는 가족 모두에게 극진한 대접을 받았으리라.

"이 옷으로 갈아입으세요."

회색의 털옷을 건네준다.

"너무 크지 않을까?"

시어머니는 두 손으로 옷을 펼쳐 보며 말한다.

"이건 저희 아버님 것이 아니라, 급하게 스몰 사이즈로 사 온 거예요. 새 옷이지만 한 번 세탁해놓았어요."

하나부터 열까지 모두 준비해둔 점이 인상적이었다.

주부는 어지간히 긴장하고 있는 눈치였다.

그녀의 굳은 표정을 보고 있자니, 아츠코에게까지 적잖이 공포심이 전해져 온다.

정말 괜찮은 걸까. 이번에는 할아버지 역이라서 아무래도 무모해 보인다.

하지만 시어머니가 또 잔소리를 할까 봐 내색하지 않으려 속으로 무진 애를 썼다.

시어머니가 옷을 갈아입을 동안 사츠키와 아츠코는 건넌방으로 건너갔다.

"두 분은 여기서 기다려주세요."

남편의 서재인 듯, 책장으로 둘러싸인 방 안에는 커다란 책상이 놓여 있었다.

방금 전까지 에어컨을 켜두었는지 방 안이 시원하다. 티 테이블에는 간식용 과자도 준비되어 있었다. 주부가 잠시 후 아이스티를 가져왔다.

"소리가 들리면 안 되니까 전등은 끄고 계셔주세요."

아츠코는 사츠키와 함께 방에서 나와 시어머니를 보러 갔다.

어머니는 침대에 누워 입을 가릴 정도로 이불을 뒤집어쓰고는 천장을 바라보고 있었다. 어머니의 눈이 너무 총명하고 사랑스러워 할아버지처럼 보이기엔 무리가 아닐까라는 걱정이 들었지만, 털모자를 쓰고 안경을 걸친다면 걱정은 사라질 것이다. 귀여운 얼굴에는 남녀 구별이 없으니까.

그때, 현관 벨이 울렸다.

주부의 표정이 굳어진다.

"구청 주민과에서 나왔습니다."

인터폰을 통해 들리는 차분한 여자의 목소리.

분명 젊은 남자가 올 것이라 예상하고 있었기 때문에 갑자기 걱정이 되어 아츠코는 자기도 모르게 사츠키를 쳐다보았다.

"아츠코 씨. 침착하세요."

사츠키가 귓가에 대고 속삭였다.

아츠코는 내색하지 않으려 심호흡을 했다.

주부가 현관으로 향할 때, 사츠키와 함께 건넌방으로 들어가서는 둘 다 벽에 바짝 귀를 갖다 댔다. 벽 하나를 사이에 둔 저쪽 방에는 시어머니가 침대에 누워 있었다.

"실례합니다."

차분한 여자의 말소리에 이어, "실례합니다"라는 남자의 목소리도 들렸다.

두 사람이 온 듯하다. 여성 상사와 남자 부하가 한 조가 되어 온 것일까?

"안녕하세요."

여자 직원의 목소리는 깜짝 놀랄 정도로 우렁찼다. 아마도 자료에 할아버지의 귀가 가늘다고 적혀 있는지도 모르겠다.

"나, 카, 타, 니, 씨"

또다시 큰 목소리로 또박또박 할아버지의 이름을 불렀다.

저렇게 큰 소리로 부르는 것을 보니 지금 침대 바로 옆까지 다가가 시어머니를 바라보는 것은 아닐까.

저쪽 방을 직접 볼 수 없어서일까, 극심한 공포가 밀려왔다.

"할아버지, 제, 목소리, 들, 려, 요?"

남자 직원도 조금 전의 여자 목소리 못지않게 크게 말했다.

시어머니의 대답은 들리지 않았다.

"할아버지, 이름 말, 해, 보, 세, 요."

여자 직원이 또다시 큰 목소리로 말했지만 시어머니의 대답은 들리지 않았다.

"사모님 성함이 나카타니 미와 씨죠?"

"네, 그래요."

침대에 누워 있는 노인과의 대화는 포기한 듯했다.

"나카타니 씨의 따님이신가요?"

"아뇨, 저는 며느리예요."

"대단하십니다. 매일 이렇게 시아버지를 돌보시다니요. 힘드시죠?"

"그다지 힘들⋯지는⋯."

"언제부터 이렇게 잠만 주무세요?"

"그게⋯ 반년 전부터⋯."

행방불명되셨다고 하니 그때는 스스로 걸어 다녔을 것이다.

"치매 증세도 심하신가요?"

"네."

"보건소의 자료에는 그런 기록이 없는데요."

"네?"

"돌봄이 필요하다는 인증서는 받으셨죠?"

"아뇨⋯아직⋯."

"네? 왜요? 받아두시는 것이 좋아요. 그러면 케어 매니저가 와서 케어 플랜을 작성해줄 거예요."

"네, 그럴게요."

사람은 초조하면 말이 많아지기 마련이다. 그래서 사리에 맞지 않는 말을 해버리는 바람에 의심을 사기도 한다. 하지만 이 집의 주부는 말수를 아꼈다. 총명한 여자라서 다행이었다.

"도우미와 데이 서비스도 받지 않고 계시네요."

"네, 제가 모두 하고 있어요."

"할아버지, 복이 많으시네요. 며느님이 이렇게 돌봐주시고."

여자 직원이 큰 소리로 말을 건네지만 이번에도 역시 시어머니는 대답이 없다.

"어느 병원에 다니시나요?"

"저…, 기노시타 병원인데요."

"역 앞에 있는 병원이요?"

"네."

"기노시타 선생님이 인증서를 받아두라 말하지 않던가요?"

"기억이…."

"사모님, 최근 할아버지를 병원에 모시고 간 것이 언제쯤이세요?"

"최근에는 가지 않았는데요…."

"정기적으로 진찰하지 않아도 될까요?"

"네…. 지금은 특별이 안 좋은 곳이 없어서…."

이쯤 되니 총명한 주부도 횡설수설이 되고 만다.

아츠코는 갑자기 불안해져서 자기도 모르게 사츠키의 손을 꽉 잡았다. 사츠키도 불안한지, 힘주어 맞잡았다. 낙천적인 사츠키마저 이렇게 긴장하고 있다는 생각이 들자, 무서워 견딜 수 없었다. 심장이 터질 것만 같았다.

줄곧 비스듬하게 앉아 있었더니 다리가 저려 온다.

자세를 고쳐 앉으려 하다가 그만 엉덩방아를 찧고 말았다.

"집 안에 다른 사람 있어요?" 여자 직원이 묻는 소리가 들렸다.

큰일났다.

심장이 아예 밖으로 튀어나올 것만 같았다.

"개를 기르고 있는데요…"

"어머나, 그래요? 이 맨션은 개를 키워도 되나 보죠? 부러워요."

잡담 좀 그만하고 이제 그만 돌아가시지.

"혈압약 등은 어떻게 하고 계세요?"

"네? 그건 제가 가서 타 오고 있어요."

"기노시타 내과에서는 진찰도 하지 않았는데 약 처방을 해주나요?"

"아뇨. 그게 아니라…"

그 후의 목소리는 들리지 않는다.

말문이 막혀버린 것일까?

이를 어쩐다?

작정하고 이 방에서 나가 솔직하게 모두 털어놓는 것이 낫지 않을까.

할아버지가 원래는 행방불명되셨어요. 저희는 이 주부에게 부탁받아서 도와주려는 마음으로 이렇게 온 거예요. 우리들은 속아서 여기에 왔어요. 설마 연금 사기극일 줄은 꿈에도 몰랐어요.

이렇게 말하면 봐줄까.

"사모님, 마음은 알 것 같아요."

여자 직원의 목소리가 갑자기 가라앉는다.

"무슨 말이에요?"라고 남자 직원이 묻는다.

"안 그래요? 몸져누운 할아버지를 병원까지 모시고 가는 것도 얼마나 힘들겠어요? 게다가 가봐야 매일 똑같은 약을 처방해줄 뿐이니…, 병원에 가는 것이 어쩌면 바보 같다는 생각이 들지도 모르죠."

"네, 잘 아시네요. 정말 말씀하신 그대로예요."

주부가 힘주어 대답했다.

"이 동네에는 방문진료해주는 의사가 없지요?"

"네. 그래서 정말 힘들어요."

주부가 심각하다는 어투로 대답했다.

"우지타 씨, 이제 슬슬 갈까요?"라며 남자 직원이 조심스럽게 말을 건넨다.

"이제 슬슬이라니?"

여자 직원의 언짢은 듯한 목소리가 들린다.

"우지타 씨, 오늘 일을 마치려면 아직 다섯 집이나 남았다고요. 어제처럼 시간에 밀려서 오밤중이나 되어야 끝나겠어요. 이러다가는…."

그들은 노인의 존재를 확인하는 것뿐 아니라 보건소에 다니는 것까지 일일이 확인하며 권하고 있는 듯했다. 남자 직원은 한 집, 한 집 이렇게 오랜 시간을 끄는 것에 지쳐 있는 것으로 보인다.

"어머나, 그러네. 어서 서두릅시다."

"자, 그러면 사모님 여기에 사인이나 도장을 부탁드립니다"라고 남자 직원이 말한다.

"네. 여기다 하면 되나요?" 주부는 지금까지와는 달리 다소 높은 목소리였다.

옷이 스치는 소리가 들렸다. 이제야 겨우 일어서나 보다 했다.

"그러고 보니 나카타니 씨는 지방의회 의원을 지내셨네요?"

자료에 뭔가 쓰여 있는 것을 남자 직원이 발견했는가 보다.

"네, 그래요. 무엇보다 청소 행정의 태만을 없애기 위해 노력했다며 자랑하곤 하셨죠."

주부의 목소리가 갑자기 밝아졌다. 직원들이 돌아갈 차비를 해서 안심한 것일까, 아니면 훌륭한 공적이 있는 시아버지에 대한 자긍심 때문이었을까.

"대단하군요. 위키피디아에서 찾아봐야겠어요"라며 남자 직원도 밝게 말했다.

"자, 자. 꾸물대지 말고 빨리 가요. 늦었다고 할 때는 언제고…"

"죄송합니다."

"자, 자. 요새 젊은 사람들은 스마트폰으로 즉시 검색이 가능하잖아요. 그러니 그건 나중에…"

이번에는 여자 공무원이 서두르는 모습이었다.

마루를 걷는 소리가 멀어져갔다.

"실례했습니다."

"그럼 이만 가보겠습니다."

"수고 많으셨어요."

쿵, 하고 현관문 닫히는 소리가 들렸다.

아츠코와 사츠키는 동시에 숨을 크게 내쉬었다. 긴장이 풀리며 그 자리에 주저앉을 지경이었다. 빠끔히 방문을 열고 나서자, 시어머니는 침대에 누운 채, 마음이 놓인다는 표정으로 천장을 바라보고 있었다. 시어머니도 긴장했는지 피곤해 보였다.

"중간에 마음이 조마조마했지만 별일 없었네요."

사츠키가 웃으며 말하고 있을 때, 현관문을 닫고 온 주부의 얼굴이 창백했다.

"어떻게요. 큰일 났어요."

주부는 말하면서 두 손으로 얼굴을 감싼다.

"큰일이라니…, 뭐가요?"

시어머니가 벌떡 일어나 묻는다.

"인터넷에 시아버지의 사진이 걸려 있다는 것을 까맣게 잊고 있었어요. 이 동네에서는 꽤나 유명하신 분이라서."

그 말을 들은 시어머니는 튕기듯 잽싸게 침대에서 내려오신다.

그리고 모두가 보고 있는 앞에서 옷을 홀러덩 벗어던지고는 팬티 바람이 되어 자기 옷으로 재빨리 갈아입는다.

"아츠코, 가자."

시어머니의 표정이 굳어지고 말투도 변한다. "내 가방 어디 있어요? 어디에 두었냐고요? 빨리 가져오세요."

나중에는 목소리가 날카로워지며 패닉에 빠진 것처럼 보였다.

"사진이 인터넷에 돌아다닌다는 말을 왜 진즉 해주지 않았어요?"

사츠키도 지금까지 들어본 적이 없을 정도로 언성을 높이며 주부에게 항의했다. 관자놀이에 시퍼렇게 핏줄이 서 있었다.

"죄송해요. 제가 평소 인터넷을 잘 하지 않아서."

"빨리 가요." 사츠키는 시어머니의 팔을 잡고 현관으로 향했다.

"사츠키… 그렇게 서두르지 않아도…."

"무슨 말이에요? 지금쯤 직원들이 차에서 핸드폰으로 검색이라도 하면 어쩌려고요? 이제라도 다시 들이닥칠지 모른다고요. 어쩌면 엘리베이터에서 만날지도…."

사츠키의 말을 듣고 아츠코도 순식간에 냉정을 잃고 말았다. 가방을 옆구리에 끼고는 서둘러 현관으로 향했다. 길지도 않은 마루를 걸어 나오는데 다리가 꼬여 더욱더 공포감이 커졌다.

"잠깐 기다리세요."

주부가 달려 나와 두꺼운 봉투를 내밀었다. "150만 엔이에요. 확인해주세요."

"지금 농담해요? 안 받아요."

시어머니가 딱 잘라 말했다. "대신 오늘 일은 없었던 것으로 하죠."

"네, 알겠어요."

이렇게 대답하는 주부의 눈에 눈물이 고였다.

"그렇다면 차비라도…."

주부는 봉투에서 만 엔 짜리 두 장을 꺼내 건네준다.

아츠코가 자기도 모르게 손을 내밀자, 어머니가 팔을 끌어당겼다.

"한 푼도 필요 없어요. 우리들은 이번 일과는 전혀 관계없는 사람들이니까."

시어머니는 뒤도 돌아보지 않고 현관으로 향하고 사츠키와 아츠코가 그 뒤를 따라갔다.

"엘리베이터 말고 계단으로 가죠."

사츠키의 말에 모두가 비상계단 쪽으로 향한다.

시어머니의 걸음이 느려서 초조했지만 늦을수록 좋을지도 모른다고 마음을 고쳐먹었다. 어쩌면 아직까지 직원들이 로비에서 어슬렁거릴지도 모르니까 빨리 갔다가 서로 마주칠 수도 있기 때문이다.

"어머니 서두르지 않아도 돼요."

"미안하구나, 아츠코. 마음 써줘서 고맙고."

"…아뇨."

사츠키와 아츠코는 시어머니의 양팔을 부축했다.

"아츠코, 우리 이거 그만하자. 언젠가 들킬지도 모른다는 생각만 해도 내가 제 명에 못 죽을 것 같구나."

"그래야…겠죠?"

시어머님이 말씀하신 대로다. 하지만 돈이 없다. 장기주택융자금도 남아 있다. 이대로 가다가 우리 부부는 집도 절도 없이 길에서 쓰러져 죽을지도 모른다. 하지만 무엇보다 사야카가 걱정이다. 이혼해서 친정으로 돌아오면 어떻게든 먹고살 수 있는 기술이라도 가르쳐야 할 텐데.

사츠키의 차를 타고 간선도로에 들어서고 나서야 비로소 마음이 놓였다.

"역시 소심한 사람은 정직하게 살아야 하나 보다."

시어머니의 말에 맞장구칠 기력조차 없었다.

사츠키도 같은 생각인지 아무 대답이 없다.

그건 그렇고…, 그 주부의 말에 따르면 봉투에 150만 엔을 넣어두었다고 했다. 분명 100만 엔이라고 했었는데. 그렇다면 사츠키의 수수료가 50만 엔이라는 소리였다.

빵가게 운영이 얼마나 힘들었으면….

아츠코의 마음이 점점 더 시려졌다.

⊐Ь

그날 아침 드물게도 시지코로부터 전화가 걸려왔다.

— 아츠코 씨, 오늘 수요일이니까 편의점에서 일하는 거 쉬는 날 맞죠?

"네, 그런데요."

— 그럼 백화점에 들렀다가 잠깐 집으로 갈게요. 2시경이 될 것 같은데.

"네, 그러세요. 어머님 전화 바꿔드릴까요?"

이렇게 물어보자, 소파에 앉아 몸을 구부리고 취미생활로 자수를 놓던 시어머니가 고개를 들었다. "누군데?"

— 어차피 오늘 가면 만날 거니까 굳이 바꾸지 않아도 돼요.

"시지코 씨가 백화점에 들렀다가 가는 길에 여기에 들른대요."

"전화기 이리 줘보렴."

시어머니는 자수를 놓던 틀을 테이블 위에 두고 일어선다.

"여보세요, 시지코? 백화점이라니 어디? 으응, 역시 거기구나. 자,

그럼 그것 좀 사 오렴. 그러니까, 말차 팥소 가운데 가루로 된 거 말이다. 가루로 된 것도 두 종류가 있는데, 그 킨츠바 양갱 특제를 사야 냉동할 수 있으니까. 그래그래. 사는 김에 좀 많이 사 와. 그러니까… 20개쯤이 좋겠구나. 많다니 무슨 말이냐? 네 오빠도 먹어야 하고 아츠코도 먹어야 하는데. 그리고 거기서 파는 염장 다시마도 좀 사 오고."

누가 모녀지간 아니랄까 봐, 그거, 거기 이런 표현으로도 모두 통하는가 보다.

저번에 한 남편의 말대로 시어머니는 미식가일지도 모른다.

우리 집에 있는 염장 다시마는 마트에서 산 것이다. 혹시 시어머니는 입맛에 맞지 않았음에도 내색하지 않고 드셨던 것일까. 시아버지의 군인연금이 나오니까 잡숫고 싶은 거 있으면 편하게 사 드셔도 좋으련만 그동안 우리 부부의 입맛에 맞추려 그러신 것일까.

이런저런 생각이 들자 울적해졌다.

남편의 주문으로 점심에는 야채를 듬뿍 넣은 라면을 준비했다.

후루룩, 면을 먹으며 생각했다. 우리 부부가 오래전부터 좋아했던 이 라면이 시어머니에게는 어떤 맛이었을까.

"오후에는 도서관에 다녀올게." 남편이 말했다.

"오늘 휴일이잖아요."

"그랬나? 그럼 서점에라도 다녀올게."

"모처럼 여동생이 오는데 왜 나가려고 해요?"

이렇게 묻자 시어머니도 뭔가 할 말이 있다는 듯 젓가락을 내려놓았다.

"왜냐니…? 시지코를 만나도 별로 할 이야기도 없고."

만나고 싶지 않은 것이다. 아직까지 일자리가 없는 상태라서 열등감을 느끼는 것일까.

시어머니도 같은 생각이신지, 아무 말도 없이 다시 젓가락을 들고 라면을 드신다.

남편이 나간 지 30분 정도 뒤에 시지코가 왔다.

시어머니는 현관으로 달려가 백화점 봉투를 빼앗듯이 건네받았다.

"몇 년 만이야? 이 집에 온 게?"

"어서 앉으세요. 소파에 앉으셔도 되고 방석도 준비해두었어요."

"고마워요."

시지코는 이렇게 말하며 의자를 끌어 당겨 앉았다.

"어머니, 살이 조금 오르셨네?"

시지코는 앞에 앉은 자기 어머니를 물끄러미 쳐다보며 말한다.

"응, 조금 쪘어."

"어쩐지 젊어 보여요. 전에는 너무 말라서 늙어 보였거든요."

"이곳에 오고 나서부터 입맛이 살아나기 시작했어."

"시지코 씨, 커피 내올까요?"

"아츠코, 커피 말고 녹차로 부탁해"라고 시어머니가 말했다. "맛있는 킨츠바 양갱을 사 왔으니 아츠코도 같이 먹자꾸나. 내가 말한 대로 특제로 사 온 거 맞지?"

"당연하죠. 그것도 20개나…, 하나에 250엔이나 한다고요."

"쩨쩨하게 왜 이러니? 부잣집 마나님이…."

"네, 네."

시지코가 포기한 듯 대답하며 진지하게 말한다. "어머니, 변하신 것 같아."

"그래? 살이 좀 올라서가 아니고?"

"그게 아니라 분위기가 예전으로 돌아간 것 같아. 와구리당 가게에서 날랜 모습으로 일하고 있을 때, 그때 표정이에요. 바로 얼마 전까지만 해도 하루하루 살 힘조차 없이 멍해 보였는데."

"멍해 보이다니? 엄마에게 하는 말투하고는…."

"어머니도 참…."

이렇게 말하는 시지코가 갑자기 표정을 바꾸었다.

입술을 깨물며 고개를 숙였다. 마치 어머니에게 어리광부리고 싶어 하는 유치원생과도 같은 표정이었다.

언제였던가. 벌써 아득하기만 한데, 그때 그녀는 마치 아이처럼 울었다. 어렸을 때 오빠만 귀여움을 독차지하고 스테이크도 오빠만 큰 것을 사주었다며 원망하는 모습을 보고 얼마나 놀랐는지 모른다. 지금이 딱 그때와 흡사했다.

"아츠코 씨가 어머니에게 잘 해드리리라고는 생각했지만…, 뭐랄까, 이렇게까지 고부간 사이가 좋을 줄은 예상하지 못해서…."

그 말이 마치 잘 지내지 못하리라 기대했다는 투로 들렸다.

아츠코 입장에서 본다면 스트레스가 쌓이는 날도 많았다. 시어머니 역시 어떤 부분은 참으며 지내셨으리라.

"어머니도 어딘가 생기가 돌고."

시지코는 마치 아쉽다는 듯한 말투였다.

어쩌면 시지코라는 사람은 외로울지도 모르겠다는 생각이 들었다. 어머니에게 귀여움을 받지 못하고 자랐다고 믿으며 생긴 한이 60년 세월이 흐른 지금껏 아픔으로 남아 있는 것 아닌가. 그녀의 남편이 트라우마라는 표현을 왜 썼는지 이제야 알 것 같았다.

"여기로 오고 나서 파란만장한 일들이 많았지. 그러니 내가 생기 있게 보일 수밖에."

"파란만장이라니? 예를 들면 어떤 일인데?"

시지코가 어리광부리듯 말한다.

아츠코는 녹차를 붓고, 기다리던 특제 킨츠바 양갱을 각자의 접시에 담아주며 시어머니 옆에 앉았다.

"내가 말이지, 연금 사기단에 끼어 한몫했잖니"라며 시어머니는 득의양양하게 말했다.

"어머니!"

아츠코가 깜짝 놀라 자기도 모르게 어머니의 소매를 잡아당겼다. 설마 시지코에게 그런 말을 하리라고는 꿈에도 생각하지 않았기 때문이다.

"연금 사기? 그게 뭔데?"

시지코의 표정이 돌변했다. 아츠코를 노려보는 시어머니의 소매를 붙잡고 있는 손으로 시선이 쏠렸다.

아츠코는 깜짝 놀란 듯 시어머니 옷소매에서 손을 뗐다.

"어머니, 그 이야기를 지금 하는 것은 좀…."

"왜 그러니? 좋잖아. 시지코는 내 배 아파 낳은 딸이고 게다가 지금은 다 끝난 얘기고…."

"그건 그렇지만…, 그래도…."

"괜찮아, 괜찮아. 시지코가 말 옮길 리도 없고…"

시어머니는 큰 소리를 내며 웃었다. 딸의 방문이 기뻐서일까, 대단히 기분이 좋아 보였다.

"시지코, 있잖아. 놀라지 말고 들어. 실은 말이지…"

한껏 젠체하며 어머니는 이야기를 모두 털어놓았다.

아츠코를 쳐다보던 시지코의 시선이 점점 날카로워졌다.

그 분위기를 차마 견디기 힘들어 아츠코는 자기 방으로 돌아가고 싶었다. 하지만 갑자기 일어서면, 시어머니가 이야기를 더 부풀려 전할까 봐 걱정이 돼 그냥 눌러앉아 있었다.

어머니의 이야기를 끝까지 다 듣고 난 시지코는 "흠… 그랬군요"라며 서늘한 태도로 한마디 했다. 비판도 칭찬도 아닌 그 말이 그래서 더 불안했다.

"그럼 천천히 이야기 나누세요."

이렇게 말하며 자리에서 일어났다.

오랜만에 모녀가 만났으니 아츠코 없는 자리에서 며느리 흉도 좀 보며 시어머니도 그동안 쌓인 스트레스를 푸시라는 요량이었다.

그랬는데….

"나, 이만 갈게."

시지코는 의자를 소리 나게 밀며 일어선다.

"에? 벌써 가시게요?"

"갑자기 할 일이 생각나서…"

시지코의 태도가 늘 그랬듯이 딱딱하게 돌아갔다.

"나는 늘 집에 있으니까 언제라도 다시 놀러오렴." 시어머니가 말했다.

"그럴 수는 없지요. 아츠코 씨도 없는 집에 오는 건 예의도 아니고…"

바로 이런 점이 시지코의 장점이다. 서로 성격은 맞지 않지만, 역시 시지코는 믿을 만한 사람이다.

"저는 괜찮은데요. 여긴 어머님의 집이기도 하니까…"

그렇게 말해주면 좋아라 할 줄 알았는데, 예상치 못하게 시지코는 무뚝뚝한 표정으로 바라보았다.

이건 뭐지? 이쪽에선 일부러 신경 써서 이렇게까지 말을 해주는데.

기분 나쁘기 짝이 없었다.

방금 전, 신용할 만한 여성이라고 생각했지만, 즉각 취소다.

시지코가 돌아간 지 한 시간도 되지 않아 열쇠로 현관문을 여는 소리가 들렸다.

여동생과 엇갈려 남편이 돌아온 것이리라.

부엌에서 일하던 아츠코는 일손을 멈추지 않고 그대로 리드미컬하게 우엉을 어슷 썰었다.

"엄마, 오랜만…"

등 뒤에서 나는 사야카의 목소리에 놀라 뒤돌아보았다.

"어머나, 사야카 왔구나, 잘 지냈어?"

재빨리 사야카의 온몸을 훑어보았다.

레몬색 반팔 티셔츠와 하얀색 7부 면바지. 완연한 여름 옷차림이다. 눈으로 확인한 결과 멍 자국은 없었다. 그렇다고 안심할 수는 없다. 옷에 가려진 등이나 배에 있을지도 모른다.

방에서 나온 시어머니가 사야카를 올려다본다.

"네가…, 사야카구나…."

"네."

"몰라보겠네."

"뭐예요?, 할머니 벌써 치매예요?"

"사야카, 할머니에게 그게 무슨 말버릇이냐?"

"아니, 손녀가 열 명 있는 것도 아니고 겨우 손주 네 명 중에서 손녀는 저 하나라고요."

"그만하렴. 할머니가 오랜만에 보니까 못 알아보시는 거지."

"아츠코, 그게 아니라…, 사야카 말이다. 어딘가 많이 변하지 않았니?"

시어머니의 눈에도 사야카가 고생하며 사는 게 느껴지는 것일까. 마음이 저려왔다.

"나는 사야카가 이렇게 씩씩한 성격인 줄 몰랐거든."

냉장고를 들여다보는 사야카의 뒷모습을 보며 시어머니가 말했다.

"씩씩…하다고요?"

"그래…, 마치 한 집안을 책임지는 대들보 같은 느낌. 분명 엄처시하(嚴妻侍下)에서 남자가 마누라 눈치깨나 보며 살겠구나."

"어머니, 그럴 리가 있겠어요?"

"있다마다." 시어머니는 재미있다는 듯 웃었다.

두 사람의 이야기를 다 들으면서도 뒤도 돌아보지 않고, 사야카는 부엌의 서랍을 끝에서부터 순서대로 살펴봤다.

"엄마, 이거 가져가도 돼요?"

자기 집에서 봉투를 가져왔는지, 가루치즈와 햄 그리고 냉동고에 있던 고기와 생선을 봉투에 담아 들고 서 있었다.

"그럼 괜찮지. 그런데…, 돈이 없니?"

"땡전 한 푼 없어요. 그 사람 월급이 쥐꼬리만 해서…."

말투가 전보다 더 거칠어졌다.

"사야카는 일 안 하니?" 시어머니가 묻는다.

"당연히 하죠. 결혼 전에 일하던 가게에서 물건을 팔아요."

사야카가 결혼 후에도 일을 한다는 사실을 아츠코도 그동안 전혀 몰랐다.

"부잣집에 시집간 거 아니었어?"라고 시어머니가 조심스럽게 묻는다.

"시아버지는 부자지만 우리 신랑은 샐러리맨이에요. 겨울에는 아이를 낳아야 하는데 이대로라면 무리죠."

"임신했니? 왜 진즉에 말하지 않았어?"

"지금 하잖아요."

지금 이 모습이 늘 여리기만 했던 내 딸 맞는가?

신기한 듯 사야카를 쳐다보았다.

"다쿠마는 아버지 눈 밖에 났어요. 마트는 실력 있는 누나가 이어받기로 했다나 봐요."

"하지만 결혼식을 그렇게도 성대하게 치렀는데…."

"그건 다 비즈니스의 일환일 뿐이고요. 장남 결혼식을 수수하게 하면 체면 세우기도 그렇고."

"사야카…가 변했구나…." 무심코 중얼거렸다.

"그럼요. 변해야죠. 제가 정신 차리지 않으면 우리 집은 이대로 무너진다고요."

"사야카, 혹시 남편이 폭행하거나 하지는 않니?"

"또 그 얘기예요? 다쿠마가 그럴 리 없잖아요. 내가 패주는 경우는 가끔 있지만…."

이렇게 말하며 웃었다.

"서방님에게 잘 해드려야지."

시어머니가 엄한 표정으로 주의를 주었다. "네 인생의 반려자니까, 서로 어깨 부벼가며 살아야지."

"넵, 알았어요. 할머니."

사야카가 순순히 받아들이며 대답했다.

"하지만 그 사람이 저보다 더 물러 터져서요. 가끔은 나도 모르게 짜증이 난다고요."

"집안의 대들보가 무너지면 온 집안이 다 망하는 거야. 아이도 태어나고 하니 남편을 떠받들고 살아야지."

"할머니, 좋은 말씀 하셨어요. 그러니까 결국 다쿠마가 돈줄이라는 거죠?"

"사야카, 말버릇이 그게 뭐냐?"

아츠코가 버럭 화를 내자 혀를 날름 내민다.

"그건 그렇고, 사야카, 임신 중이라면서 그렇게 무거운 것 들고 다녀도 되니?"

시어머니가 빵빵해진 종이봉투를 바라보며 걱정스러운 듯 물었다.

"가볍고 비싼 것들만 골라 담았으니까 괜찮아요."

사야카가 천연덕스럽게 말했다. "파스타하고 밀가루는 무거우니까 안 가져갈게요. 값도 싸니까 내가 사도 되고."

그때 갑자기 시어머니가 깔깔거리며 웃었다.

"아츠코, 정말 자식을 잘 키웠구나."

마른침을 삼켰다. 이건 무슨 비꼬는 말이라고 여길 수밖에 없었다.

"아니, 우리 사야카가 어느새 이렇게 넉살 좋은 아줌마가 되었다니…."

이렇게 말하며 다시 소리 내어 웃는다. "듬직하구나. 휴…, 그런데 우리 시지코는…."

시어머니는 웃음을 멈추고 한숨을 크게 내쉬었다. "그 아이는 나잇살이나 먹어서도 지금껏 예민하고 신경질적이고 의지도 약하고…, 아무리 나이가 들어도 걱정이야."

시어머니가 시지코의 걱정을 하리라고는 지금까지 한 번도 생각해본 적이 없었다. 사야카를 잘 키웠다는 말이 어쩌면 비꼬는 말이 아니었나 보다.

"그럼 넉살 좋은 아줌마는 이만 물러가겠습니다."

사야카는 웃으며 이렇게 말하고는 종이봉투를 움켜쥐고 현관으로 나갔다.

현관문이 닫히는 모습을 바라보던 시어머니가 입을 열었다.

"우리 사야카가 드디어 인생의 주인공이 되었구나. 행복해 보여 안심이다."

아츠코도 코끝이 시큰거렸다.

그날 남편은 늦게 들어왔다.

늦었다고는 해도 저녁 7시였다. 회사에 다닐 때는 10시, 11시가 보통이었는데 지금은 저녁 먹을 무렵이 되면 집에 들어오는 것이 일상화되어 7시만 넘으면 늦는다는 생각이 들었다.

"도대체, 어디 다녀왔어요?"

"응…."

남편은 식탁에 앉았지만 입맛이 없는지 별로 먹으려들지 않았다.

"여동생이 사 온 건데. 드릴까요?"

단것이라면 좀 먹으려나 싶어서 킨츠바 양갱을 꺼내 주니 얼굴색이 조금 밝아졌다.

"오랜만에 맛보네. 이 킨츠바 양갱은 우리 와구리당에서 만들던 것과 맛이 비슷해."

밥은 거의 손도 대지 않고 킨츠바를 집어들었다.

"어머니는 벌써 주무셔?"

"목욕 중이세요."

"흠…."

남편은 욕실을 한 번 힐끗 쳐다보고는 다시 아츠코에게 눈길을 주며 목소리를 낮췄다.

"내가 오늘 서점에 있을 때 시지코가 전화했더라고."

"네에? 몇 시쯤이요?"

"4시 조금 지나서."

시지코가 집을 막 나선 시간이다.

"심각한 목소리로, 오빠 할 이야기가 있으니까 역 앞에서 좀 만나요. 이러기에 만나러 갔지."

남편은 여기까지 말한 다음 킨츠바 양갱을 먹으며 녹차를 한 모금 마신다.

"빨리 얘기해봐요. 그래서요?"

"전부 들었어. 연금 사기…에 대해서."

"네에?"

내가 화를 낸다고 생각했는지, 남편은 "고생시켜서 정말 미안해"라고 마음 약한 소리를 한다.

"그래서 시지코가 화났어요?"

"지금 화낸 거 따질 문제가 아니야."

남편이 가볍게 웃는다.

"그럼, 내가 어머님을 꼬여서 무리하게 그렇게 시킨 것이라고 생각하는 거예요?"

"아냐, 아냐, 어머니한테 화가 났더라고. 너무 비상식적이라면서. 그리고 나보고 어머니 감독도 하지 않는 무책임한 아들이라며 어머니를 돌보지 않았다는 증거라나 뭐라나."

"나는요? 나보고는 뭐라고 안 해요?"

"했지. 아츠코가 어머니에게 말려들어서 고생한다고…."

이런 문제를 공평하게 바라볼 수 있는 능력이 있다는 점이 바로 시지코의 장점이라고 새삼 생각했다. 역시 믿음직하다.

"미안. 당신과 어머니에게까지 그런 무모한 일을 하게 만들어서…."

"나도 그때는 살짝 정신이 나갔었나봐요. 너무 경솔했죠."

"지금 우리가 그렇게 할 정도로 궁지에 몰려 있는데…."

"그러니까요, 실업보험금이 끊어지고 난 후를 생각하면…."

"어떻게든 해볼게."

"일자리를 찾았어요?"

"찾다 보면 어딘가 있겠지…."

남편이 말하면서 뭔가 결심한 눈빛으로 허공을 바라본 뒤, 차갑게 식은 녹차를 벌컥벌컥 마신다.

"참 그리고 시지코가 하는 말이…."

"뭐래요?"

남편은 말하기 어려운 듯 눈빛이 가늘어졌다.

"빨리 말해봐요."

"그러니까… 아츠코가 내온 차가 너무 맛이 없었다고…, 싸구려 차라고…."

시어머니가 좋아하는 차는 처음에만 비싼 것을 준비했었고 나중에는 마트에서 파는 싼 것으로 바꾸었다.

"신경 좀 써주구려. 어머니는 가고시마의 차만…."

하지만 아츠코가 째려보자 입을 곧 다물었다.

방금 전, 시지코가 믿음직하다고 생각했지만, 이내 그 생각에 두 줄을 북북 그으며 지워버렸다. 역시 이 오누이는 둘 다 진저리가 난다.

21

집 안이 조용했다.

어머니는 시지코가 불러내서 가부키[31]를 보러 갔다. 저녁도 밖에서 먹고 들어온다고 하니, 오늘 밤은 냉장고에 남아 있는 음식으로 간단하게 때우면 되겠다 싶었다.

오랜만에 마음이 여유로워졌다.

시어머니가 오늘처럼 매일매일 외출하고 돌아오면 얼마나 좋을까.

느긋하게 소파에 앉았다가 바로 옆에 리모콘이 잡히기에 아무 생각 없이 텔레비전을 켰다.

그러자 왠지 낯이 익은 얼굴이 화면에 나왔다.

죠가사키 선생님과 비슷했다.

재빨리 자막을 훑어본다.

---

31 **歌舞伎**. 에도 시대에 주로 발전한 일본고유의 연극으로 전통예능 가운데 하나. 1965년 이래 일본중요무형문화재에 등록되었다. — 옮긴이

— 죠가사키(75).

"역시 선생님이네. 무슨 일일까?"

아무도 없는 거실에서 텔레비전에 대고 말을 했다.

— 경시청 아카사카 경찰서에서는 지난밤 늦은 시간에 피해자의 아내를 살인용의자로 체포하였습니다.

"살인? 선생님이 사람을 죽였다고? 거짓말이겠지. 뭔가 잘못 짚은 거겠지."

아츠코는 자기도 모르는 사이 혼자 소리 질렀다.

다른 채널로 돌려 뉴스를 보았다. 하지만 죠가사키 선생님에 대한 뉴스는 더 이상 나오지 않았다.

곧장 방 안으로 들어가 컴퓨터를 켜고 인터넷으로 뉴스를 검색해 보았더니, 방금 보았던 기사가 떴다.

기사에 의하면, 남편인 죠가사키 히데아키는 뇌경색으로 10년 이상 누워 지냈다고 한다. 게다가 화랑을 하다가 진 빚 때문에 자영업자를 위해 마련된 연금도 얼마 되지 않았다. 동아줄과도 같을 40대의 외동아들은 20살 때부터 히키코모리[32]가 되어 죠가사키 선생님 혼자 모든 살림을 꾸려가며 살았던 모양이다. 오랜 세월의 피로와 스트레스가 살인 동기로 분석된다고 한다.

너무도 충격적인 뉴스를 읽고 아츠코는 잠시 벽을 쳐다보며 멍하니 앉아 있었다.

---

32 引き籠もり, 사회생활에 적응하지 못하고 집 안에만 틀어박혀 사는 병적인 사람들을 일컫는 용어 — 옮긴이

아츠코가 아는 사람 중에서 죠가사키 선생님처럼 고상한 사람은 없었다. 사람을 죽일 만한 행동과는 정반대쪽에 계실 분이다. 벌레 죽이는 모습과도 어울리지 않는 그런 아름다운 분이다. 교실에서 보여주었던 그 환한 미소 뒤에 이토록 참을 수 없는 사생활이 숨겨져 있었단 말인가. 이런 강인한 정신력은 정말 분별력 있게 자라서일지도 모른다. 반면에 서민에 속하는 아츠코는 "부부가 한꺼번에 직장을 잃었어요. 이제 돈이 없다구요"라며 약한 소리를 질렀다. 창피함도 체면도 없는 서민들의 감각이 선생님에게는 전혀 없었던 것일까.

어디 의논할 사람 하나 없었던 것일까. 작년 말쯤, 굉장히 힘들어 보일 때가 있었다. 그때, 말이라도 걸어볼걸 그랬나. 하지만 한참 나이가 아래인 아츠코 입장에서 무슨 도움의 말씀을 해드릴 수 있었겠는가.

아니다. 싫어하는 내색을 하더라도, 비웃더라도, "저에게라도 모든 것을 털어놓아버리세요"라고 말을 건넸어야 했다. 용기를 냈어야 했다.

그때 주머니에 있던 핸드폰이 울려 그만 깜짝 놀랐다.

— 여보세요? 아츠코 씨, 뉴스 봤어요?

사츠키의 목소리가 갑자기 날아왔다.

"응, 봤어. 깜짝 놀랐네."

— 선생님에게 그런 사정이 있었다니….

"겉모습만으로는 정말 알 수 없네…."

돈에 쪼들리고 있었다니, 그렇게 우아한 모습에서는 상상조차 할 수 없었다. 어디로 보나, 좋아서 하는 일이라는, 절대로 돈이 궁해서 이런 일을 하는 것은 아니라는, 늘 그런 분위기가 아니었던가.

— 늘 즐거워 보이셨는데요. 작년 말부터 피곤해하시는 기색도 있으셨지만 그냥 나이 탓이려니 생각했어요.

"그때가 가장 힘들었을 때였나 봐."

— 꽃꽂이 강좌를 여러 군데에서 하고 있다는 말을 미노루에게 들었을 때, 나는 선생님이 그 정도로 꽃을 좋아하는 줄 알고, 그 아름다움을 많은 사람들에게 알려주고 싶어서 열심히 노력하는 줄만 알았어요. 설마 생활고 때문에 그랬을 줄이야 누가 짐작이나 했겠어요? 나도 참, 어설프네요.

"내 말이 그 말이야. 그건 그렇고 우리 선생님 불쌍해서 어쩌나."

— 우리들이 뭐 도와드릴 건 없을까요?

"그러게. 뭔가 도움이 돼드리고 싶은데."

서로 목소리가 높아졌다.

— 아, 참, 보고가 늦었는데요, 행방불명되었던 어머님이 돌아오셨어요.

"그래? 지금까지 어디에 계셨대?"

시체를 마루 아래에 묻어둔 것은 아닐까 하는 의심이 날이 갈수록 깊어졌는데 역시 그건 아니었다.

— 시설에 계셨다나 봐요. 이전에 텔레비전에 '내가 누군지 몰라요'라는 방송 프로가 있었는데요.

"나도 봤어."

— 그 프로에 우리 어머니가 나온 것을 우리 시누이가 본 거예요. 아무튼 찾아서 다행이지요. 이웃 할머니가 어쩌나 의심의 눈초리를

보내는지 정말 마음고생이 심했다니까요.

"정말 다행이네. 그럼 지금은 집에 계셔?"

— 아뇨, 돌아오시자마자, 오연성 폐렴에 걸리셔서 지금 입원해 계셔요. 옆집 할머니에게 병원을 알려드렸더니 금세 다녀오셨더라구요. 지금은 의심하지 않아요.

"그런데 말야, 사츠키…, 어머님이 행방불명이 되었는데 왜 경찰에 신고하지 않았어?"

그동안 얼마나 궁금했던가. 사츠키뿐 아니라 그녀의 사촌여동생도 그렇고 지방의회 의원이었다는 그분도 그렇고 왜 경찰에 알리지 않은 것일까. 그러니 시체를 감추고 있다는 의심을 받을 수밖에.

— 그건…, 만일 어딘가에서 사체로 발견되면, 연금을 받을 수 없게 되니까요.

"역시 그래서 그랬구나…."

— 아시다시피 빵가게가 지금 어렵잖아요. 지금 우리는 어머니 연금에 매달려 살고 있는 형편이라서….

아무튼 사츠키의 시어머니가 살아 돌아오셔서 정말 다행이었다.

남의 집 할머니 대역 노릇을 했다는 죄의식이 봄날 눈 녹듯 사라졌다. 온몸에 안도감이 퍼지면서 지금까지 마음 저 구석에 박혀 있던 찜찜한 느낌을 다시는 겪지 말자는 다짐을 해보았다.

역시 소심한 사람은 정직하게 살아야 하는가 보다.

그날 밤 하야토에게 전화가 걸려왔다.

— 아츠코 씨 말이 맞았네요.

갑작스런 아들의 말에 놀랐다.

― 매형이요, 회사에서 공처가로 소문났대요.

폭력을 휘두르는 쪽은 다쿠마가 아니라 사야카라는 사실을 알게 되고 나서 곧바로 전화로 알려준 것이다.

하야토는 지난주 학창시절 아르바이트하던 동아리 모임에 갔었다고 한다. 거기서 다쿠마와 같은 야마오카 무역회사에서 일하는 선배가 소문을 전하더란다.

"말도 안 되는 오해를 했지 뭐니? 하야토까지 끌어들여서 미안해."

― 누구라도 그런 오해를 했을 거예요.

"아무리 그래도 그렇지. 사야카가 그렇게까지 변할 줄이야 누가 짐작이나 했겠니?"

― 원래 그런 기질이 있었을 거예요. 누나가 어려서는 제 앞에서 잘난 척도 많이 했거든요.

그러고 보니 그렇기도 하다. 그저 남동생에게나 그런 행동을 하려니 여겼었는데….

― 아츠코 씨, 손주가 생긴다고 하니 기쁘죠?

"당연하지, 너도 삼촌이 되는 거고."

― 그러네요. 내가 이제 삼촌이 되네요. 초등학교에 들어가면 누나 부부 대신에 제가 그 녀석 공부를 봐줘야 할까 봐요.

"그렇지? 부탁해."

아들과의 대화가 너무 행복해 입가에 미소가 저절로 번졌다.

다음 주 시지코가 다시 집을 찾았다.

전날 연락은 받았지만, 깜박하고 비싼 차를 준비하지 못했다.

"미안하지만 이젠 어머니를 내가 모시고 갈까 하는데…."

오자마자 시지코가 굳게 결의한 태세로 말했다.

시어머니도 놀랐는지 아무 말 없이 딸의 모습을 바라만 봤다.

하지만 아츠코는 놀라지 않았다. 어젯밤 통화하면서 이런 말을 할지도 모른다는 생각이 들었기 때문이다. 시어머니가 연금 사기에 가담했기 때문에 이대로 두면 위험하리라는 걱정 때문이 아니라, 사실 시지코는 외로웠던 것이다. 지금까지도 그녀는 어머니의 사랑을 갈구하고 있다는 것을 느꼈다.

그동안 오빠만 귀여움을 받는다고 섭섭해하며 살아왔는데, 이번에는 며느리와 사이좋게 지내는 모습을 보고 소외감을 더 참기 어려웠을지도 모른다.

"어떻게 생각하니?"라며 시어머니가 눈을 크게 뜨고 묻는다.

"좋은 생각이에요."

이렇게 대답하자 시어머니도 기쁨을 감추지 못하고 만면에 웃음 꽃을 피우신다.

연금 6만 엔의 생활비가 공중으로 사라지는 장면이 연상되기도 했지만 시어머니가 없는 자유로운 생활로 돌아간다는 기쁨이 훨씬 더 컸다.

"그럼 결정된 거네"라며 시지코가 종이 한 장을 가방에서 꺼내 내 민다.

시지코의 집 1층 방 하나를 시어머니용으로 리폼하는 일정에서부 터 이사하는 날까지의 모든 계획이 빼곡하게 적혀 있었다.

그날 밤, 남편은 술 냄새를 풍기며 집으로 돌아왔다.

"늦었네요, 어디 갔었어요?"

"응, 누구 좀 만나고 왔어."

"누구를요?"

"…음."

말하기 싫은 표정이었지만 안색은 밝았다.

"뭐 좋은 일이라도 있었어요?"

"글쎄…, 좋은 일이려나…."

꽤나 뜸을 들인다.

"실은 덴마에게 전화를 해보았어."

전화로 무슨 대화를 나누었는지 세세하게 말하지 않아도 남편의 표정에 모두 나타나 있었다.

"현장관리 일을 하게 되었어."

"괜찮겠어요? 덴마 씨 밑에서 일하는 거?"

"오랜만에 만났더니 그 녀석도 꽤나 사람이 원만해졌더라고. 얘기를 들어보니 그동안 고생도 많았던 것 같고…."

"언제부터 출근해요?"

"다음 주부터."

"도시락 만들어드릴게요."

"그래? 고마워."

"고맙기는요, 절약하느라 그러는 건데."

"그러네…."

남편이 일자리를 구할 수 있게 돼서 정말 다행이다.

온몸으로 안도감이 퍼지는 것을 느낀다.

29

아직 한낮에는 덥지만, 편의점 일을 마치고 밖으로 나오면 시원한 바람이 뺨을 스쳤다.

마음속 무엇을 자극해서 그런지 모르겠지만, 가을바람을 맞으면 이상하게도 사람이 그리워졌다.

산책도 할 겸, 사츠키의 빵집에 들러보자. 시어머니가 크림빵을 좋아하신다고 하니 사다 드려야지. 다음 주가 되면 시어머니는 이사를 하신다. 시지코의 집수리가 거의 끝나가기 때문이다.

가볍게 자전거 페달에 힘을 주자 머릿결이 바람에 날리며 상쾌한 기분에 사로잡혔다. 이윽고 사츠키의 빵집이 눈에 들어왔다.

그런데 정기휴일도 아닌데 문을 닫았는지 '클로즈드(Closed)'라고 쓰인 간판이 걸려 있다.

자전거에서 내려 가게 옆의 좁은 통로를 지나 오래된 초인종을 눌렀다.

아무도 없다. 어디 외출이라도 한 걸까.

"다케노 씨가 돌아가셨어요"라는 소리에 돌아보니 옆집 할머니가 장승처럼 우뚝 서서 이쪽을 쳐다보고 있다.

"오연성 폐렴이 도져서 오늘 이른 아침 병원에서 돌아가셨다우."

"그랬군요."

집에 돌아오자마자 시어머니에게 소식을 전하자 "한번 만나보고 싶었는데…"라며 아쉬워하셨다.

그때 핸드폰이 울렸다. 사츠키였다.

— 어머님이 돌아가셨어요. 구청에서 조사 나왔을 때, 도와주셔서 일단은 알려드려야 할 것 같아서 이렇게 전화드렸어요.

"좋은 곳으로 가셨을 거야. 혹시 도울 일이 있으면 뭐든 말하고."

— 감사합니다. 하지만 온 가족이 모두 힘을 합치면 어떻게든 해낼 수 있을 것 같아요.

"사츠키, 부담 갖지 말고, 우리가 뭐라도 꼭 도와주고 싶으니까."

— 네? 장례식…을요?

"장례식을 어떻게 치르는지 보고 싶기도 하고."

사츠키의 시아버지가 돌아가셨을 때 어떻게 장례식을 치렀는지에 대해서는 익히 들어서 알고 있다. 큰돈 들이지 않고 정성을 다한 장례식이었다고 한다. 그런 과정을 멀리서라도 봐두고 싶었다. 친척만 모여서 하는 것이라면 그 전날까지만이라도 가서 도와주고 싶었다.

— 그럼 오셔서 좀 도와주세요. 실은 일손이 모자라서요. 아이들은 직장에서 일을 해야 하고, 친척들은 모두 나이 드신 분들이라 저 혼자 정말 힘들어요.

전화를 끊자 시어머니가 흥미진진한 표정으로 다가오셨다.

"지금 전화 사츠키지? 아츠코, 장례식 도우러 갈 거야?"

"네, 가려구요."

"나도 도와줄 수 있는데."

"네에? 글쎄…, 하실 수 있겠어요?"

시어머니가 가시면 방해만 되고 사츠키에게도 부담스러울 것이다.

"방해되지 않도록 내가 잘 알아서 하마."

어쩌나 조신하게 말씀하시는지 너무 귀여워서 순간 웃음이 터져 나올 것만 같았지만 입술을 깨물며 참았다.

"내가 조림 하나는 기가 막히게 잘하잖니."

"그건 저도 먹어봐서 알고 있지만…."

"그리고 나에게는 장례식에 갈 권리가 있다고 생각하는데."

방금 전의 조신함은 어디로 가고 마치 거들먹거리듯 말했다.

"권리…라고 하시면?"

"구청에서 조사 나왔을 때, 대역을 해준 게 바로 나 아니냐?"

"그것은 그럴지도… 모르지만…."

"그러니까 아츠코 너도 갈 거잖니?"

"네, 물론이죠, 뭐라도 도와야겠다는 생각이 들어서…."

"방금 전 통화하는 모습을 보니 사츠키는 내켜하지 않는데 네가 고집 피우며 가겠다고 하는 그런 분위기던데…."

통화 내용까지 언제 이렇게도 자세하게 들은 것일까.

"제가요? 그랬나요?"

일단 시치미를 떼보았다.

시어머니가 돌아가실 때에 대비해서 뭐라도 참고가 되지 않을까 생각했던 거예요, 라고는 절대 입 밖에 낼 수 없다.

"아츠코, 너 혹시 내 장례식 때 참고하려는 거 아니었어?"

"설마요…, 어머님은 아직도 건강하셔서 오래 사실 거라고 생각하는데요."

"말은 그럴듯하지만 왠지 마음에 와 닿지는 않는구나. 아무튼 나도 갈 거니까 그리 알고."

시어머니에게 밀리듯, 둘이서 사츠키를 도와주러 가기로 했다.

청바지 차림으로 사츠키가 마중 나왔다.

"아이구, 어머니까지 오시고 정말 감사해요."

"무슨 소리, 나도 여기 공부하러 온 거야. 우리 남편이 떠났을 때 말이야, 아들 며느리에게 너무 큰돈을 쓰게 한 것 같아서 늘 마음에 걸렸었거든. 내 장례식에는 큰돈 들이지 않기를 바래. 그러니까 어떻게 하면 그런 장례식을 치를 수 있는지 배워두려고."

"글쎄요. 도움이 되실지는 모르겠지만 이번에도 철저하게 절약할 거라서 어쩌면 비상식적이라는 생각이 드실지도 몰라요."

"비상식, 그것도 좋지."

거실로 들어서자 사츠키가 부엌으로 달려가려는 모습을 보고 아츠코가 입을 열었다.

"사츠키, 우리 차는 안 마셔도 돼. 일을 도우러 온 거니까 신경 쓰지 말고."

실은 물병을 미리 준비해 왔다.

"아무리 그래도 따뜻한 차 한 잔은 드시고 시작하세요. 팔다 남은 빵도 있으니까요."

사츠키는 잘게 썬 빵과 차를 준비해 내왔다.

"아츠코, 기왕 준비해 온 것이니 맛있게 먹자꾸나. 장례식을 어떻게 치르는지에 대해서도 좀 들어보고."

셋이서 테이블을 마주하고 앉은 다음 사츠키가 말을 꺼낸다.

"정성을 다하는 장례식을 준비하고자 해요. 하지만 가능한 선에서 최소한의 비용으로요."

"시아버지 때도 그렇게 했다고 들었어."

"네, 하지만 그때와는 조금 다른 형식으로 하려고요."

"왜? 그때도 대단히 좋았다고 들었는데."

"시아버지는 고고한 분이라서 가족들만 모여서 했는데요, 시어머니는 친구도 많고, 또 다들 건강하셔요."

"그럼 장의사에게 부탁하려고?"

"아니요, 그건 무리예요. 시아버지 때보다 지금이 더 경제적으로 힘들어서요. 살아 있는 사람의 생활이 궁핍한데 장의사에게 맡긴다면 그건 본말전도예요."

이렇게 당연한 일인데, 시아버지의 장례식 때는 그걸 왜 미처 깨닫지 못했을까. 후회가 밀려오는 것을 털어내고 싶은 듯, 아츠코는 고개를 흔들었다.

이미 지난 일, 후회해도 소용없다. 무엇보다 앞으로 닥칠 일에 대비하자.

"남편하고 의논한 결과, 장의사 말고, 절에서 모시기로 했어요. 그러면 제단비와 자동차, 그리고 식비가 모두 절약되니까요."

아츠코는 지금까지 절에서 지내는 장례식에 가본 적이 없었다.

"그렇다면 우리 어머니가 조림을 준비해주시면 되겠네."

"조림이라면 나에게 맡겨."

시어머니는 자신 있는 목소리로 말하며 집에서 가져온 앞치마를 악어백에서 꺼내 들었다.

"내가 만든 조림은 누가 먹지?"

"절에 계신 분에게도 드리고, 또 밤샘해주시는 분들께도 드리고요."

"꽃은? 절에서 준비해주나?"

"아뇨, 딸들이 시장이나 마트를 돌며 사 모아 올 거예요. 꽃병은 절에서 빌리기로 하고, 제단 주위에 우리들이 장식할 거고요."

"그냥 꽃집에 부탁하는 것이 빠르지 않을까?" 시어머니가 묻는다.

"꽃집 하는 친구에게 들으니 장례식 한 건만 하면 돈을 많이 벌수 있다고 하더군요. 커다란 냉장고를 보여준 적이 있는데 시절도 아닌 국화가 가득 들어차 있었어요. 꽃도 크고 싱싱했는데 가격이 어마어마하게 비싸더라고요."

"영정사진은 준비했고?"

"아들이 컴퓨터로 확대해서 프린트해 왔어요. 검은 액자는 100엔숍에서 샀고요."

"정말 빈틈없네. 그러면 고별식 편지는 어떻게 하기로 했고?"

"서면 인쇄는 아들이 맡았어요. 형식적인 틀이 아니라, 고생만 하며 살아오신 어머니의 일생과 막내아들이 폭주족에 가입했을 때, 따귀를 때려가면서 데리고 나온 에피소드 등도 실었어요. 평소에는 자상하신 분이었지만 때로는 엄하기도 했던 모습을 그리워하는 마음이 담겨서 잘 만들어진 것 같아요. 나중에 보여드릴게요. 그리고 마트에서 손수건을 박스째로 사 왔는데요, 아츠코 씨 음식 준비가 끝나면 한 장씩 포장하는 것 좀 도와주세요."

"오케이, 나는 그런 단순작업 너무 좋아해."

"계명은 어떻게 해?"

"생전에 어머님이 스스로 만들어두신 것이 있기는 해요. 하지만 스님이 그런 걸 쓰면 안 된다고 하시기에 그냥 계명 없이 하기로 했어요."

"그러면 안 되는 거잖아?"

방금 전에 비상식적이어도 괜찮다고 말씀하셔놓고도 시어머니는 미간을 찌푸리며 물었다.

"그러니까요, 하지만 돈이 없어요. 계명 하나 받는 데 몇 십만 엔을 지불해야 하는데, 지금의 우리 형편으로는 도저히 감당할 수 없는 금액이죠."

"그래…, 그렇구나. 무리하지 않는 편이 좋아. 살아 있는 사람이 더 중요하니까."

시어머니는 온전히 이해하신 듯하다.

"그래도 우리는 나은 편이에요. 최근에는 제로(Zero) 장례식을 치르려는 사람이 많이 늘었다나 봐요."

"제로…라니?" 아츠코가 묻는다.

"아무것도 하지 않는 거죠. 화장터에서 생기는 유골조차 갖고 오지 않는 사람도 있다고 들었어요."

"이런. 그러고도 용서받을 수 있을까?" 시어머니가 묻는다.

"유골을 놓고 올 경우, 연고가 없는 분들을 위한 공간에 넣어준다고 하네요."

"그건, 몰랐네…"라며 시어머니가 놀라워했다.

"우리는 그래도 시아버지가 생전에 묘소를 마련해두셔서 다행이기는 하지만, 만일 그렇지 않았더라면 큰일 날 뻔했죠. 기쁠 때나 슬플 때나 묘소 앞에서 말씀드리고자 하는 친척들이 많으시거든요. 손주들 중에서도 할아버지에게 보고 드리고 싶다는 아이도 있어서요."

"말만 들어도 기쁘네. 왠지 눈물이 날 것만 같아."

시어머니가 눈시울을 적시며 말했다.

"마음으로 의지하고 싶은 사람에게 산소는 꼭 필요한 것 같아요."

시아버지의 산소를 만들어드리길 잘했다는 생각이 들자, 아츠코의 마음도 한결 편안해졌다.

"그런데 사츠키 씨, 그 후로 미노루 씨, 어떻게 되었는지 알아요?"

"아무런 연락도 없어요. 제가 먼저 전화를 해도 좋을지 어떨지…, 그때 무척 힘들어하는 것 같아서…."

미노루의 남편이 사내 불륜으로 직장 여성을 임신시켰다는 이야기를 들은 것은, 구청에서 개최했던 '노후자금에 대하여' 강연을 듣고 돌아오던 날이었다. 그 후 미노루는 꽃꽂이 강습에 모습을 나타내지 않았다. 걱정이 되었지만 그다지 친하지도 않은 자신들에게 모든 것을 의논한 일을 후회하고 있을지도 모른다는 생각이 들어 먼저 연락하기는 꺼림칙했다. 이러저러하다가 여름이 되고, 죠가사키 선생님의 사건 이후 꽃꽂이 교실은 무기한 휴강 상태가 되었다.

"무슨 이야기? 미노루 씨라니? 누구?"

시어머니는 뭐든 알고 싶어 꼬치꼬치 캐묻는 바람에 짜증이 날 때도 있다.

"미노루는 꽃꽂이 교실의 같은 반 동료예요."

"그래서, 그 사람에게 어떤 괴로운 일이 있었는데?"

"그냥, 이런저런…."

"이런저런이라니? 뭐야? 나에게는 비밀인 거야? 그러면 나 속상하지."

지긋한 나이의 시어머니가 마치 초등학교 여자애처럼 말을 하자 사츠키는 적응이 안 되는 듯 갑자기 웃음보를 터뜨렸다. 그 모습을 본 아츠코 역시 속으로 짜증스럽기는 했지만 참지 못하고 함께 웃고 말았다.

솔직히 너무 단순해서 분위기 파악을 제대로 하지 못하는 시어머니 때문에 화가 난 적도 많았다. 하지만 다른 사람에게는 그런 모습이 귀엽게 보이는가 보다. 시어머니에 대한 새로운 발견이었다.

"미노루 씨는요." 사츠키가 설명을 시작했다.

한 줄에 꿰듯 미노루에 대한 이야기를 모두 들은 어머니는 "남편이 다른 여자를 임신시켰다니 미노루가 너무 안되었네"라고 동정하는 말을 하더니 불쑥 이런 말을 했다. "아니, 너네는 그런 친구를 그냥 내버려두었단 말이야? 정말 인정머리라고는 없는 사람들이네."

"어머니, 그러니까, 그럴 때는 그냥 내버려두는 것이 더 좋을 수도 있다고 생각하는데요."

"싫다 싫어. 이 세상, 사람들의 관계가 어쩜 이렇게도 야박해졌다니?"

뭐든 알려고 드는 시어머님도 그럴 것이라 생각하는데요, 라고 마음속으로 외쳤다.

"저희가 야박해 보이세요?" 사츠키마저 어머니의 생각에 물들었는지 이렇게 묻는다.

"너희들이 연락해 오기를 목이 빠지게 기다리고 있었을지도 모르지."

"정말…, 그럴지도 모르겠네요."

시어머니의 말 한마디에 아츠코는 갑자기 그간의 처신이 너무 차갑지는 않았나 반성하는 마음이 들었다. 사츠키도 그런 생각이 들었는지 앞치마 속의 핸드폰을 만지작거렸다.

"걱정되면 전화해서 오라 하면 되잖니?"

시어머니가 당연하다는 듯이 전화하라고 재촉했다.

"여기로…요?"라고 사츠키가 묻는다.

"그래. 그 후 남편이랑은 어떻게 되었어요? 라고 물으면 안 되고, 장례식을 치러야 하는데 일손이 부족하니 와서 도와달라고 하면 되잖니? 직접 얼굴 보면 어떤 마음인지도 알 수 있고."

"정말 좋은 생각이네요. 역시 나이는 괜히 먹는 게 아닌가 봐요."

사츠키가 동의를 구하듯 아츠코를 바라보았지만 시어머니에 대한 화가 가시지 않은 상태라서 대답이 조금 늦어졌다.

"아츠코 씨, 죠가사키 선생님 사건 때도 말이에요. 먼저 다가가서 말이라도 걸어볼걸…, 저는 후회를 했거든요."

"나두, 정말 나도 그랬어. 하지만 이제와 돌이킬 수 없는 일이 되고 말아서…."

그런 후회는 두 번 다시 하고 싶지 않다.

사츠키가 전화를 하자, 미노루는 20분도 되지 않아 나타났다.

"전화 주셔서 너무 기뻤어요."

미노루가 거실에 들어서며 살짝 익살스러운 몸짓을 하는 것을 보고 아츠코는 가슴을 쓸어내렸다.

시어머니가 연근을 꽃 모양으로 자르고, 옆에서는 사츠키가 과자 틀을 이용해 인삼을 매화꽃 모양으로 잘라내고, 아츠코가 시어머니의 지도를 받으며 연근을 꽃잎 모양이 되도록 칼집을 넣고 다듬던 참이었다.

"봐, 전화하길 잘했지?"라며 시어머니가 이겼다는 듯 씨익 웃어 보이자 아츠코는 다시 속이 끓었다.

"건강해 보여 좋아요"라며 사츠키가 말하자, "전보다 더 이뻐진 거 아닌가?" 하고 아츠코도 거들었다.

"저, 이혼했어요." 미노루가 아무렇지도 않은 표정으로 말했다. "맨션 받았고요."

지금은 스포츠클럽의 트레이너가 되기 위해 연수를 받고 있다고 했다.

"다음 달부터 3개월 수습기간을 잘 마치면 곧장 정사원으로 채용될 예정이에요."

"잘됐네. 좋아하는 취미를 직업 삼을 수 있어서." 아츠코가 부러워하며 말했다.

"학창 시절에 열중했던 운동이 이제 와 도움이 되리라고는 생각지도 못했어요."

"오자마자 미안하지만, 미노루, 줄기콩 껍데기 좀 벗겨줄래?"

"네, 맡겨주세요"라며 미노루가 활기차게 대답했다.

인삼만 열 개 이상 있었다.

설마 이것을 모두 요리할 예정인가?

"사츠키, 몇 명분의 요리를 준비해요?"

"50인분이요"라며 아무렇지도 않은 듯 대답해서 놀랐다.

미노루를 부르길 정말 잘 했다.

밝은 표정을 보니 안심이 되어 좋기도 했지만 50인분의 요리를 만들기 위해서는 한 사람이라도 더 필요하기 때문이었다.

편의점 일을 마치고 돌아오는 길이었다.

익숙한 향기에 이끌려 자전거 브레이크를 밟았다. 자전거에서 내리지 않은 채, 꽃집 앞에 즐비한 화분을 찬찬히 훑어보았다.

아…, 생각났다. 만리향이다.

이렇게 강한 향기를 잊고 있었다니….

되돌아보니 요 근래 집으로 꽃을 가져온 적이 없었다. 꽃꽂이 교실이 없어진 이후, 꽃과는 인연이 없는 생활의 연속이었다. 경제적으로 여유가 없었기 때문이기도 하지만, 꽃을 산다는 사치스런 행위가 머릿속에서 아예 지워진 지 오래였다.

죠가사키 선생님은 지금쯤 어떻게 지내실까. 구치소에서의 생활은 분명 많이 힘드실 것이다.

자전거를 가게 앞에 세우고 만리향 화분을 하나 샀다.

집에 돌아와 현관 신발장 위에 만리향을 올려놓자 좁은 공간이라서 그런 것일까 온 집 안이 짙은 향내로 가득한 듯했다.

오늘 저녁은 남편이 좋아하는 고기감자조림으로 하자. 시금치도 참기름에 무쳐놓고 내일 도시락 반찬으로 쓸 만큼은 타파웨어에 담아 냉장고에 넣어두자.

남편은 덴마의 회사에서 일하기 시작하고부터 표정이 밝아졌다. 일이 힘들기는 하지만 무직이었을 때의 그 우울함에 비하면 지금은 천국이라고 말한다.

다음 날은 쉬는 날이다.

사츠키의 송별회를 하기로 한 날이라서, 편의점 점장에게 무리하게 부탁해서 근무 날짜를 미리 조정해두었다.

— 고향인 아마미로 돌아가기로 했어요.

이런 전화를 받은 게 2주 정도 전이었다.

아츠코는 아무 생각도 없이 "남편은 도쿄에 남고?"라고 물었다.

— 아뇨, 남편도 함께 가요. 그 사람 남자이면서도 냉한증이 있어서 따뜻한 섬에서 살 수 있다고 아주 좋아해요.

패밀리 레스토랑에는 약속 시간 5분 전에 도착했는데 사츠키와 미노루는 이미 와 있었다.

"거기서 살 집은 있어?"

세 명이서 점심을 먹으며 물었다.

"친척이 빈 집을 무료로 빌려준다고 하기에 그냥 마음먹었어요."

"머물 집이 있다니 무엇보다 마음이 놓이네."

"아참 그리고 잊기 전에 전해드리려고요. 이거 얼마 되지 않지만…"

이렇게 말하며 미노루가 가방에서 하얀 봉투를 꺼낸다.

"나도…"

하마터면 미노루가 말하는 대로 "얼마 되지 않지만…"이라는 말을 따라 할 뻔하다가, 얼른 입을 꾹 다물었다. 남편이 시킨 대로 10만 엔을 넣어 온 참이었다.

"아휴, 너무 신경 쓰지 마세요. 정말…, 이러지 않으셔도 되는데."

사츠키는 미안하다는 듯 봉투를 바라보다가 얼굴을 들고 "정말 감사합니다. 기뻐요"라며 미소 지었다.

"사츠키 씨는 거기서 어떤 일을 하실 생각이세요?"

이렇게 묻는 미노루의 표정에 부러움이 가득했다.

"집 뒤에 있는 밭에서 야채와 과일 농사를 지을 예정이야. 바다에 가면 생선도 잡을 수 있으니 먹고 사는 것은 문제없을 것 같고. 하지만 현금도 필요할 테니까 남편과 함께 무슨 일이든 찾아서 해야겠지?"

미소를 지으며 말하는 사츠키의 표정에 활기가 넘쳤다.

"시어머니 장례식 때 도와주셔서 정말 감사드려요. 덕분에 잘 치렀어요."

사츠키는 포크를 내려놓고 깊이 고개를 숙였다.

"어휴, 그런 소리 말아. 나야말로 많이 배웠는걸."

"정성이 가득한 가족들이 합심해서 치른 장례식이었죠."

"그렇게 말씀해주시니 정말 기뻐요. 주지스님도 할머니를 위해서는 가장 좋은 장례식이었다고 칭찬해주셨어요. 계명 없이 진행한 것도 양해해주셨고요."

아츠코는 지금도 가끔 그날 본당의 조용하면서도 엄숙했던 그 분위기가 떠오르곤 한다.

스님의 독경 소리가 오래된 절에서 낭랑하게 울려 퍼지자 몸의 저 밑바닥에서부터 무언가가 아련히 올라오는 듯한 느낌을 받았다. 종교가 없는 아츠코의 입장에서 보면 신기한 경험이었다. 사츠키의 시어머니와 친분이 있었던 것도 아니라서 솔직히 슬픔을 느끼지는 못했다. 하지만 눈을 감고 귀를 기울이자, 이제껏 살아왔던 세월을 되돌아보게 되기도 하고, 은하계 속에 놓인 자신의 존재가 지극히 자그마하게 느껴지기도 했다.

주지스님이 윤회전생에 대한 설법을 하자, 할머니의 손주였던 사츠키의 아이들이 훌쩍이던 울음을 멈추었다. 소중한 사람을 보내는 슬픔에 휩싸인 이들을 도와주기 위해 인간은 예로부터 수많은 지혜와 연구를 쌓아온 것만 같다.

사츠키의 남편이 상주로서 고별식의 인사를 전했다. 모친의 일생과 에피소드에 대해 자세하게 소개해서일까, 타인인 아츠코마저도 그분이 이 세상에서 확실하게 살았던 존재였다는 강렬한 인상을 받았다.

관이 영구차에 실려 나가고 친척들은 각자의 차를 타고 화장터로 향했다. 친척들이 모두 나가고 난 후 본당의 옆방에서 아츠코와 시어머니 그리고 미노루가 식사를 준비했다. 철야를 했을 때와 마찬가지로, 사츠키네 집에서 만든 조림과 튀김, 맥주와 마른안주 그리고 풋콩을 테이블 위에 놓았다. 주지스님의 사모님이 일을 척척 지시해주었고, 이웃도 거들어주러 왔다.

사츠키의 말대로 할머니는 친구가 많았다. 많은 할머니들이 끊이지 않고 와주셔서 정말 성대한 장례식을 치렀지만 비용은 최소한으로 마칠 수 있었다.

"아츠코 씨의 시어머니도 정말 강렬한 캐릭터예요"라며 미노루가 생각났다는 듯이 웃으며 말한다.

"그 후 어머니는 구주쿠리로 이사하셨어. 모녀가 모두 개성이 강해서 충돌하는 일도 많아 티격태격하면서도 함께 쇼핑도 하고 여행도 다니며 즐겁게 지내는 것 같아."

"그나저나…, 죠가사키 선생님은 어떻게 지내고 계실까요?"

사츠키가 갑자기 생각났다는 듯이 포크를 내려놓고 말한다.

"제가 구치소에 편지를 드려보았어요." 미노루가 말했다. "그랬더니 얼마 전에 답장이 왔는데요, 아직도 선생님을 기억하는 사람들이 있다니 너무 기쁘시다면서…"

"누가 선생님을 잊을 수 있겠어요."

사츠키의 말에는 전적으로 공감이 갔다.

— 두 사람 모두 냉정한 사람들이구나.

그때 미노루에게 두 사람이 연락하지 않는 것을 질책하며, 시어머니가 불쑥 내뱉으신 말이 갑자기 머릿속에 울려왔다.

"우리 이렇게 말만 하지 말고, 편지를 드리도록 할까?"

"그래요, 아츠코 씨의 시어머니에게 또 한 소리 듣기 전에 말이죠."

미노루가 무슨 말이냐며 고개를 갸웃거리며 쳐다봤다.

"그건 그렇고 사츠키를 못 만나게 된다니 아쉬워서 어쩌지?"

"평생 못 만나는 것도 아닌걸요. 아이들이 도쿄에 있으니 가끔 놀러 올게요."

"오면 반드시 연락하고."

"물론이죠. 그리고 아마미에도 놀러 오세요."

"저는 꼭 가보고 싶어요. 스킨다이빙도 하고 싶고."

스포츠를 좋아하는 미노루의 목소리에 힘이 들어가 있다.

"나도 갈게. 열심히 비행기 삯을 모아야겠네."

"뭣하면, 두 분 모두 노후에는 아마미로 와서 살면 어떨까요? 거기는 물가도 싸니까, 도쿄의 맨션을 팔면 나름대로 걱정 없이 살 수도 있고요."

아츠코는 미노루와 눈이 마주쳤다. 지혜를 모으면 얼마든지 이런저런 가능성이 나타날 것이다. 이렇게 들뜬 기분이 얼마 만인가.

며칠 후, 사야카 부부와 하야토를 저녁 식사 하자고 불렀다.

사야카가 당연히 거절하리라는 것을 알면서도 전화를 넣어보았는데 의외로 "물론 가죠"라며 기뻐하며 대답했다.

일본 간사이 지역에서 유래한 바라 스시와 닭튀김 그리고 오징어튀김과 무 샐러드, 그리고 자완무시[33]를 준비했다.

식탁에 즐비하게 차려놓은 메뉴를 보자 재료비가 싼 것들로만 되어 있어 보고 있자니 웃음이 나왔다.

"다쿠마, 미안하네. 우리 사야카가 집에서 꽤나 대장짓을 한

33　茶碗蒸し. 물에 계란을 풀어 고기, 채소 등을 넣고 공기에 찐 음식 — 옮긴이

다지?"

작정하고 물어보자 다쿠마는 조금 수줍은 듯이 웃으면서 대답했다.

"할머니가 사야카에게 남편을 하늘처럼 떠받들며 살라고 주의를 주신 덕분에 이후로는 조금 나아졌어요."

"그게 무슨 말?"

사야카의 뺨이 불룩해졌다.

식사 후 디저트는 집에 있는 가장 큰 접시에 과일을 가득 담아 내왔다.

오렌지, 키위, 딸기, 파인애플…. 모두 그다지 비싸지 않은 과일들이지만 색색으로 어우러져 호화로워 보였다.

"우와, 근사하다."

과일을 좋아하는 하야토가 감격한 듯 소리를 질렀다.

"정말, 맛있겠다."

임신 중인 사야카는 식욕이 왕성해 보였다.

홍차를 따르고 있을 때 다쿠마가 머뭇거리며 작은 봉투를 내민다.

"이거… 드세요."

"뭔데?"라고 물으며 다쿠마를 바라보자, 수줍은 듯 고개를 숙였다.

"과자 좀 구워 왔어요"라고 사야카가 말했다.

"어머, 고마워." 사야카에게 고맙다는 인사를 하자 이렇게 대답한다.

"제가 아니라 다쿠마가 구웠어요. 이 사람 과자 만드는 거 너무 좋아하거든요."

"그래? 몰랐네. 근사해."

"누나는 좋겠네."

"어째서?"

사야카가 퉁명스럽게 물었다.

남편은 어느샌가 소파로 가 책을 읽고 있다. 식탁에 다섯 명이 앉기는 좁아서 아츠코는 홍차와 과자를 들고 남편에게 가져갔다.

"여보, 디저트 드세요."

"어, 고마워."

남편이 읽고 있는 표지가 눈에 들어왔다. 『아마미오시마의 역사와 명소』라고 쓰여 있었다.

설마 남편도 함께 갈 생각인가?

미노루와 둘이서 편안한 여행을 꿈꾸고 있었는데….

분명 미노루 앞에서 역사와 정치에 관한 지식을 젠체하며 설명할 것임에 틀림없다.

그렇다고 도중에 돌아올 수도 없고….

아, 역시 남편은 귀찮은 존재야….

아니지. 어쩌면 짐꾼으로 편리할지도.

— 남편을 하늘처럼 떠받들며 살아야….

그때 갑자기 시어머니의 말이 떠올랐다.

이런 내가 사야카에게 이러니저러니 잔소리할 입장이 아니군.

아츠코는 또다시 혼자 소리 내어 웃었다.